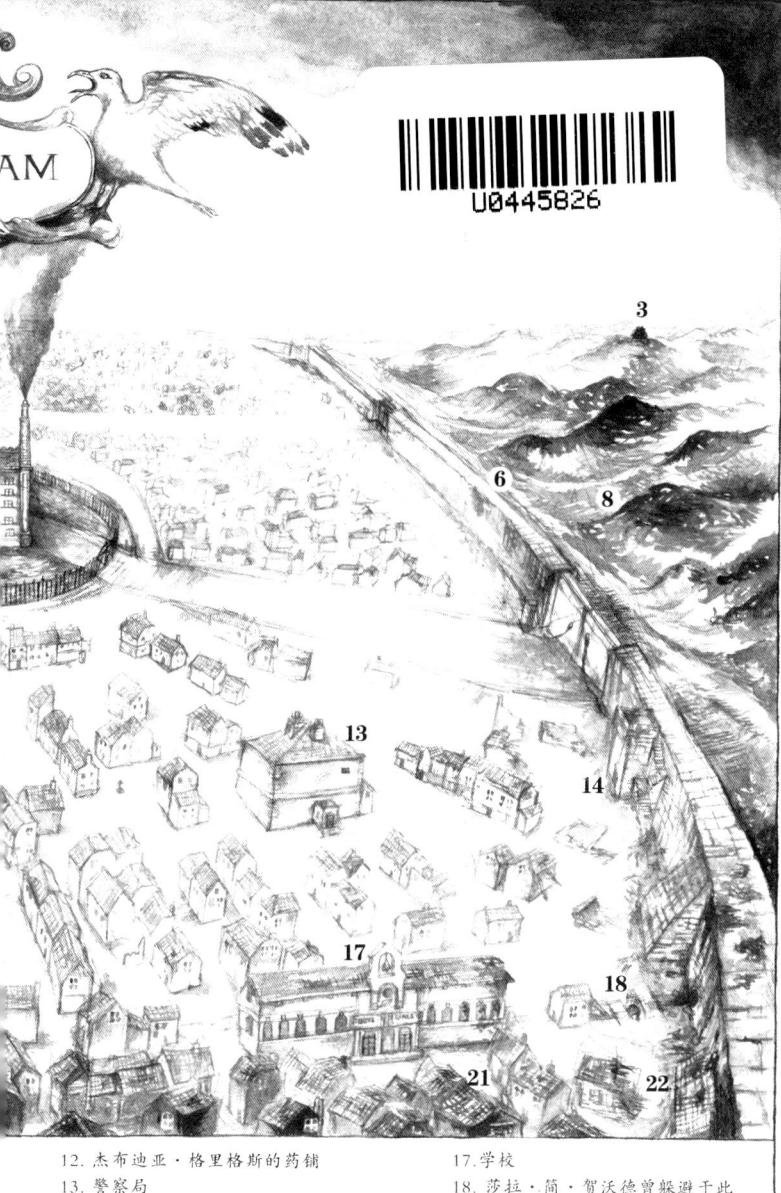

12. 杰布迪亚·格里格斯的药铺
13. 警察局
14. 垃圾山城墙岗哨
15. 朗伯斯辖区内的兵营
16. 垃圾山小酒馆
17. 学校
18. 莎拉·简·贺沃德曾躲避于此
19. 捕鼠店
20. 庞尔沁馅饼店
21. 裁缝的藏身处
22. 孤儿院

艾尔蒙哲系列第二部
FOULSHAM

废物小镇

【英】爱德华·凯里/著 金国/译

重庆出版集团 重庆出版社

written and illustrated by
EDWARD CAREY

FOULSHAM © 2015 by Edward Carey
This edition arranged with Blake Friedman Literary,TV and Film
Agency through Andrew Nurnberg Associates International Limited.
Simplified Chinese edition copyright:
2015 Chongqing Tianjian Cartoon & Animated Picture Culture Co.,Ltd
All rights reserved.

版贸核渝字(2014)第007号

废物小镇/(英)凯里 著;金国 译.—重庆:重庆出版社,2015.9
书名原文:Foulsham
ISBN 978-7-229-10133-6

Ⅰ.①废… Ⅱ.①凯…②金… Ⅲ.①长篇小说—英国—近代
Ⅳ.①I561.44

中国版本图书馆CIP数据核字(2015)第140801号

废物小镇
FEIWU XIAOZHEN
[英]爱德华·凯里 著 金 国 译

出 版 人:罗小卫
责任编辑:邹 禾 肖 飒 骆思源
责任校对:胡 琳
装帧设计:纪三元

重庆出版集团 出版
重庆出版社

重庆市南岸区南滨路162号1幢 邮编:400061 http://www.cqph.com
重庆出版集团艺术设计有限公司制版
重庆豪森印务有限公司印刷
重庆出版集团图书发行有限公司发行
E-MAIL:fxchu@cqph.com 邮购电话:023-61520646

重庆出版社天猫旗舰店
cqcbs.tmall.com

全国新华书店经销

开本:787mm×1 092mm 1/32 印张:9.5 字数:140千
2015年9月第1版 2015年9月第1次印刷
ISBN 978-7-229-10133-6
定价:39.80元

如有印装质量问题,请向本集团图书发行公司调换:023-61520678

版权所有 侵权必究

献给格斯

第一部分

废尔沁街市

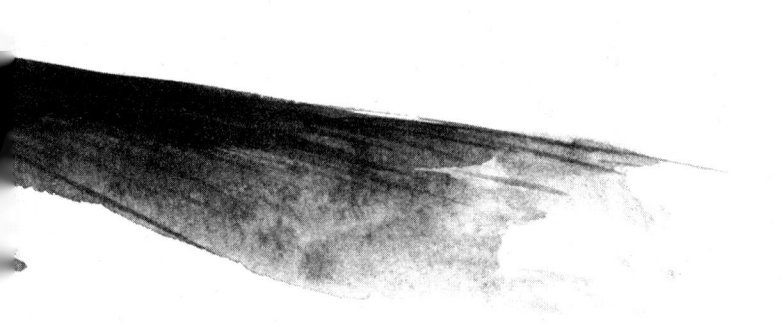

詹姆斯·亨利·贺沃德
和女家教艾达·克鲁科夏克斯

01

从儿童房里眺望出去

詹姆斯·亨利·贺沃德自述
月桂叶庄园工厂大楼
伦敦弗里沁翰庄园

人们都说,我是整幢大楼里唯一一个小孩子。可是我心里清楚,事实并非如此。我时常听到其他孩童的声音,他们就在楼下的某个地方呼喊着。

我和女家教两人住在同一间简陋的屋子里,她的名字叫艾达·克鲁科夏克斯,而我必须尊称她为"克鲁科夏克斯小姐"。女家教常常用调羹喂我吃药,这种药闻起来十分诡异,但尝到嘴里却让人感觉无比温暖,好像能驱散严冬的寒气。她还常给我不少甜点吃,有磅饼①、茶点,还有弗里沁翰馅饼。说实话,那个馅饼绝对不是我的最爱。依照传统的烘焙方式,馅饼的上缘部分略微烤焦,而里头就像是一个盛满残羹剩饭的泔脚桶,同时又抹了一层又一层的糖浆,以此来掩盖那股恶心的味道。克鲁科夏克斯小姐要求我必须吃得干干净净,不然的话她就要发脾气,于是我也只好硬着头皮照办了。

克鲁科夏克斯小姐隔三岔五地会给我讲一些离奇的故事,她并不是照本宣科,而是全都记在脑子里。她会坐到我旁边,一本正经地看着我说:"听着,孩子,事情是这样的……

"世上有两种人,一种人知道信物的秘密,而另一种人则被蒙在鼓里。

---

①一种重糖重油的蛋糕。

至于我呢,恰好就是第一种,所以就可以给你讲物件们的故事啦。曾经有个地方,那里的物件们不必对主子唯命是从。不过我不会把那个地方的确切名字告诉你,那样太冒失了。在那个地方,每个人都是灰头土脸的,因而人与物件的界限并不十分清晰。有时候,某样物件看起来像一个人,而某个人也会被压缩成为一个物件;在那个地方,你必须非常小心,需要十分谨慎地对待任何一样捡拾起来的东西,因为任意一个外观普通的茶杯搞不好正是某某人的化身。那个地方还有一些主宰着物件命运的官老爷们,他们都是一些作恶多端、草菅人命的坏蛋。那些执政官把一个人变为一样物件,眼睛连眨也不会眨一下。好了,听完了这些,你有什么感想?"

"我一点思路都没有,克鲁科夏克斯小姐。"

"好吧,等你有了思路以后,再好好地想一想。"

克鲁科夏克斯小姐还经常这样问我:"那个东西你还带着吗?拿出来给我看看!快拿出来!"然后我就会把一枚半英镑金币从口袋掏出来给她看。我总是被迫随身携带这枚金币,它是专属于我的金币。我搞不懂大人们为什么要对它如此重视,假如我当众展示它的话,这个穷地方的人都会惊叹不已,随后克鲁科夏克斯小姐就会高声地尖叫起来:

"快藏起来!别露白!这不安全!不安全!天知道有谁在偷看呐!"

偶尔我会被人从儿童房里叫出去看望一个老头子,他们把我护送到老头的大房子里,室内四周摆放着各种储物架子。他向我展示架子上的各色物品,不过只许观赏,不许碰。那里尽是些稀奇古怪的东西,有的基本上是废品,比如一小段旧管子、一片屋瓦、一只用过的锡制杯子。另外一些东西却锃光瓦亮,不是金的,就是银的。我搞不懂这个老头儿为什么要收集这些玩意儿,估计全都是他的特别私藏品吧。我心想,将来我也要有一套自己的收藏。

每当我前去拜访老头子的时候,第一件要干的事情便是向他展示我的金币。我把金币掏出来,递到那双布满皱纹的大手掌中。他翻来覆去地仔细端详,有时候显得心满意足。最后他会把金币还给我,看着我把金币深深地塞入口袋里。

"小詹姆斯·亨利,我对你很满意,你表现很好。"

"谢谢您,先生。我很乐意为您办事。"

"恩贝特老爷可是一个大忙人哟。"克鲁科夏克斯小姐插话说。

"詹姆斯·亨利,你千万不能把那枚金币花掉。"老人对我说。

"明白,先生,我很清楚。"我说。之所以这么清楚,是因为在每一次拜访中,他都要提醒我这件事。

"詹姆斯·亨利,你向我再重复一遍。"老人变得非常严肃。

"我绝对不会花掉那枚金币。"

其实,又有什么地方可以让我花钱呢?在工厂里自然是不可能的,他们也不允许我跑到镇子上。"千万不能花","千万不能花"……他们干吗要一遍又一遍地唠叨呢?

"好孩子,"老人说,"格鲁姆太太会给你做点好吃的。她的手艺棒极了,在整个弗里沁翰地区首屈一指。我们庄园有幸请到她来做饭,简直是好福气。"等他说完了这些话以后,我就不得不向他微微地鞠上一躬,然后便会被人送回儿童房。

月桂叶庄园就是我的家,它是整个市镇里最高大、最宏伟的建筑。就像一块硕大的秤砣,或一个沉甸甸的船锚。它矗立在原地一动不动,哪儿也不会去。住在这么一个地方,你可以睡上一个安稳觉,因为你知道明天醒来它还在原地,不会到别的地方去。嗯,这真是一个好住处!有那么多可口的饭菜,我真是走运极了!

事实上,这些"走运"的论调全部都是他们一遍遍灌输给我的。我自己并没有十分强烈地体会到那份感觉。月桂叶庄园其实就是一座工厂而已,虽然我不知道它确切生产什么。很多房间的温度都很高,而且还配备了锅炉和烟囱,借由它们来把滚滚的浓烟排放出去。整个市镇被笼罩在浓雾之中透不过气来。

大楼里充斥着各种各样的管道,粗大的管子爬满了天花板,让它变低了很多。它们随处可见,我怀疑根本找不出一间没有管道的屋子。它们有的摸上去冰凉,有的则烫得要命,足以烤焦你的皮肤。

这里还有许许多多屋子是不允许我踏入半步的。他们常说:"孩子,不许进来,听见没有?那地方不是你应该去的。不要上二楼去,三楼也不可以。"我常常会问:"那些铃声是从哪里传来的?"他们会说:"这不关你的事。"我常常会质疑:"那些从早吹到晚的哨子,到底代表了什么意思?"可是他们却回答我说:"这个不用你操心。"

总之,我承认自己对月桂叶庄园可谓是一无所知。有时候我会听到些许大楼内部发出来的声音,好像在不远的地方有人正在呼喊,正在受苦。那些都是孩童的嗓音,这一点我敢肯定。每当我听见这些呼喊时,就会被搅得心神不宁。而艾达·克鲁科夏克斯则捡起一个榔头,朝身边的管子用力一敲。不一会儿,声音就会停止了。

"我听见了那些声音,克鲁科夏克斯小姐!我听到了,那都是一群小孩子!"

"你什么也没听到。"

"我确实听见了。"

"你啥都不懂。"

好吧,这句话倒确实不假。

我知道自己的名字叫詹姆斯·亨利·贺沃德,居住在伦敦的菲尔沁区,紧挨着那座大垃圾山;我知道自己就出生在菲尔沁这个地方,血脉里包含着这方水土的印记。可是这些东西全部都是克鲁科夏克斯小姐告诉我的,并不是我自己回忆起来的,而且她还总是称呼我为贫民窟里生养出来的小瘪三。

我费了九牛二虎之力,拼命回忆自己从前的家庭,可是怎么也想不起来。我的母亲长什么样?父亲长什么样?我有没有兄弟姐妹?为什么我会待在这个地方?为什么我同女家教而非家人住在一起?我是怎么来到这幢大宅子的？到底为什么会住在一座大工厂里？

"我可以出去吗？"我问她，"我的家人仍旧住在外面吗？我记不清他们的样子了，可不可以让我前去看望他们？"

"不，不行！"她斩钉截铁地说，"外面很脏！你一出去就会变得十分邋遢，而且还会迷失在偌大的弗里沁翰市镇里。世道不太平，小偷和杀人犯横行，全都是些穷凶极恶之徒。还有，我究竟要跟你说多少回，要离窗户远一点！"然后她又开始朝我发问："你身上那个东西还在不？给我看看！快给我！"于是我便给她看我的金币。

我从窗户里面望出去，菲尔沁市镇上尽是些低矮的小房屋，稀稀拉拉地散落在四周。这些房屋的窗户是破的，房顶上布满了窟窿，建造得偷工减料，勉强能够立在那儿，总之是一幅萧条破败的景象。

我眺望垃圾山那边的城墙，它守护着菲尔沁，使之免遭垃圾山的侵袭。而在市镇的另一边，矗立着另一道城墙，它把菲尔沁阻挡在伦敦城外面，比垃圾山那一侧的城墙还要高大，而且建筑的年份也更近一些，墙头上还戳着长钉等锐器。翻过那堵墙便是伦敦城了，是真正的伦敦市区。它虽然离得如此之近，又似乎远在天边，因为我们永远无法真正踏入伦敦。对我们这些生活在菲尔沁的居民来说，伦敦就是一片禁区，是绝对不能进入的。

在我的窗户下方，便是工厂的外部围栏，此处可以算是整片菲尔沁土地当中最接近月桂叶庄园的地方。庄园大楼是一幢高大的白色建筑，平日里不断有人进进出出。我倒是非常喜欢看这种热闹的场面，每每从窗户向外张望，看到这个"歪瓜裂枣"的小市镇，心底里便泛起一股喜爱之情。我很想亲身前往，走进那七转八弯的昏暗街道。因为在那里的某个地方，有我自己的家。

我患有严重的头痛病，每当犯病时，那些混乱的思绪就会搅得我头晕脑涨。此时克鲁科夏克斯小姐会给我送来一勺药物，服下以后心里会舒坦许多，疼痛也随即烟消云散。虽然整个过程是稀里糊涂的，但确实不失为一种理想的疗法。总而言之,我不得不承认,这所有的一切对我而言始终都是不明不白,我知道的实在太少,他们隐瞒了太多,我就好像生活在重重迷雾之中。更要命的是,我无法看清女家教的真容,因为她的黑色软帽上垂有一层黑纱。这层黑纱将视线阻挡住,使得我只能模模糊糊地看到点轮廓,基本上是一抹黑影而已。所以我从未真正看清过她的脸,说不好她究竟长了一副什么模样。

即便服用了药物也依然无法阻止我胡思乱想,我一直惦记着菲尔沁市镇上的家人。

"您知道我的父母住在哪儿吗?"我问她。

"别吵,现在有更要紧的大事。"

"要是他们就在工厂外边……就在镇子上的话,我想过去看望他们。"

"孩子,这办不到,你绝对不能见他们。"

"为什么不能?"

"问题!问题!又是问题!你一开口就问个不停,像鸟儿那样啄我,扰得我浑身不自在,惹得我想发脾气。好吧,有些话别人不肯对你讲,我今天就跟你挑明了。外头那块地方很不太平,到处肆虐着病菌,街上充斥着血腥和暴力。人们已经不再管那个地方叫菲尔沁了,如今大家都叫它"废尔沁"。因为这个地方就像是一片泥潭,它散发着恶臭,沾满了病毒。

"有一个叫'裁缝'的家伙隐蔽在街巷里害人性命——当然外面那些穷鬼们也一文不值,所以没有人在乎这档子事。我的詹姆斯·亨利·贺沃德,你只要一踏进外面的世界里,一分钟也活不下去。你在外头根本得不到任何的保障,就连空气也充斥着病菌。踏出去,就会倒;踏出去,就是死;踏出去,就会粉身碎骨!"

"可是外头的确有人生活,我瞧见过他们,就在那些昏暗的街道里。"

"那些人好比是老鼠、蟑螂,不是生了病的,就是快要死的。"

我的思绪被一下子挑动了起来,忽然感觉自己回忆起了些许从前没有想到过的事情,这一定是她提到了"老鼠"二字的缘故。我回忆起一幢老房子,房子里有一间屋子,屋子的地板上积满了灰尘。室内还有一个碗橱,碗橱上有一扇门。当时我把橱门打开,里面却躲着一个小女孩。她把手指按在自己的嘴唇上,意思是叫我不要张扬。我想起来了!我真的回忆起一些东西了!虽然一开始我认不出她到底是谁,也不知道这些事情是在哪发生的,然而我着实喜欢这一幕情景。我在脑海里拼命还原那个女孩的脸,可是当我在脑海里再次打开那扇橱门的时候,那个女孩却消失了,取而代之的是,仅是一只老鼠而已。

就在回忆起那个女孩的当晚,我听到克鲁科夏克斯小姐在她的侧间里不停嘀咕,语气听上去十分愤怒。我很好奇,不知道她在说些什么。她先前连续两次踮着脚尖溜过来查看我是否睡着,并确保我枕头底下安放着那枚半英镑金币。想必她认为我已经睡着了,然而事实并非如此,我悄悄地、小心翼翼地爬下床,无声无息地在地板上挪动,然后朝她的屋子里窥视。我看见她坐在床边,捧着一面镜子,徐徐撩起面纱,我终于看清了她的脸。喔!天哪!真是吓了我一大跳!

她脸部中央有一道大裂痕!一道狭长的裂缝跨在脸部正中!她看起来不像是一个人,而是一件陶瓷器皿!

"歹毒的小畜生!"她扭过头去,尖叫起来。

"非常抱歉,克鲁科夏克斯小姐,我不是故意要偷看的。"

"肮脏的小贼!"

"克鲁科夏克斯小姐,那个地方……疼吗?我是指您的伤口。对不起,我太没礼貌了,我不知道您的伤势。请原谅,克鲁科夏克斯小姐。"

"我恨你!"

"嗯,克鲁科夏克斯小姐。"

"祝你浑身溃烂而死!"

"哦,克鲁科夏克斯小姐。"

"快点吃药,现在就吃!"。

"是,克鲁科夏克斯小姐。"

"孩子,咱俩注定是一条船上的。"

"知道了,克鲁科夏克斯小姐。"

"现在快上床睡觉去!"

自从见识了那张受伤的脸之后,我开始对她另眼相看了。可怜的老小姐啊,我决定今后要把您往好处里想。克鲁科夏克斯也是一个人,还是一个地地道道的女人,凡是女人身上该有的部分,她一样也不缺。女性的身体特征足以表明她的确货真价实。等一等,我可不想再朝这个方向瞎想下去。

从那以后,我不想再服用那么多药物了,不愿意把脑子搞得稀里糊涂。于是我开始假装吃药,有时把它塞进口袋里,有时则伺机吐掉。这么一来,那些厚重的"迷雾"全部消失了,我又可以集中注意力了。虽然脑袋持续疼痛,但是我可以回忆起更多的东西来,那个碗橱里的女孩的面容变得更加真切。

她就藏身于那一片属于自己的私密禁地,身边还保留着她的布娃娃。我渐渐怀疑她是不是我的亲妹妹,并且慢慢开始确信。顺着这条思路,我又回忆起了除碗橱以外的更多东西。我仿佛看见了一整间屋子,人们就住在里面。有一个正在咳嗽的老妇人、一个稍稍年轻一点的女人,还有一个男人,外加一个小孩,他们全都各自忙碌着。起先我分辨不出这是一幅什么样的图景,于是就逼迫自己拼命去想,结果越来越多的事物浮现在我眼前。我仿佛站在一旁偷看着,而他们在制作笼子。笼子?做笼子干什么?我抬头一望,天花板上悬挂着各式各样的笼子,里面关着各类鸟儿,还有羽毛凌乱的海鸥和脏兮兮的鸽子。

在地板上还摆放着其他笼子,有一部分还带有弹簧连接的小门。我明白了!那是机关!是捕鼠器!这些全部都是用来捕捉老鼠的工具。原来他们就是干这一行的,全是负责抓老鼠的行家。我的心脏扑通扑通跳动得厉害。没错,我认识他们。我不但认识,而且还深深地爱着他们。他们就是我的家人,我家就是菲尔沁市镇上大名鼎鼎的捕鼠一家!

那是我的父亲,健壮结实,手上和脸上都布满了疤痕,他是一名捕鼠冠军!旁边是我的母亲,她的身上也有许多疤,时而暴躁时而温柔。是的,我认识你,我的母亲;那儿还有我的兄长,他正在学习如何制作捕鼠器;一旁是妹妹和她的布娃娃,其实那不是一个人类布偶,而是一只老鼠,一只穿着布裙子的老鼠;祖母在墙角边修理捕鼠工具,早年捕猎的经历使她失去了两根手指。从前她常常跟我们讲述爷爷和码头大老鼠的故事,那真是精彩极了!最后,是我的爷爷,他虽然驼着背,却一直笑容可掬。喔,我的家人啊!我的家!他们的形象全都如洪水一般涌来。我真心盼望与他们共同生活在一起。

除此之外,我自己也身在画面之中。我穿着父亲的皮衣,跟随他一起出去抓捕老鼠,同他一起布设陷阱。我们的房屋从外面看过去是一间平房,样子相当破烂,小店的招牌旗在风中慢悠悠地飘摇,上面写着"贺沃德捕鼠器,由敦克里德·艾尔蒙哲先生指定颁发正式执照"。家,真是一个幸福美满的家!墙上还张贴了小广告:号外号外,出售老鼠、捕鼠器、捕蝇纸、捕鸟器,另有海鸥肉、老鼠烤肉。本店另制作动物标本,为您填充鹅毛枕以及剥家禽皮!这个家真是有意思,多好的一个地方!就是这个地方,"捕鼠店"便是我自己的家。家人们都住在这个地方,我一定要找到它。

捕鼠店。

我的家。

这只是开始,冰山一角而已,从今往后我需要打探更多的信息。克鲁科夏克斯小姐有一本日记时常在我眼前晃来晃去,可是我却从未想过要去翻看它。自从不再吃药以后,偷看的念头才从脑子里萌发。她每天都会外出,总是在离开的时候把房门锁好,然后去老头子那里汇报工作。于是我趁机拿出她的日记本,想窥视女家教的心事。不料,那些文字却把我的小脑袋搞得愈加糊涂。

我的身子裂开了，出现了缝隙。随着时间一天天过去，我正在逐渐一分为二。

终有一天我会粉身碎骨的，而且那个日子很快就会到来。

请不要让我毁灭，请保全我的身体。我想……我仍想维持一个完整的身子，可是他们都说这不可能，他们都觉得我已经无药可救了，说我已经得了一种怪病，时间一到便会裂成碎片。于是我便问道："会不会就是明天？难道明天我就要被大卸八块了？"他们告诉我说："或许是明天，或许是后天，总有一天会的，十有八九逃不掉。"

我继续往下读……

深更半夜里，有时候我只要保持绝对安静，就可以听到身体一点点开裂的声音。只要我轻拍一下皮肤，就会有响声。这不对劲，我不应该像一件瓷器啊。现如今，我一瞧见杯盖碗碟就心生厌恶。难道我的身子就如同这些东西一样吗？就是一件瓷器？

此时，我听见女家教就在外头，于是迅速把日记本放回原处。后来，我又逮到了一个机会，继续深入地读下去。

我的父母是从意大利那不勒斯移民而来的，他们都是民间艺人，不仅会唱歌，而且还会跳一点舞。他们有一只会表演节目的狗，另外当然还有我这个孩子。家人在菲尔沁的"山之浪"剧场表演，那座剧场是一栋草草搭建的房子，从来就没有好好地加固过，后来有一天终于彻底坍塌了。在事故发生的晚上，很多人当场殒命；也是在那一晚，我变成了孤儿。当时我并没有同家人一起表演节目，而是在剧场外面。我把一块广告牌挂在身上，努力招揽顾客,吸引他们来买票看节目。当时我已经有十岁大了,足以自食其力。因为我姓科雷兹尼,这惹来了不少异样的目光,这个名字等于在告诉别人我是一个外国人,是一个异类。于是父母去世后我开始宣称自己姓克鲁科夏克斯,这个姓氏既听起来有力又能得到别人的尊重,而且还英伦味十足,有鼻子有眼。名字的部分,则仍叫艾达不变。

后来我找到了一份工作,在菲尔沁给一名女校长当助理。我严格要求自己,极力避免让人听出我的意大利口音。我准是遗传了父母的舞台表演天赋,说起话来抑扬顿挫,颇具感染力,人们都觉得我说话字正腔圆。"乖乖,我的艾达,你已经出落得亭亭玉立了,好像一生下来就是一个大人似的。"女校长这么对我说。我从她那里学到了不少东西,不久之后我自己也可以教授英语了。温斯洛普女校长是一个蛮横的角色,而且还嗜酒如命。与其说她是一个人,倒不如说她就是一瓶酒,她的身子就像酒瓶子,而不是血肉之躯。同样地,她体内血管里流淌的或许也根本不是血液,而是透明的酿造液体。于是,越来越多的教学工作就落到了我的肩膀上。

或许这不应该怪她,因为她的处境可谓是每况愈下。她的丈夫,也就是原先那个校长,很久以前就消失得无影无踪了。他拍拍屁股一走了之,如今女校长总是擦拭那根橡皮教棒,睹物思人,她从来不让这根教棒离开自己的视线。在我看来,这根橡皮教棒实际上已经成为了她的丈夫,只不过变了一个形状而已。

某一天早晨,突然有几个小孩不见了,足有一整组的人——我负责的组。学校里除了杂七杂八的物件之外,什么也没有。我之前从未见过那些东西,比如铜铙钹、牛奶壶、马鞭、鱼钩,于是宣称并不知道事情的来龙去脉。后来我被人叫去,有一位颇为面善的老人给了我一点东西吃,自那之后……之后的事情我就再也想不起来了。

这些就足够了,不多不少刚刚好。我更愿意朝前看,而不是再重返过去。我希望留住"艾达"这个身份,并且将其变得前所未有的扎实牢靠。我在学校教书的日子,是人生当中的点点微光。我要生存下去,这就是艾达·

克鲁科夏克斯的人生信条。而我本人,就是艾达·克鲁科夏克斯。

在我最后一次阅读日记时,发现了如下内容:

在艾尔蒙哲家族圈子里,每一个人都必须保管好自己的出生信物。倘若丢失,那就活不了多久了,病毒会侵袭身体。然而我却偏偏不知道自己的信物现在何处。他们告诉我,那是一个土质的纽扣,可惜就是不清楚它在哪里,这枚纽扣就这样永远地丢失了。不仅如此,在我为数不多的宝贵岁月里,我还必须守着那个臭小子。他随身携带着自己的信物,即那枚闪闪发亮的半英镑金币。他时而擦拭,时而玩耍,丝毫不觉得这是在嘲弄我。他对这枚金币呵护备至,像它是一件了不得的东西。别人告诉我说,在那枚半英镑金币里,困着一个活人,而且还是一个颇为重要的角色。

那个困在金币里的人也具有驾驭物件的能力,足以和恩贝特匹敌。据说,当他还是人形的时候,爱恋上了一名普普通通的女仆,后来不知怎么地把所有的物件全都卷入了一场灾难的漩涡之中。我想,既然他谈个恋爱都有能力闹出这么大一番动静,那么想必本事很大吧?他们都说这个人是危险分子,是一个捉摸不透的谜团。就目前的情况来看,必须把他困在这枚金币里,这样才不至于出来害人。他可能会被干掉,恩贝特说不定真的会杀了他。家族的人都在讨论到底是不是要让他重获自由,最终的判决尚未下达。那么,我该如何把这些事情告诉眼前这个小孩子呢?要如何去向他解释,大家其实也同样在等候他的生死判决?

每每瞧见这枚金币,我不由心生疑问:要是那个家伙重获人形的话,对我而言会不会更加有利?不知道这个可怜的傻孩子会落到怎样的下场。我真的很想给他敲一敲警钟,可是那又有何用呢?

我和那个孩子因为旁人的地下恋情而捆绑在了一起,我们与这段恋情势不两立。詹姆斯·亨利·贺沃德和我一道,要共同压制这禁忌之爱,携手将其扑灭。或许,这并非我俩的初衷;或许,这亦是彼此的选择。

然而……尽管那些人费尽了心机,但我觉得它已经开始蠢蠢欲动了。

我身边的人都看到了这一点,那种旧日的情感正在复苏。我的身体正在一点一点碎裂,一切真相都隐藏在裂缝中。

我无法完全理解这段话,不过可以肯定的是,日记的内容确实把我吓坏了。我下定了决心,一旦有机会就要离开这个地方。我要去废尔沁的街市上去寻找自己的家,把家人一个个都找出来。我满脑子想的都是逃跑和解放,憧憬着自己可以在月桂叶庄园之外的地方呼吸到自由的空气。我应该带上那枚被他们视作珍宝的金币,要知道半英镑可不是一笔小钱,我应该将其带在身边才对。

我等待时机,窝进被子里静静地守候,看看他们会出什么岔子。我在那些人面前仍旧装出一副傻乎乎的样子,既虚弱又顺从,可是内心已经开始心潮澎湃、怒不可遏了。

某一天早晨,机会果然出现了。当时天刚蒙蒙亮,周围活动的人也少,他们还没有按照惯例给我吃药,朝我训话,并检查我的金币。

通常而言,会由女家教屋子里窸窸窣窣的起床声音拉开早晨的序幕,接着她便会走到我这里,隔着面纱同我说话。不过那一天早上,她却始终没有过来。

我偷偷溜下床,左顾右盼,什么动静也没有。于是我悄悄地在屋子里挪动,鼓起勇气朝她的房里窥探。她不在屋内,克鲁科夏克斯小姐不见了,连个人影都没有。可是我十分确信她之前还在的。床没有铺好,这不像是克鲁科夏克斯小姐的作风。后来我望见在她床上除了床单被褥之外,中央处还有另一样东西,而这个位置原本应该躺着小姐本人才对。屋子里非常昏暗,看不清那是一件什么东西。然而有一道微弱的亮光渐渐地透进屋子里来,我一步一步靠近那东西,最后伸手去拿。原来那是一个火柴盒,一个普普通通的火柴盒而已。它怎么会在这儿的?我想,说不定是从床头柜上掉下来的,因为在那上面正好摆放着一座铜灯头,灯头上插着一根蜡烛,而旁边就有一根火柴。我把火柴盒从床上捡起,放到眼前仔细端详,看到它上面印着"密封待用"的字样。

我需要更明亮的光线才看得清楚,于是拆开火柴盒的包装,直接从里面取出一根火柴来。我划了一下,没点着。再划一下,一小团奇异的火焰唿哧唿哧地燃烧了起来!火苗极其微弱,看起来可怜兮兮的,估计在熄灭之前也无法将一根蜡烛点燃。

"克鲁科夏克斯小姐?克鲁科夏克斯小姐?"我小声地喊。

一点回应也没有,不过她的衣物倒是都在原处。黑长裙就挂在椅背上,看起来就像是"瘪了气"的克鲁科夏克斯小姐。裙子旁边还放着那顶带有黑纱的奇特帽子。这些鞋帽衣物,这些穿在小姐身上的"外壳",全部在原地各就各位,等着小姐将它们套在身上。我心想,难道她穿着睡衣就出门了吗?

而这一点,正好也启发了我。

我可不可以也这么干?

行不行?

大地尚未完全苏醒,仍旧笼罩在黑暗之中。我最好现在就动手,要是立刻套上这些行头的话,成功出逃的概率会更大一些。嗯!就这么办!我要穿上克鲁科夏克斯小姐的衣物,再把黑纱蒙上,这样就能伪装成小姐本人,进而可以逃离这个地方了。真是个好主意!我居然穿起了女人的衣服,真是胆大包天哟!虽然这么做着实不太体面,可是还有什么好办法呢?这是我的救命稻草,是我唯一的希望。目前就独此一招了,别无他法。

既然这样,那就干吧。

我先把自己的衣服穿好,然后在外面套上克鲁科夏克斯小姐的长裙。裙子有点紧,看来她的身材还挺苗条的。虽然我感觉这么做下流极了,可是必须硬着头皮干。继续穿,继续穿!詹姆斯·亨利·贺沃德,你不能停下!不管你是否穿着女人的衣服,今天的你都要比往常更像自己。我把软帽系好,撂下黑纱。好了,黑纱下面是一个模模糊糊的影子,不太像小姐本人,不过这或许是光线的关系。就这样,准备出发!

脚上穿着她那双黑色的系带靴,让我变高不少。我站在门前,将衣物统统理好,钥匙随身携带,就系在腰间。我把钥匙插入锁孔,准备离开屋子。等等!稍等一下!我飞快回到床边,掀起枕头,将那枚半英镑金币取走。嘿嘿,我的乖乖!我将它老老实实地塞进裙子的口袋里,然后直接转动门上的钥匙,最终将房门打开。

不出所料,外头有一个卫士把门,他站在高高的脚凳上,离我不远。他一见到我马上立正,然而表情却有些昏昏欲睡,想必刚才在打盹儿吧。只见他站在那里一个劲地想让自己清醒过来。

"抱歉,克鲁科夏克斯小姐,"他说,"我刚才是醒着的,尊敬的小姐。"

我学着克鲁科夏克斯小姐的样子,轻蔑地哼了一声。其实模仿这类严肃人物倒也有方便之处,那就是我不用开口说话了。

"克鲁科夏克斯小姐,您要出门吗?"卫士问道。

我把儿童房的大门锁上,把钥匙系回腰间。

"这么早就出门,您向来不是这样啊,出了什么事吗?"

我草草地点了点头。

"我能帮上什么忙吗?"他问道。

我轻轻摇了摇头,还哼了一声,暗示那名侍卫不必再继续追问下去了,接着便走下楼梯。我穿着这双糟糕的靴子,噼噼啪啪地走着,步履十分沉重。我觉得自己好像晃了一晃,差点摔了个狗吃屎。

"克鲁科夏克斯小姐,您真的没事?"卫士在上面喊道。

我愤怒地回答:"嘘!"

我不得不暗中祈祷,希望能过了这一关。转过墙角后,儿童房就脱离了视线。我继续朝楼下走啊走,一直走到了月桂叶庄园的底楼。整个过程中无人出来阻拦,每次颤颤悠悠地踏出一脚,就距离最后的胜利更近一步。转眼间,我来到了楼下的一间办公室。人们开始为新的一天做准备,到处都是办公桌,周围竖着乱七八糟的烟囱管子。人们匆匆忙忙地走来走去,于是我便在人群之中横穿而过。

偶尔有人会停下脚步朝我鞠躬示意,不过我顾不得这些,只管一路走下去。突然有一阵非常刺耳的响声,差点把我吓得尖叫起来。我以为自己被发现了,被那些人逮到了。然而那只不过是汽笛声而已,是黑皮火车从垃圾山驶来了。看来老头子到了,他马上就要驾临月桂叶庄园例行办事了。在往常的时候,我会对这个声响感到欣慰,然而今天则不同了,不再如此了。我继续赶路,不知名的人擦肩而过,但我毫不停顿,心中暗暗告诉自己,一定要接着走下去,目标就在前方。在那儿,就在那儿,前面便是庄园大楼的正门,那是离开此地的出口。我径直向前,似乎已经感觉不到自己的脚步了。门卫将大门打开,这一切就像做梦一样。于是我继续朝前进,四周没有别人。我进入院子,径直朝着围栏的大铁门走去,并清了清嗓子说:

"我要出去。"我故作严厉。

"小姐,您想出去?去废尔沁?"

"是的,出去。"我回答。

"既如此,那好吧。"

围栏的大门打开了,我点了点头之后便迈了出去,然后急忙上了街,终于来到外面的世界了!我走过一幢白色高楼,以前从儿童房的窗户里经常望到这幢楼,如今瞧见了它的另一个侧面,看到了从前望不到的东西。墙面上写着:怀廷太太的整洁公寓、空房出租。有一个古怪的矮老头手持扫把,正在清扫台阶。他两眼盯着我看,于是我拔腿就走,窜入废尔沁的大街小巷之中。

工厂外面真是寒冷,起初我还不觉得什么,后来整个身子似乎暖和不起来了。一开口便是一团白雾,活像是一架引擎在排气。真想念以前的那种药,倘若能够来上一勺,估计马上就可以恢复了。然而我现在获得了自由,终于走到工厂外头了。这里的房子东倒西歪,这么早的钟点,路上的行人也不多。虽然太阳已经从天边慢慢升起,但仍旧在费力地拨云散雾,天色十分昏暗。我听得到远处垃圾山的"波涛",那一股股由垃圾形成的巨浪狠狠地拍打在城墙上,空中泛起了滚滚烟尘。

我躲在一座小屋背后的昏暗处,扯下外面的行头,撕掉克鲁科夏克斯小姐的连衣裙。现在我身上只剩下自己的衣服了,仿佛重新做回了自己。我脚上没有鞋,因为忘记把它带出来了。其实这也没什么大不了的,大多数废尔沁的孩子都无鞋可穿,我以前从窗户里看到他们脚上连一块破布都没有。我从小姐的衣服上撕下一些碎布来,给自己绑了一双简易的"鞋子"。好了,我总算彻彻底底地跑到外面来了,从此远离了月桂叶庄园。起先我一心想着要逃离那座大工厂,跑得越远越好,因而一路上跌跌撞撞,只顾着自己赶路,不和路上的行人对视。其实我也不敢同他们有目光接触。然而我不得不向路人询问方位,这点无法回避。我的兜里揣着半英镑金币,我把它藏得好好的。它在身上被体温捂热,感觉就好像是一位同行的伙伴。或许这枚金币原本就曾是一个活生生的人,只是不知为何竟沦落到这般田地?难道这只是我在胡思乱想?喔,我的金币啊,不管过去发生了什么,不管你到底是谁,我都一样非常高兴能够拥有你。

此刻我站在这里,重新回到了菲尔沁的土地上,然而如今它已经被人唤作是"废尔沁"了。

终于回家了。

我一头栽进那一条条蜿蜒交错的街巷里,暗暗对自己说:"继续朝前走吧,去好好吃一顿。"于是我转过街角,进入到更为拥挤的街道里。衣衫褴褛的粗人正蹲坐在路边水沟旁,到处有身披破布的小孩子跑来跑去。他们看起来全都肮脏不堪,和我从前的样子截然不同。我在大街上继续走着,越是往前走就越是没了那份喜悦之情。真没想到,我在这个地方居然会显得如此惹眼,尽管脚上裹的是一块破布,但和他们比起来却犹如披金戴银一样。我看起来如此格格不入,四周的人们都盯着我看。看来我并不属于这块地方,可是如今也没有回头路了。

"有什么可以为您效劳的?"有人问我。

我并没有作答,而是转身就跑。

"他是不是有毛病?"

"依我看不太正常。"

"他闯了什么祸,要这样拼命地逃跑?"

人们开始跟着我,而且队伍越来越庞大。他们喊道:"喂!你是谁?你叫什么名字?站住,请回答我们。你不会就是'裁缝'吧?嗨,你这行头真不错啊!快过来,快回答我们。"

街上的孩子们被惊醒了,于是也跟着大人跑了起来。孩子们觉得这场面有意思极了,他们一边跑一边跳,嘴里还唱着儿歌:

> 一口唾沫一口痰,
> 你在哪儿来回转,
> 弗里沁翰一座山,
> 我困于此牢坐穿。
> 吱吱咔咔摔坏肺,
> 滑来滑去头敲碎,
> 弗里沁翰小土堆,
> 你把它来当床睡。

我听过这首儿歌,而且在孩童时代也曾唱过。毫无疑问,从前我也同样在街上一边跑一边唱。现在想必已有二十多人跟在我后头了,而且沿途越聚越多。救命啊,老天爷,救救我。

"快走开!别过来!"我大声喊道,可是他们仍旧紧追不舍。忽然有一个头戴破帽的粗壮家伙挡住了我的去路。

"你身上有啥值钱的玩意儿?"他说,"有啥东西可以孝敬孝敬大爷我的?有吗?有吗?你到底有啥东西?在废尔沁这片地界上,凡是有了好东西,就要平分,快点掏出来给我!快交出来!我一定要拿走它,哪个天王老子说东西是你的?明明一直是我的!"

一只丑陋的大手朝我伸了过来。我佯装掏口袋的样子,突然间顺势一弯腰,使出全身力气窜入了另一条街道里。

"我的东西!"我听见那人大喊,"他身上有我的东西!抓住他!抓住那个胖小子!"

在我眼前有一根歪歪扭扭的烟囱,正在冒着滚滚浓烟。楼房的窗户上写有"废尔沁馅饼店"的字样,于是我便闯了进去。室内雾气缭绕,光线不足,伙计们在摇摇晃晃的桌子旁干活。当我进屋时,每个人都环顾四周。我合上身后的房门,只见窗外有一个脏兮兮的小孩正在朝里窥视。我不能出去,还是先在屋里稍歇片刻再说。暂且喘一口气,等孩子们玩够了以后再说,千万不能过早踏出去。

一个女孩子朝我走来,她系着一条围裙,浑身上下皮包骨头。

"你认识去捕鼠店的路吗?"我问道。

"你身上有什么值钱的东西?"她问道。

"抱歉,"我说,"真的很不好意思,我不想打搅你们。可是……请问你们……"

"我才不管你好不好意思,没兴趣知道。你有什么值钱的东西?"

"我真的很饿,"我说,"不骗你,我早饭还没吃哪。平时这个钟点,我已经用完早餐了。"

"哟,你倒是一个过日子挺有规律的人咯?"

"嗯,我想是吧。"

"你到底有什么值钱的玩意儿?要是一个子儿也没有的话,就不能待在这儿,我们可不会给你白吃白喝的。你到底有钱没有?"

"我有,我有。"

"那行,坐下吧。我再问你,有多少钱?"

"你这儿有什么吃的?"

"馅饼呗!"她大声咆哮起来,好像无法平声静气地吐出那几个字似的。她接着又说:"还有小面包!"这次更加响亮了。

"好,"我说,"给我来一个小面包吧,谢谢。喔,对了,还要一个馅饼。"

"那就付钱吧,没有钱就没有吃的。"

"什么?"我说。

"钱! 先付钱,馅饼马上就到,这是此地的规矩。要是想吃白食的话,我就把你送还给门外那些'小伙伴们',他们看起来很想找你。"

"我一定要找到捕鼠店,"我说,"我正在寻找我的家人。贺沃德一家,也就是住在捕鼠店的那一家人。你认识他们吗? 能不能给我指个道? 捕鼠店的贺沃德一家在哪儿? 请告诉我吧,我真的非常急。"

"这么着急干吗? 难道你做了什么坏事?"

"没,我没做坏事。不急,不急,只是……你知道捕鼠店在哪儿吗?"

"我当然知道。不过你得先坐下来吃点东西,然后我再告诉你。当然啦,你必须先付钱才行。"

"我身上真的有钱。"

"口说无凭咯。"

"可是我不想花掉它。"

"人人都这么想。哼哼……快掏出来!"

我把手伸进口袋里,摸到了半英镑金币,紧紧地攥住它。

"我没工夫陪你瞎扯,"她说,"我要喊查理过来对付你,他可是一个十分野蛮的人哟。查理! 这里有个家伙不肯付钱,你替我把他轰出去。查理!"

在后面一间烟雾熏天的屋子里,一个魁梧的身影开始挪动起来。

"别,"我说,"小姐,请先别急。我有钱,真的有,你瞧。"我把金币掏了出来,摆到了外面。生气的姑娘低下头看了看,随即便伸出手,并将手掌摊平。

"这就是我的钱。"我说。

"这些钱足够了,"她说,"足够你吃好几顿了。"

"这是半英镑的金币。"我说。

"我知道。"她说。

"这可是我的金币,"我说,"独一无二的金币。"

"哦？是吗？"

"我要保管好它的。"

"我常跟别人说,一个人要先填饱肚子,然后再去想别的。"

"我绝对不能花掉它。"

"你要是不肯花,那就别想得到任何东西。"

"这是我的钱。"

"错,"她说,"这你就说错了,现在这是我的钱。"

她伸出肮脏的手,一把夺过金币,随即便转身离开了。

我的金币!

为什么我突然有一种撕心裂肺般的悲伤？为什么我失声痛哭起来？为什么眼泪会如此迅速地夺眶而出？

我的金币!

我的金币!你他妈的快还给我!

本纳迪特

02

地下城

弗里沁翰市镇的前科犯自述
不再居于原地,被流放至垃圾山里

我发现了这个东西,所以它就是属于我的,只有我这样的人才能发现如此的宝贝。那天,好些天没有到地面上的我难得爬上去了一次。天气始终很糟糕,地面上不太安全,因此我选择在暗无天日的地下生活。我在黑暗的环境里能够看见东西,过得倒也舒服自在。没错,我就住在垃圾山的底下,对这片区域十分熟悉。有时候我会心血来潮,爬到上面去露个脸,然后找一块地方歇歇脚,即兴地引吭高歌一番。尽情呼喊,弄出一番大动静。

"本纳迪特!"我高声喊道,"本纳迪特!本纳迪特!"

我呼喊最多的便是这句话,而且基本上也只会说这么多。他们把我扔到这座垃圾山里,将我置于整整一英里以外,任由我在这里等死。可是他们的如意算盘却打错了,我偏偏生存了下来。我的身体可以说就是由垃圾构成的,我在这座山里顽强地活了下来,并且靠山吃山,茁壮成长。我的个头本来就不算小,而如今又壮实了一倍,成了一个彻头彻尾的野孩子。那些久居室内的居民们都害怕我,他们一看见我就往屋子里躲。

我和物件们有个约定:我们是一个整体,彼此骨肉相连,亲如一家。墙外的人们一般是瞧不见我的,对于他们而言,我似乎是隐形的,就是垃圾的一部分。不过我本事可大着呢,只要一声令下,垃圾都会聚集过来,让我变成山一样的大怪物!我无处不在。但你看不见我。我就在这儿。说到哪儿了?我的思路总是很跳跃,一会儿东一会儿西,和垃圾山一样多变。啊,垃圾山在旁人眼中或许是一团土灰色的废物，但对我来说却是百花筒般多彩的世界。我的身子在物件间穿梭，思绪也四处乱窜，再透露一件事吧，我的名字叫本纳迪特。这个地方就是我自己的家，因为这是我寻觅到的！还有，那个东西也是我捡到的，所以它也是属于我的。那么这到底是一个什么玩意儿呢？或许你会说，这个小东西有什么可稀罕的，但是我却知道那是一样好物件。我把它捡起来，紧紧地攥在手里，随后带着它迅速离开，沉入垃圾山深处，返回到藏身之处。我毫不在乎地一头扎进了污泥里，反正我自己也是一团垃圾。嘿嘿，这个玩意儿真不错，可是……它到底是一样什么东西呢？

它是什么呢？

我有没有向你透露？

不，我永远都不会说的。

傻乎乎的本纳迪特，愚蠢的本纳迪特，不安分的本纳迪特。你总是在不停地走来走去，像一坨会动的垃圾堆，一个由垃圾拼起来的怪人，一个垃圾弟兄的领袖，一个十足的大傻瓜。嗯……好吧，我还是告诉你吧。

可是话到嘴边又咽了回去。

那个东西到底是什么呢？

不，我绝对不会告诉你的。

好吧，听着，

那是一枚土质纽扣，

一枚属于我自己的纽扣。

因为它是我捡到的。

我的鼻子向来灵敏异常，可以在陈旧的垃圾堆里闻出新到的废品，可以从一贯的恶臭中嗅出不同的气味成分。我能够闻到一英里以外的东西，感觉得到它们，有本事将其辨认出来。我在垃圾山上蹦来跳去，来来回回地搜寻食物。我喜欢那些东西，简直爱死它们了，它们是我赖以生存的法宝。我将它们拾起来,放进嘴里吞咽下去。有时候也会重新吐出来,但只是偶尔如此。我可以消化吸收大多数的物件,比如时常捡到的橡胶和衣物,有时候还会寻觅到金属器件。我喜欢那种一丝一丝的碎片,它们就如同我的血液一般重要。

那天,冬季的暴风雪刚过去,我爬到地面上晒太阳。我东走走,西转转,看看有什么新鲜的玩意儿,从这里捡一点,从那里拾一些。没错,我还要抓一只海鸥来尝尝。或许也可以抓一只老鼠?活的死的都不要紧,因为我的肚子犹如铁打一般牢靠。这便是我,一个来者不拒的大胃王,这就是我一贯的风格。在垃圾山的峰顶附近,我捡到了一枚土质纽扣。你或许会问,这有什么值得一提的呢?其实这相当重要,因为我对纽扣如痴如醉,收藏了各式各样的大小纽扣,有好看的,也不乏难看的,数量非常之多。我在地下还寻觅到一个罐头,于是就把收集来的纽扣统统倒在里面。我把土质纽扣放到自己身经百战的鼻子下面去闻,纽扣啊纽扣,你从何方而来?我抬头远望,瞧见那幢矗立在垃圾山另一边的废物庄园。原来你属于那个地方,属于肮脏丑陋的垃圾山。此处是一片无边无际且遭人唾弃的粪土堆,不过在这片垃圾天地里,有一个地方才是真正的污秽所在,那便是你曾经住过的废物庄园。难道我说错了吗?你被人扔了出来,他们为什么要那么做?你究竟闯了什么祸?你只是一枚纽扣而已,为什么他们要如此恨你?好吧,小东西,我会收留你的。来,跟我到深邃的地下黑暗里去。来,我的纽扣,跟我来。

过去、现在、将来,这些对我有何意义?我所度过的每一天都和昨日一模一样,而明天也不会有太大变化。日复一日,年复一年,周四也好,周五也罢,其实都没什么两样。只有当我爬到地面上的时候,才会感觉到时光流转。有时候,外面的季节已经更替,而我却在下面待得太久,以至于浑然不知。地下肮脏的黑水流经我的藏身之处,我在黑暗中享用着河水冲来的脏物,竟不觉春季已经来临,后来发现泥土中生出杂草,方才恍然大悟。这个地方确实长有花花草草,它们在如此恶劣的环境里也能生根发芽,为我送来一缕美景。这些绚丽的造化之物十分顽强,你无法将它们拔光,也不可能清除干净。

在我所生活的地下,没有春夏秋冬之分,也无初一十五之别。我从不过什么圣诞节,也不过大斋节或复活节,这样那样的节日一概不过。地下一片漆黑,日日夜夜都相同,年年岁岁皆如此。空气稠密厚重,温度也始终不变。此地便是"地下城",这是我家的住址,也是我的私人城堡,更是我的安全避风港。它是我的小屋、我的大铁盒、我的微型王国、我的私家地盘。这个地方位置很深,而且笼罩在一片厚重的黑暗之中。黑暗浓稠得犹如柏油一般,伸手不见五指⋯⋯

在这个隐藏于地下深处的王国里,居住着许多小动物,它们一直陪伴着我。这些小东西是久居地下的夜行者,眼睛小得好似白斑一点,向来也看不见东西。这里有许多老鼠,曾经还有几个形似海鸥的白色动物,不过如今都已经瞎了,与其说是一只一只鸟,倒更像是一条一条鱼。其实在这么深的地方,视力也毫无用处,看不到任何希望和未来。有时候我觉得自己也会变成一个瞎子,对此我倒并没有太过忧虑,只是当一路向上爬行的时候,时不时地会感觉越来越艰难。每当想看看地面的时候,我便会费力地往上爬,使出吃奶的力气,上去之后,经受可怕的日光,望见无边无际的苍穹,体验旷野上的那份寒意,我终于返回到地下那片黑暗之中。只有在这里,我才会感觉到稳定和安宁,使我忘却过去;只有这个地方,才是我的家。

家,其实是一座大铁屋子。它原本是一家银行的保险库,后来遭人抢劫,被撬了个底朝天,因而被人遗弃。这便是我在地下的藏身之所,我终日与这些铁抽屉为伍,同金银财宝共处一室。这里有许许多多的硬币和纸钞,有些已经破损并且过期无用,有些已经犹如死去一般被人忘却,而有些曾被人抢拾回来并挂念于心。凡此种种,都是我喜欢的物件。你可以用手去触摸它们,有些还可以放进嘴里吃掉,还有一些则始终陪伴在我身旁。这,就是我的家。

家,曾经是这个样子的。

不过现在却不再是了。

自从那件事情发生以后,家就变了一个样,突然与过去大不相同了。自从我发现了那枚土质纽扣以后,时间这样东西似乎又回到了生活当中。我开始回忆起许多事情,想起了多年来在黑暗中不曾回首的过往岁月。我将收集而来的蜡烛头合并到一起,在地下点起了一抹亮光。其实在下面这个地方,已经很久没有任何光亮了。

那些人管我叫"畜生"。

不错,我就是畜生。

一个垃圾山的畜生。

唉,这全都是胡思乱想!都是因为那枚新来的纽扣,它让我一下子认出了破败的街道以及七倒八歪的房子。我回忆起了墙外的百姓们,即那些生活在"卢敦"边缘的人们,还想起了那一堵阻隔他们的城墙。边缘的百姓不受欢迎,"卢敦"人觉得他们非常可怕,所以就在中间筑起了一道城墙。而墙外的百姓们又觉得垃圾山十分可怕,于是也如法炮制,又筑起了一道城墙把垃圾山拒之门外。这块地方有如此之多的城墙,而这个市镇就夹在两道城墙中间,它的名字叫做"菲尔沁"。一道墙将"卢敦"阻隔,而另一道则把垃圾山挡在外面。垃圾山啊垃圾山!他们是如此地惧怕你!其实,我知道的事情还不止这些,我还晓得自己是在垃圾山出生的,垃圾山就是我亲爱的母亲。而我另外一个母亲,即那个生母,当我还在她肚子里的时候,她就想方设法地要把我害死,后来又将我遗弃在这片垃圾山里,不希望任何人瞧见我,后来我也确实没被发现。除此之外,她曾留下一个小小的印记,她在一个废弃的罐头上画了几个字。笔迹扭扭捏捏,依稀可辨是"本纳迪特"。想必是她在我出生以后写下的,估计是用发夹、玻璃碎片或生锈的铁钉刻下了这个名字。她的手劲很弱,不仅在罐头上面刻下我的名字"本纳迪特",而且还在下方画了"安息"的字样。我心想,我才不会安息,这绝对不可能。母亲啊,你为什么不要我?为什么把我扔在那儿?不过我也并非孤单一人，身边到处都是垃圾弟兄，有整座垃圾山陪伴着我。它保护了我，养育了我。唉，我真的不喜欢回忆从前那些事情。

在土质纽扣到来之前，我从来没有回忆起这些。

为什么它会勾起我对陈年旧事的记忆呢？

于是我便诅咒这枚纽扣，我讨厌它，希望它滚得远远的。我想要忘却过去！回忆只会使我痛苦万分。我对自己说，应该将这枚纽扣摔碎，应该用力踩它，把它碾碎，然后吃下去。我要把它嚼得粉碎，好让它从此不再出现。

纽扣啊！好一个纽扣模样的东西！

我还有其他讨人喜欢的纽扣，它们从来不会给我带来伤害。我有铜制的长脚纽扣、铜头纽扣、珍珠母纽扣、锡制纽扣，以及镶边的纽扣。它们全部都漂漂亮亮的，不像那枚土质纽扣，毫无美感可言。

真是一个令人讨厌的纽扣。

它到底对我施了什么魔法？原先我可是过得悠然自得，逍遥快活。

"本纳迪特！"我在自己的黑暗王国里呼喊，"本纳迪特。"

我伸出拳头，想要狠狠地击打出去。我要看着这枚硬币被砸成碎片，我要目睹它化作尘埃，我要眼睁睁地瞧见它吃苦难受。我拿起燧石朝墙上打，试图蹭出火花来，以便点燃那堆收集而来的蜡烛团。火星噼啪四溅，然而还是无法点着蜡烛。我这里还留有一些残余的石蜡，可是它们很难划出火来。成了！点燃了！纽扣仿佛在火苗下跳舞，它左右摆动，来回翻转。我一定要毁了它！

"本纳迪特！"我朝它怒吼道，一边晃动火苗，一边高声喊叫。

这枚讨厌的纽扣正在自由欢快地翻翻起舞。它左蹦右跳，翻来转去，犹如自行编排了一曲舞步。火焰微微地颤抖，在它身上无情燃烧。我一动不动地端着蜡烛团，稳定住火苗，然而那枚纽扣依旧活蹦乱跳着。它不停地翻转摆动，让人怒气横生。

你给我停下！别再跳了！

可是它我行我素,丝毫没有停下来的意思。它不但继续翻转跳跃着,而且还越转越快。事实上这枚扣子越变越大,形成一枚巨型的纽扣。你要干什么?你想伤害我吗?此时,我反倒成为了心存忐忑的一方。我恨死这枚纽扣了,可是又有些惧怕它。只见这枚纽扣时而伸长,时而扭曲,时而又左右移动,最后完全脱离了纽扣的形状。在微弱的火光照映下,一个别样的影子出现了。

它不再是一枚纽扣。

而是一只硕大的老鼠。

不,不对。

这个东西……

并不是一只老鼠。

原来那是一个人形,是一个不穿皮衣的人。我上一次瞧见不穿皮衣的人是什么时候?只见她身着一件单薄的黑色连衣裙,样子看起来粉嫩极了!我好想占有她,好想吃了她。没错,我就是要把她吃掉,因为她细皮嫩肉,非常新鲜。只见她原地变形之后,开始东张西望起来,还发出了一些声响。我不明白她所说的话,而她则一遍又一遍地重复着同一个词。后来我终于听清楚了,似乎明白了她在说些什么,有一个崭新的词印在了我本纳迪特的脑海里。她语速很快地说:

"劳西宾诺特。"

"呃……你说什么?"

"路西·佩尼特。"

"嗯?"

"露西·佩纳特。"

女招待、贼、药剂师

03

一枚半英镑金币的奥德赛历险[①]

克劳德·艾尔蒙哲开始自述

曾居住在伦敦弗里沁翰庄园,后被移送至弗里沁翰市镇上的月桂叶庄园,并在那里被人偷走。

大珠小珠落玉盘

我死了吗?大概是吧。我记得自己曾经是一个活生生的人,可如今却已不再是了,这一点我敢肯定。我变成了一个物件,一样东西。我觉得自己被困在物件里头已经有些时日了,但无法说清到底待了多久。突然间,我似乎回忆起更多的事情来,也可以感知到许多东西了。我能够听到新的响声,它不同于原先所听到的那种轻微模糊的窃窃私语,而是一些货真价实的响亮声音,它们就在我周围回荡。我被人扔到了这个地方,四处一片漆黑,身旁有许多别的物件,有一些正在发出细小的声音。

"埃尔西·伯德罗。"

"泰迪·纽波特。"

[①] 古希腊史诗,讲述一个历经千辛万苦最终归乡的故事,常用来形容一个人的历程艰辛曲折。

"艾达·高登巴姆。"

"你好呀。"

"欢迎你。"

"早上好。"

这些声音很轻,在这黑暗的环境中颤抖着,感觉若有若无的。我和其他物件们挤在一起,听见它们嘀嘀咕咕地说:

"那是谁?"

"是新来的?"

"新人?一定有新的来历吧?"

"告诉我们吧,跟我们讲讲!"

"我们也会把自己的故事告诉你的。"

"就是想交个朋友,表示一下友好而已。"

"……假如你肯告诉我们的话。"

"就是打个招呼,互相介绍一下啦。"

"谁先来?"

"我先来吧。我曾经是一个非常能干的小男孩,"有一个微弱的声音在说,"大伙都需要我。我们一道在外头捡拾垃圾,而且是打头阵的那一拨先锋。可是后来我摔了一跤,身上划开了一道大口子。艾尔蒙哲门卫把我救了回去,将我从拾荒队伍里拖了出来。他们把我带到后方,要我给他们看一看伤口。于是我按照他们的吩咐做了。随后那个人说,现在你还能干什么?来,把这个吃了,很管用的。后来我一刹那掉到了地板上,从此以后就再也不是乔斯·特纳了,只是一枚微不足道的硬币而已,一枚价值一便士的硬币。"

"这算什么,"另一个物件说,"我的亲兄弟'猪小哥'——他因为浑身上下皮包骨头而得此浑名——曾经在水池泵旁边工作。某天,有一股凉气突入他的肺里,从此以后便永久驻留在里面了。无论想什么办法,那股冷气就是不肯出来。后来我的猪小哥一天天地消瘦,或许你会认为他那副身板已经不可能再瘦了。我可怜的红头发兄弟,他不停地咳嗽吐痰。再过了些日子,有一个艾尔蒙哲出现了。他说,猪小哥,你应该好好休息一阵,你说是不是? 然而从那以后,我便再也没有见到兄弟本人。再后来,当那个艾尔蒙哲在我面前路过时,我看见他身上突然添了几根铅管。而至于我本人,他们只是简单地问了问我的年纪,还看了看我的牙齿。他们让我吞服某样东西,然后我就变成了一枚国内流通的一便士硬币。我曾经叫菲尔·毕晓普,请大家记住,千万要记住!"

"人们都叫我两便士,"又有另一个声音开始说话,"我从前是一个小孩,名叫珍妮·诺瑟姆。有一天早晨,我的爸爸妈妈变成了琉璃瓦。我没看清这是怎么回事,但我知道这些瓦片就是他们。我大声呼喊,估计整个城镇都能听见了。我这样喊道:快看! 我的爸爸妈妈,怎么变成这样了! 后来有一个艾尔蒙哲来到我家,他慢慢走近对我说,可怜的小姑娘,让我来帮帮你,请把瓦片给我吧。来,吃了这个,它会让你舒坦一些的,真的很管用哟。其实我已经记不清当时有没有把瓦片交出去,因为我很快就变成了一枚价值两便士的硬币。我不断地问自己,到底有没有将爸爸妈妈摔到地上? 有没有将他们摔坏?"

诸如此类的故事一个接着一个,在这片黑暗的环境里此起彼伏。

"那你呢? 新来的,该你了,你有什么故事可以告诉我们的?"

周围一下子寂静了下来。

"说吧,英俊的小伙子。说出来吧,说出来让大家听听。"

四处鸦雀无声。

"我也同意。喂,那个新来的,现在你来讲故事,其他人都闭嘴。"

此时在我的脑海里突然闪过一个念头。

"各位,不好意思。"我说。

"喔,终于开口了。"

"我可不是哑巴!"我喊道。

"当然不是,当然不是。你想哪儿去了。"

"你们不是都听到我说话了嘛!"

"看你磨磨蹭蹭的样子,想必也不是一个干脆的人。"

"你们好,"我说,"大家好!"

"早上好。"

"早上好,大家……今天感觉不错吧?"我扯着嗓子喊。

"半英镑金币,你倒挺有礼貌的嘛。"

"我以前认识的金币,无论是半英镑还是一英镑,他们统统都不说话。"

"至少他们都不愿意同我们说话。"

"我们这儿没有来过像你这样的东西。我见过金币,可只是在账房里见到的,此处并没有。金币从来不会出现在这种地方。"

"不好意思,"我继续补充,"要是我真的如同你们所说……那么拖沓的话,我请你们原谅。呃……我觉得……我认为……我是不是和你们一道,都在一个抽屉里,而我们都是……都是硬币?"

此时那些硬币发出冷冰冰的讥笑声。

"真是抱歉,"我接着说,"倘若我的要求还不算太过分的话,你们可不可以告诉我……怎样才能……怎样才能不做一枚硬币?"

话说到这里,他们的笑声全都停止了。

"你是个新人,对不对?"最后终于有一个声音作答了,"实话告诉你吧,你现在是一枚硬币,将来还是一枚硬币,始终都是一枚硬币,直到死了为止。我叫威利·米德,现在同样也是一枚硬币。我们这些硬币今天在这里,明天就被换到另一个地方了。我们从一个口袋转入另一个口袋,在废尔沁这块地界上来回周转。曾经有一次,我远在肯特郡附近,几乎就要到苏格兰了。可是我最终还是返回到了这个地方,又再次回到了废尔沁。现在我的身上已经有了一些凹痕,所以很有可能会一直待在这儿了。我的价值相当于店里的半个馅饼,或者一整个小面包。我和穷苦人为伍,孩童时曾渴望离开废尔沁,并且还真的动手干了。当时我趁着夜色借助绳子翻上了伦敦的城墙,再从另一边跳下来,然后一溜烟地跑入了伦敦的街巷里。就这样,我离开了废尔沁,步入了伦敦城。"

"真了不起啊!"

"这故事太精彩了!"

"我在城墙的另一侧摔得很重,"这枚硬币继续说,"但是他们没能抓住我,至少一开始没有得逞。不过那些人还是听到了我的动静,并且从后面追赶上来。我和他们在老肯特街上遭遇,很快就被逮住了。那些人一眼就能看出我是从废尔沁逃过来的,他们向来不喜欢我们这种阶层的人涉足伦敦。随后的事情在意料之中,他们狠狠地揍了我一顿。我以为自己要被打死了,不过最终还是挺了过来。再后来,我就被人送到了这里。"

"现如今不同了,干这种事情是要挨枪子儿的。"

"此话不假。现在伦敦墙的另一侧都有士兵把守。只要你在城墙上稍稍露头,他们就会开枪打爆你的脑袋。就在上个星期,真的有人这么干了,结果被当场击毙。只有一车一车的垃圾才能从城墙那头进来,不过在清空垃圾的时候也盘查得很仔细。总之,任何不怕死的尝试都是徒劳的,我们根本过不去。"

"当伦敦警察把我送回废尔沁的时候,我仅仅只有十岁大,"那枚硬币最后总结道,"有一个艾尔蒙哲接管了这件事情,然后就把我变成了一枚面值一便士的硬币。如今我呀,也不操什么闲心了,心甘情愿做一枚硬币。我在这里过得挺不错!况且你要知道,我当年还到过围墙另一边哩!"

"喔,我的老天啊!"我大惊失色地喊道,"你们的经历真是曲折坎坷!"

"别做出一副可怜我们的样子,听见没有?"

"你听见没有?"

"他可怜我们!"

"他有什么资格来可怜我们?"

"不,不,"我说,"我只是……我只是感觉这一切都闻所未闻。你们知道这么多真相,而我却一无所知。我非常乐意向你们讨教。嗯……这么说来,咱们都被人遗弃了? 都是没人要的?"

"你真像一个三岁小孩!要我说,就像是一张白纸,什么也不知道。"

"我想是吧。"我说。

"我以前见过'裁缝'他本人哟!曾经有一阵子,我就待在他的口袋里。"

"我的乖乖!"

"真没想到!"

"嗯,这千真万确。"

"'裁缝'?"我问道,"劳驾告诉我,谁是'裁缝'?"

所有硬币都诧异地看着我,就好像听到了天方夜谭似的,仿佛我是一个大白痴。

"看来你是真的傻啊。想必是常年锦衣玉食,终日待在丝绸衣裳或花呢布料里头,连现实世界的模样都不知道了,真是个惯坏了的软骨头。好吧,小伙子,挺起腰板来!让我来告诉你,现在你到了废尔沁,准备吃点苦头吧。我不知道你是怎么会沦落到此的,不过既然你已经成为了我们当中的一员,那么我们就会好好照顾你的。"

"这个我明白,"我说,"很高兴您能指点我。那么……那个'裁缝'到底是谁?"

"警方通缉的杀人犯!这就是他的身份。这里到处都张贴着缉拿告示,他的名字就在上头,白纸黑字。那是一个十分凶险的亡命之徒,惯用一把剪刀,他会悄悄靠近"猎物",然后朝他们猛刺过去,接着被害人就鲜血直流。这个凶犯眼下就在菲尔沁一带活动,就藏身于寻常百姓当中,每个角落都有他的影子。可惜的是,至今也没有人能够抓住他。"

"这个'裁缝'的故事……是真的吗?"我问道。

"当然是真的!再说了,谁跟你说话了?你这个油头粉面的公子哥,居然打搅我们聊天,你算老几?"

"你们讲得真是太……"我说,"我以前从未听到过物件会这么讲话。"

"你这个蠢货,钱币们向来都是话痨。我们大江南北四海为家,总是被人不断地花掉,我们从一只手掌传到另一只手掌,从一个地方移动到另一个地方。我们的见识比任何人都要广,眼光也比任何人都要长远。我们这些无根的人,终日四处漂泊,人人都需要我们,人人都想占有我们。奇怪的是,你怎么会不知道这些? 瞧瞧你这枚锃光抹亮的金币,告诉我们,你在变身之前到底是谁?"

"是啊,说吧。我们想听听你的故事,你以前是干什么的?"

"就在不久之前,"我说,"我慢慢意识到自己在詹姆斯·亨利·贺沃德的口袋里。他原本应该好好照看我的。我这辈子一直都和詹姆斯·亨利形影不离,可是现在……看来我们已经走散了。"

"你被他花掉了。"有一枚硬币说。

"我被花掉了?"我问道。

"嗯,没错。你被花掉了。"

"可是……为什么呢? 他到底为什么要花掉我呢?"

"为了面包和馅饼呗,没什么好奇怪的。"

"他把我花了,就为了换一个面包、一块馅饼?"我问道,"他干吗要做出这种事呢?"

"你的身价抵得上好多好多馅饼和面包,你可以换一顿配有香肠肉的丰盛大餐。就是因为你来了,使得我们损失了整整半个抽屉的兄弟。这里本来有一枚价值一先令的硬币,他讲故事很拿手,可是因为你的到来而被换走了。好了,你干吗不将功补过呢? 告诉我们,你叫什么名字? 我们都很喜欢听故事,常常会口口相传,把故事像撒种子一样到处散播。来吧,金币朋友,说说你的来历。"

"在我变成金币之前?"我问道。

"是半英镑金币!"有一枚一便士硬币说,"别把自己吹上天。"

"是的,非常感谢你的提醒。在我变成半英镑金币之前,我叫克劳德。"

"克劳德? 这算什么名字。在我看来,叫这个名字的人似乎不像是做金币的材料。"

"我和家人一起住在一幢大房子里,从那里可以望得到菲尔沁。"

"自从那些臭气熏天的黑烟降临到我们头上以后,我们就管这个地方叫'废尔沁'了,那股黑烟始终笼罩着整个市镇。"

"我在远处可以望到你所说的废尔沁,"我继续说,"虽然当时并未真正来过这里,可是我想……"

"好吧,小鬼,你现在不是来了嘛。"

"来到这一片黑烟之中。"

"克劳德?这根本就不是一个名字。你的全名到底叫什么?"

"克洛迪乌斯,"我说,"克洛迪乌斯·艾尔蒙哲。"

这句话把他们全都震住了,所有硬币似乎一下子都变成了哑巴,连那些交头接耳的动作也戛然而止了。他们就好像真的变成了一枚枚默默无声的硬币,再也没有别的什么了,再也不是那些由人变成的钱币了。

"嘿,"我说,"嘿,你们怎么都不和我说话了?我认识一个菲尔沁本地人,她的名字叫露西·佩纳特。你们有谁听说过这个人没有?来吧,求求你们告诉我吧。她叫露西·佩纳特,顶着一头红发,浑身上下斑斑点点。你们认识她吗?能不能帮帮我?请跟我说话呀,赶快开口说呀。"

可是他们再也不肯吐露半个字了。

此时,抽屉被人打开,外面的光线照射了进来,日光洒在我们这些硬币身上。我没有被人拿走,而其他有些硬币被抓走了,并且换来了一批新的。它们一个个"扑通扑通"地掉落下来,而在每一枚硬币落下之时,都有别的硬币迅速地向它们发出警告说:

"艾尔蒙哲!这里有艾尔蒙哲人!"

随后,一切便复归了寂静。

我不知道自己在这个抽屉里待了多久,不过最后有几根黑乎乎的手指将我夹了起来。有一个人将我放在围裙上擦拭干净,然后便交与另一个人带走了。

贼

我被人塞进口袋里,离开了那个馅饼店模样的地方。我猜测自己现在已经身处于弗里沁翰的大街上了,或许应该说……是在"废尔沁"的大街才对,既然人们现在都这么叫。

虽然我觉得自己似乎距离詹姆斯·亨利越来越远了,然而我的心情倒也不错,因为至少可以避开那些讨厌的硬币了。詹姆斯·亨利啊,咱俩究竟要拉开多远的距离才会大难临头?过去的回忆如潮涌般汇入我的脑海中,可怜的爱丽丝·希格斯啊,罗莎蒙德姑妈就是因为丢失了它才会备受折磨。我想,整个伦敦城里一定有许多人同自己的信物彼此分离。那些饥寒交迫的人,那些半人半鬼的家伙,还有那些弄丢了信物的失主和孤苦伶仃的穷人,他们不明白自己的人生为何会如此糟糕,如此残缺不全。最重要的是,那些人已经不再是人类了,他们统统化作了一个个物件。从此以后,没有人再爱他们,也没有人知道他们是谁。

一路上全都是熙熙攘攘的声音,相当的吵闹,而且还越来越嘈杂。周围全部是各种物件发出的声音,似乎废尔沁所有物件都在呼喊:

"从前我是乔治·布朗,而现在变成了一个刮鞋架。"

"你能听见我吗?我是一个柳条编织而成的菜篮子。"

"还有我,还有我,我是一个平顶帽。"

"我就在这儿,就在地上。听着,我是一个牛奶桶,从前的名字叫伊芙·布伦。"

"我是独轮车,我是独轮车,从前叫爱德华·佩德森。"

"我是一块挂在人们胸前的广告牌,我推销'奥尔布赖特义齿'。从前人们都叫我阿奇·斯坦纳德。"

"我是一颗牙齿,而且是一颗蛀掉的牙齿!我从前的名字叫安妮·普。"

"喔,我如今变成了一只鞋子!"

"我成了一根皮带!一根皮带啊!"

"我是汉密尔顿·富特,不过你肯定认不出我了,因为我现在仅仅是一根绳子而已。"

"我听到你们了!"我大喊道,"我听到你们所有人了,你们真是太可怜了!"

"他听到了我们!"

"他听到了我们!"

转眼间,周围的声音轻了许多,想必我已经被带到了一个更为偏僻的地方。突然,我又被人摆到了外头,原来这是一位烤面包的小姑娘,估计还不到十五岁的样子。她用黑乎乎的手指将我抓起来,然后递给了某人。我在日光下终于可以看清楚周围的环境了。此时此刻,我看到了更多东西,回忆起了更多事情,似乎在用一种前所未有的新方式来聆听物件们的声音。难道成为了一个物件之后,我的听觉变得更为强大了?真的是这样?周围有人在哭泣,没有言语,只有声响,我从未听过这种声音,犹如一种全新的语言。我觉得这种奇怪的、直白的声音正是从这位姑娘的体内发出来的。这该如何解释呢?从她的体内发出一种哭泣声,后来我终于听清了它在说什么,原来那声音正在呼唤:"顶针箍。"

这位姑娘把我掏了出来,展示给一个光头男人看。那个人穿着脏兮兮的厚皮衣,而他的身上也伴随着一种声音。这种声音更为低沉,也更为微弱,不过我可以听出它在说:"蒸汽熨斗。"

"我把它带来了。"姑娘说。

"那就给我吧。"那个粗人说。

"先把你偷我的那根蜡烛还给我,它是我母亲变的。你说过,只要给你半英镑金币,你就把蜡烛还给我。好了,现在东西在这儿,我只要那根蜡烛,你一定要把它还给我,我觉得它就是我的母亲。"

"我虽然瞧见了金币,但是没有真的摸到它,快点拿过来。"

"蜡烛,先给我蜡烛。"

"给我金币。"

于是我被递到了那双粗壮的大手上,他的手指犹如香肠一般,而且还十分粗糙,同时布满了疤痕。

"现在给我蜡烛,"她说,"我一定要得到它。"

"你到底是从哪里搞到这么大一笔钱的?是偷来的?"

"是一个顾客给的。"

"真会编故事,就你们那个破猪棚,可以像模像样地招待谁?"

"请给我蜡烛,求你了。"

"顶针箍。"从她的体内又发出了这个声音,而且比上次更加响亮了。

"这金币是从谁身上偷来的?大概是从收银柜里私自拿走的吧。等等,等一等。我好像想起什么事儿来了。喔,对了。这东西看起来很眼熟哟,嗯……我想起来了,这东西一直就是我的,是你从我这儿偷走的。"

"别这样,求你了,快把蜡烛给我,我只有这一点点要求!"

"你个小偷。"

"我没有偷!求求你了,求求你了。"

"别碰我,你个小扒手。我要叫艾尔蒙哲人来,你看我敢不敢。"

"蜡烛在哪儿?究竟在哪儿?"

"拉倒吧!它早就不见了,无非是一根蜡烛而已,瞧你这副大惊小怪的样子。我上个星期就把它给卖了。现在你把手松开,不然我就要狠狠地揍你,打得你下个礼拜才能醒过来。"

"你把它卖给谁了?卖到哪里去了?"

"真烦人,快滚。"

"顶针箍。"她体内又发出了这个声响。

"妈妈!妈妈!我的妈妈!"

"闭嘴,不然吃我的拳头。"

"把钱还给我。"

"钱?什么钱?我不记得有什么钱。"

"我的半英镑金币!"

"我不知道你在说些什么。"

"求你了!别这样!求你了!"

"顶针箍。"

"救命!救救我!"

"顶针箍。"

"别碰我。"

"救命,喔,救命啊!"

"我警告你,走远点,别过来!"

刹那间,姑娘原本站立的地方只剩下一个顶针箍。这个微不足道的小物件在地上冒起一股白烟,滚烫滚烫的样子。随后我便听到它喊:

"安妮,我叫安妮·纳尔逊。救救我,请救救我。"

"上帝啊。"那个真正的贼人说。他吓得浑身直哆嗦,好像突然害了疟疾一样。只见他抬起腿,用靴子将这枚顶针箍踩入泥土里,然后把我深深地塞进皮衣口袋,随后便慌忙离去了。

药 剂 师

不知不觉地,我又被人掏了出来,重见了天日。我被传递到了另一个人的手掌上。这里应该是另一家店了,店铺里到处摆放着各种瓶瓶罐罐,全都装着奇怪的物品。天花板上吊着许多钩子,钩子下面挂着各味草药。

我听见这里有新的嗓音在呼喊,它们似乎就散布在周围的角落里。

"查斯·巴特勒。"

"约瑟夫·辛格。"

"阿奴什卡·杜加尔。"

"奥利弗·英格里士。"

"弗朗西斯·沙利文。"

"救命啊,我变成了一个钟形玻璃罐!"

"我在这儿!在这里!我叫帕特里克·利里,是一片压舌板①。请救救我们,你一定可以拯救我们的!"

"求你了!帮我们一把吧!我是一个血盆。②"

此时那个贼人对药剂师说话,他一开口便盖过了那些物件哀求的声音。"我需要少许现磨的草药放在烟斗里抽两口。我的脑仁儿很疼,从来没有这么疼过。"

这个贼人看起来一副心烦意乱的样子,他体内发出一股声音:"蒸汽熨斗。"这个嗓音听起来倒比他本人自信得多。

"好的,先生,"对方在积满灰尘的柜台后面回答道,"您要七厘、六厘还是半便士的量?"

"半便士就行。"

"好嘞,我这就给您去称。"

"你心算一下不就行了?我领教过你家的那把秤,你就大方点儿吧,好不好?"

"蒸汽熨斗。"

"先生,我得精确一点才行。对了,请您先付款。"

---

①医生使用的二端圆形薄木片,主要作咽部视诊用,是医生必备的检查器具。

②18世纪至19世纪英国以及北美地区相信用放血疗法可以治疗发热性疾病,血盆即为该疗法中使用的器具。

"给。"

我被他拿到了柜台上。

"这么多?"

"快去拿药啊,我不是已经掏钱了吗?"

"您是从哪儿弄来这枚金币的?"

"关你什么事?"

"蒸汽熨斗,蒸汽熨斗。"

"先生,请稍等片刻。"

药剂师将我拿起来仔细端详了一番,随后放到嘴边,用他那泛黄的牙齿去咬,以此来验证我是否货真价实。

"这是真货。"那个贼人说。

"嗯,看样子确实是真的金币。不过……这是犯法的。"

"你说什么? 这是……犯法的? 你小子想耍我。"

"不,不敢。先生,这确实是违法的,您可以到大街上去瞧瞧,告示刚刚贴上去,墨迹还未干透哪。布告上面说了,从今往后,半英镑金币不再是本镇的合法货币了。"

"可是我需要磨碎的草药啊,我的脑仁儿疼得厉害!"

"没问题,咱们肯定能想出一点折中的办法。"

"我突然很疼,撕心裂肺的疼。"

"蒸汽熨斗,蒸汽熨斗。"

"明白,明白。先生,其实我也不想这么啰唆,但是……一个人谨慎行事总归没错的,您说是吧?"药剂师说。

"快给我药啊,喔,我的脑袋,我的脑袋!"

"先生,您还好吗?"药剂师一边问对面那个贼人,一边朝后退了几步。

"快拿药来! 我从来没有这么疼过。"

"蒸汽熨斗,蒸汽熨斗。"

"我必须很小心才是,一定要用对剂量。"药剂师一边说一边目不转睛地注视着那个贼人,同时身子越退越远。

"快来救救我,快救救我好吗?"

"我救您?"

"蒸汽熨斗,蒸汽熨斗。"

"先生,我觉得……您马上就要……"药剂师对贼人说,"马上就要走了。"

"马上?什么马上?你在说什么?我走了?上哪儿去?喔,我的脑袋!"

"蒸汽熨斗!蒸汽熨斗!"

"先生,再会,感谢光临。"药剂师说。

"我的脑……"还没等贼人说完,他的面部突然僵硬起来,脸色变得铁青。随后恐怖地皱缩成一团,"咣当"一下掉落到地面上。从此以后,这个贼人成为了历史。

"嘿嘿,"药剂师趴在柜台上俯身探视,"瞧瞧这是什么?有没有用处?"

他从壁炉边拿来一把火钳,夹起这个热气腾腾的物件——即那个贼人,并将其放到柜台上,就摆在我旁边。那个东西冒完了热气之后,用很微弱的声音说道:"比利·斯丁普森。"

"先生,"药剂师说,"您现在变成了一块蒸汽熨斗。我要把您卖给艾尔蒙哲的洗衣工。毫无疑问,您会把他们僵硬的衬衫统统烫平。您可真是一个有用的物件,真是让人高兴。我说不定还能从中赚上一笔哪。对了,还有这个玩意儿可以脱手——一枚半英镑金币。嘿嘿,您真是大方,心肠真好。谢谢啦,熨斗先生,和您做生意的感觉相对愉快。"

我被药剂师塞进了口袋里,随后只听见房门一开一合,估计我又到室外了,大街上的物件们都在呼喊,声音此起彼伏。

"我原本是威廉·威尔逊,可现在变成了一个锡制的勺子。"

"我以前叫珍妮特·博尔顿。"

"乔安娜·汤普森,这是我从前的名字……从前的名字。"

火炉旁的一家人

当我再次被人掏出来的时候,已经又在别处了。这里四周都摆满了笼子,人们在紧张忙碌地制作它们。各式各样的笼子在天花板上吊着,在地上堆着。而屋子里的物件们,比如面盆啦、水槽啦,也都在呼喊着。

"我在此地化身为一个牢笼,可我以前是梅布尔·泰勒。"

"我是西里尔·克罗宁,我不想做一口熔胶锅,谁能来救救我?"

此时,我被药剂师递了出去。

"我不收半英镑金币,"对方说道,"这东西烫手。"

"你或许可以用它换来一大堆老鼠,这买卖可不是天天有的哟。"

"要是被人发现我身上藏有这玩意儿的话,那可是相当划不来的。"

"那就藏起来呗,把它保管好,等大搜查过了以后再说。"

"我上有老下有小。"

"我明白,你确实有家室要考虑。可是让我来问问你,你上次见到这么多钱……是什么时候的事?"

"我承认,已经有些日子没见到这么多钱了。"

"就是说嘛!就是说嘛!赫伯特·阿瑟老兄,来,来,你来仔细瞧瞧这枚金币!瞧它成色多好,多闪亮。想想看,拿着它可以换来多少东西?"

"如今啥也换不到咯,半英镑金币在废尔沁已经不允许流通了,全部都要上交。"

"目前或许不能用,可是将来可以买很多东西呐。成交吧,我只要两磅老鼠就行。"

"而我只收你这枚非法硬币……这买卖不太划算。"

"哟,瞧啊,父亲,"一位年轻女子说道,"一枚半英镑金币哎!我可以摸一摸吗?"

"不,莎拉·简,你不许碰它,这东西不安全。"

"喔,瞧啊,"一个年纪稍大些的女人说道,"你们快来瞧,一枚半英镑金币!"

"再好好瞧瞧吧,"药剂师说,"再看看,来摸一下,感觉感觉吧。"

于是我被小作坊里的人传来传去,一个小伙子掂了掂我,然后传给年纪最小的莎拉·简。随后她再把我顺次传给老板娘,最后落到了一个缺少几根指头的老妇人手中。那些人的手指怎么都这样呢?全都粗糙不堪,还布满了疤痕,有的甚至已有残疾。

"成交吧,"药剂师说,"你们以前见过这种金币没?从今往后你们可以把自己看成是有钱人了,可以出去买点东西,置办几样干活的工具,也可以存起来以备不时之需。我们这些废尔沁的穷苦人,身上的财产少得可怜,不得不用仅有的东西来勉强过日子。当机会自己找上门时,就要牢牢地把握住才对。我们这些人哪,都是给艾尔蒙哲家族干活的,要不然还能怎样呢?恩贝特老爷是咱们的主子。说到底,我们都是他的私人财产。所以说,大伙必须头脑灵活一点,就算是一小块面包皮,咱们也要去拼命争取。当天赐良机降临时,我们要抓住它,并且心存感激。好了,跟我说说吧,你们最近生意如何?是不是很红火?"

"呃……我承认你说的话没错,确实是这个理儿。"

"都是大实话呀,摸着良心说的。其实,我就是你们家的财神爷,今天帮你们发财来了。说吧,这笔买卖怎么样?"

"我觉得可以,父亲。"莎拉·简说道。

"必须大家全部同意才行,"父亲说,"一定要每个人都点头,然后再把它好好藏起来。要是被发现的话,上面的人绝对不会手软的。"

"赫伯特·阿瑟,那金币或许正是咱家的救星,"老板娘说,"我们会把它藏好的。"

"我亲爱的艾格尼斯·南希,它也可能是灾星。"

"爸爸,"一个小伙子说,"我觉得咱们应该冒一冒这个风险。我们和格里格斯先生是多年的老交情了,说句不好听的,他应该不会故意坑害我们。"

"不会的,绝对不会的。"药剂师说。此时我知道了这个人的名字叫格里格斯。他接着说道:"我不可能做那种事,你们是了解我的。威廉·亨利这个小伙子说得一点也没错。"

此时,我听到药剂师的体内也存在着某种声音,它犹如一股微风,从体内的深处而来:"发网①。"

"谁要是揭发他人藏匿金币,经查实之后,便可以得到一笔酬金。"父亲说。

"这与我何干?我干吗要做这种事情?你这么说,分明是在侮辱我。我需要的只是老鼠而已,它们对我的工作很有帮助。你扪心自问,我在你店里买过多少次老鼠?"

"说实话,最近倒不是很多。"

"你就点个头吧,我这次来找你,其实就是想拉兄弟你一把。"

"要不就是为了领赏钱。"

"哼,我是一个正派的专业药师,我现在马上就带着金币回去!"

"等等!"母亲说,"别着急嘛,格里格斯先生。我们收了这枚金币,马上就把老鼠按分量称给您。"

"总算有人开窍了!我已经有点想改主意了。"

"只是有点而已嘛,"母亲说,"另外,我们还想请您写一份书面保证,注明这枚金币是从您那里得来的,还要附上时间和日期。"

"你们还是不相信我!"

"没错,"父亲说,"我们就是不相信你。"

---

① 套在头发上起固定作用的物品。

"可是……我是出于好心呀!"

"既然这样,那您就再行行好,签一份书面的字据吧。"

"发网。"

"真没想到你们会这样。"

"来吧,格里格斯先生,东西给您,请签名吧。"

"我不知道该不该签这个东西,这对我有什么好处?"

"好处就是老鼠呗。格里格斯先生,您刚才不是说很需要那些老鼠吗?"

格里格斯先生打了一个响亮的大嗝,同时有一阵高分贝的惊叫声传入我的耳朵:"发网!"

"您没事儿吧,格里格斯先生?"莎拉·简问道,"需要喝点什么?"

此时格里格斯先生又嗝了一大口气,同时那股声音再次响起了,"发网! 发网!"

"先生,您看起来不太妙啊。"

"发网!"

他们把格里格斯先生搀扶到椅子上。

"谢谢……我……我感觉肚子胀得很,大概钻进了什么妖风吧。不好意思……喔,我的肚子,像刀割一样!"

"发网!"

格里格斯先生的身子突然弯曲起来,犹如一团黑云般飘到了椅子上方。他不停地旋转,好似暴风雨中的黑色漩涡。他时不时地从这片混沌之中伸出一只手掌来,其动作就像是一个即将淹没于大海的人死死地抓住岸边土地一样。最终……什么动静也没有了,一条黑色细长的东西温顺地躺在椅子上。格里格斯先生在劫难逃,终究变成了一张发网。

"我是杰布迪亚·格里格斯,我现在感觉不太好,请帮帮我。"

"瘟疫!"莎拉·简大叫,"瘟疫传到我们家来了!"

"快,赫伯特·阿瑟,"母亲喊道,"快拿火钳,把它烧了。"

做父亲的拿来一把锈迹斑斑的火钳,将那张发网夹起,随后投入火中。这个药剂师的化身,就这样凄惨地发出嘶嘶的声音,冒出些许火星,很快就烧成了灰烬。最后它化作一股黑烟,慢慢地消失了。可是从那家人的反应可以看出,它的影响远未散去。

"现在我们怎么办?"那个小伙子问道,"应该如何处理这枚硬币?"

"把它藏起来。"莎拉·简说。

"扔了它。"母亲说。

"这枚硬币不干不净。"奶奶说。

"把坩埚拿来,"父亲说,"我们必须烧毁它。"

本纳迪特

04

垃 圾 人

四处漂泊的露西·佩纳特开始自述

"露西·佩纳特。"

先前我陷入了一场殊死争斗,并极力想逃脱出来。当时克劳德就在我身边,而他的耳朵什么也听不见。我记得有一个庞然大物,它由许许多多的物件组合而成。同时还有一个老头和一只茶杯。那个老头在怪物的身上"翩翩起舞",直到怪物最终化为一片灰烬。我朝那只茶杯拼命地呼喊,然而那个老头将我从地上抛起,任我在空中回旋。再后来,我就什么也不知道了,直到现在才忽然苏醒过来。

我的周围一片漆黑,看不到任何东西,而且还恶臭无比。起初我以为自己在猪圈里,同一头猪关在一起。我不知道自己是如何来到这个地方的,也不清楚这到底是哪儿。我一开始甚至连自己是死是活都搞不明白。我有能力说话,甚至还一个劲地说个不停。不过我只是在一遍一遍地重复:

"露西·佩纳特,露西·佩纳特,露西·佩纳特。"

我反复呼喊这个名字,无法停下来。

在这片黑暗深处,躲藏着另外某一样东西。它一团乌黑,体积硕大。难道是猪?此时,那个东西发话了:

"本纳迪特。"

这是什么意思?咳,管他哪。

我说:

"露西·佩纳特。"

它说:

"本纳迪特。"

"露西·佩纳特。"

"本纳迪特。"

"露西·佩纳特。"

我看不清发声的那个到底是什么东西,只感觉它的块头很大。每次我报上姓名时,它就在黑暗处重复一遍"本纳迪特",而且声音也十分近。我不知道自己身在何处,同样不清楚是如何到这儿的。

"本纳迪特!"

这个东西似乎生气了,每一句"本纳迪特"都要比之前要更加响亮。它在黑暗中穿梭,距离我越来越近。我心想,好吧,我搞不清你是什么东西,也不明白你想要干什么,不过我知道你好像不太高兴。你要是再朝我喊叫的话,我就要狠狠地顶回去。想必你是一个不好惹的家伙,恭喜你了,我也同样不是什么孬种,绝对不会不战而退的。我经历的事情已经够多的了,再也没有什么能够吓倒我。一路上我吃了那么多苦,为的可不是要最终变成一头蠢猪的盘中餐。事实上,眼前这个怒火中烧的大家伙确实吓着了我。可是害怕又有什么用呢?难道害怕就能帮助我逃离这个地方吗?既然如此,那么当它下一次再喊起"本纳迪特"的时候,我就要奋力地喊回去。

"本纳迪特!"

"露西·佩纳特。"

"本纳迪特!"

"露西·佩纳特!"

我们俩就这样彼此喊过来喊过去,只见它下巴猛然一合,发出洪亮的咕噜声。于是我也学它的样子做。当那个大家伙稍微小声一点时,我也跟着轻了下来。这就是我俩的初次交流,最后,那个大家伙挪动了一下身体,对准某样东西打了过去。我立刻手脚伏地,往后爬了好几步,等待它前来进攻。可是它没有过来碰我,而是敲打到了某一个灯具。一道光线刺入眼睛,我感觉很疼,急忙用手遮住。等我慢慢放下双手时,逐渐看清了究竟是什么家伙在这片黑暗里陪伴我。嗯……应该怎样形容它呢?如何才能将这个黑暗之中的隐约身影描绘出来呢?如何将我眼前这个喘着大气的怪物形容清楚呢?其实,我从未见过此类怪物。

它由泥土构成,浑身上下都覆盖着垃圾,有一些已经紧紧地粘在了身上,而且还长出了新的生物。它的头发色彩灰暗,而且还十分厚重,长在那颗肮脏的脑袋上,活像是一顶头盔。它的身上爬满了各种小虫子,然而它却全然不在乎。各类细小的物件都紧贴在它身上,牢牢地"缝合"在一起,就像是被人焊接上去似的。说不清那都是些什么东西,叫不上名字来。它们奇形怪状,样式各异。这个怪物看上去似乎从头到脚全部由废物组成,与他家的环境倒是完美契合。倘若它静止不动,也不那么唠叨的话,你会觉得那只不过是一堆没有生命的垃圾而已。当它张开大嘴说话时,我看见一个大窟窿,在里面还藏有几块石头。牙齿的颜色有黑的、有灰的,有些还泛绿泛黄。当它张开这个大洞时,释放出来的恶臭令人难以置信。

"你到底是什么东西?"我问道。

"本纳迪特。"它说。

"我猜你是某种熊类,对不对?一种我没见过的野兽?垃圾堆里长大的怪物?你到底是什么?"

"本纳迪特。"

"你是动物还是植物?又或者是某种矿物?也许是这三者合一?"

"本纳迪特。"

"要是有人将你关进笼子,他们会以六便士的价格在菲尔沁的农贸市场上把你卖掉。"

当我提到"笼子"这个词时,它好像变得不高兴起来,遂用爪子朝泥地上打了一拳。随后它的脸凑了过来,那股臭气把我吓得缩了回去。

"本纳迪特!"它咆哮道。

"不管你是什么东西,反正和你在一起最好小心为妙。好乖乖,请坐下。"

"本纳迪特,本纳迪特。"

"那是你的名字吗? 你叫'本纳迪特'?"

它突然不说话了,非常诡异地注视着我。它似乎在左右摇头,一定是感觉到哪里痒痒或疼痛了,想必它身上会有许多痛的地方。

"本纳迪特!"

"本纳迪特?"我问道,"你在说什么? 本纳迪特? 喔……对了,是本尼迪克特[①]! 原来你说的是本尼迪克特,是不是? 我的上帝啊,搞了半天原来你和我们一样,也是一个人!"

"是谁把你变成这副模样的?"我问道,"你在这儿待了多久? 本尼迪克特,这是什么地方? 我们到底在哪儿?"

"在哪儿?"

"对,在哪儿? 也就是说,这是一个什么样的地方?"

"在下面,本纳迪特。"

"下面? 在什么地方的下面?"

"在下面。"它吃力地扭动着下巴,想要说什么的样子。这似乎是一件久违了的事情,它已经忘记了如何开口讲话,正在拼命回忆,喔,不,是"他"正在拼命回忆。最后他说道:"在……在垃圾山下面。"

"垃圾山? 在垃圾山下面? 原来我们被埋在垃圾山下面了! 怎么会这样? 我们是怎么下来的? 如何才能逃出去?"

"我捡到的,是我捡到的,所以那就是我的。"

"捡到什么了? 说清楚一点!"

"纽扣,我的纽扣。"

"什么纽扣? 你是在说'纽扣'这两个字吗? 你到底在说些什么?"

[①]英国常见人名。

"就是你!"他大声喊道,"之前你是一枚纽扣……上面捡到的……带到下面来,带进了我的家……它叫'地下城'。那时你就是一枚纽扣,而现在,不是了,现在,一个人。……还是纽扣好,喜欢纽扣。有满满的一罐头,你想瞧瞧吗?想看看我的宝贝纽扣吗?你能不能重新变成一枚纽扣?变吧,请变吧,我会把你收藏在我的罐头里的。"

"听着,本尼迪克特,我不是什么纽扣。我的名字叫露西·佩纳特,是'露西·佩纳特',你听到没有?"

"变成纽扣吧,求求你,再变成一枚纽扣吧。"

"不,我不变,绝不!"

"本纳迪特!"它狠狠地喊了一声,以示警告。

"露西·佩纳特!"

"就你现在这副模样,我可装不下你。罐头不够大,而且也不可能有那么大的罐头。我不收集你那样的,不收集……不收集女孩子。"

"我可不是你的收藏品。"

"是我捡到了你!"

"我不属于你!"

"可是……你是我捡来的!"

"我是一个人!"

"变成纽扣吧。"

"我不要。"

"你是一枚很漂亮的纽扣。"

"我要离开这里,要去找克劳德。"

"你是一枚好纽扣,却是一个不听话的坏姑娘。"

"我现在就要走了,请告诉我怎么离开这儿。"

"你这个坏姑娘,你这个不速之客,占据了我的家。本纳迪特!"

"我倒是希望走啊,这样一来,你这里的一切也可以恢复原样了。"

"不,你不能走!你欠我一枚纽扣,你是我捡来的!"

"求求你,本尼迪克特,求求你了,我会帮你找纽扣的。我保证,回头给你找来一百个纽扣。只要你给我指路,让我前去菲尔沁,然后我就可以……"

"不许走。当初是我捡到了你,那你就是我的。"

"不,不,我不是。"

"本纳迪特!本纳迪特!"

"你到底要我怎样?"

"饿,我饿。"

"你不会吃了我吧。"

"不会?你细皮嫩肉的,凭什么不吃?"

"因为我是一个人!"

"你是一枚纽扣!"

"本尼迪克特,你自己也是一个人,人是不吃人的。"

"可是老鼠会吃老鼠。"

"它们都是害虫,而我们是人类。我们会说话,会交谈。"

"当我吃老鼠的时候,它们也会出声的。我常常和自己的食物说话。"

"可是你不能和老鼠说话的。"

"会的,我和老鼠很谈得来。"

然后他发出了一记响声,听上去的确很像一只老鼠。

"本尼迪克特,说正经的,咱们要讲道理才对,我一定会给你找来好吃的。你不会想要吃我的,因为我的味道很糟糕……对了,我有毒。"

"那我就吐出来呗,我不在乎。"

"其实我最近正好得了病……"

我没有接着说下去,因为此时胃部突然传来刀割一般的剧痛,身体内部似乎正被人用力挤压着。我觉得浑身上下被彻底地搅动起来,像是犯了怪异而强烈的痉挛。然而,这种症状不一会儿就消失了。

"那是怎么回事?"我说,"我刚才突然有一种感觉,疼死我了!"

"你说什么?"

此时,疼痛又再次发作。

"又来了,我身体里面很疼,像有人在里边拉扯我一样。本尼迪克特,救救我,救救我啊。到底发生了什么? 救命,救命! 救命!"

恩利·艾尔蒙哲

恩利·艾尔蒙哲

恩利·艾尔蒙哲

恩利·艾尔蒙哲

恩利·艾尔蒙哲

奥塔·艾尔蒙哲

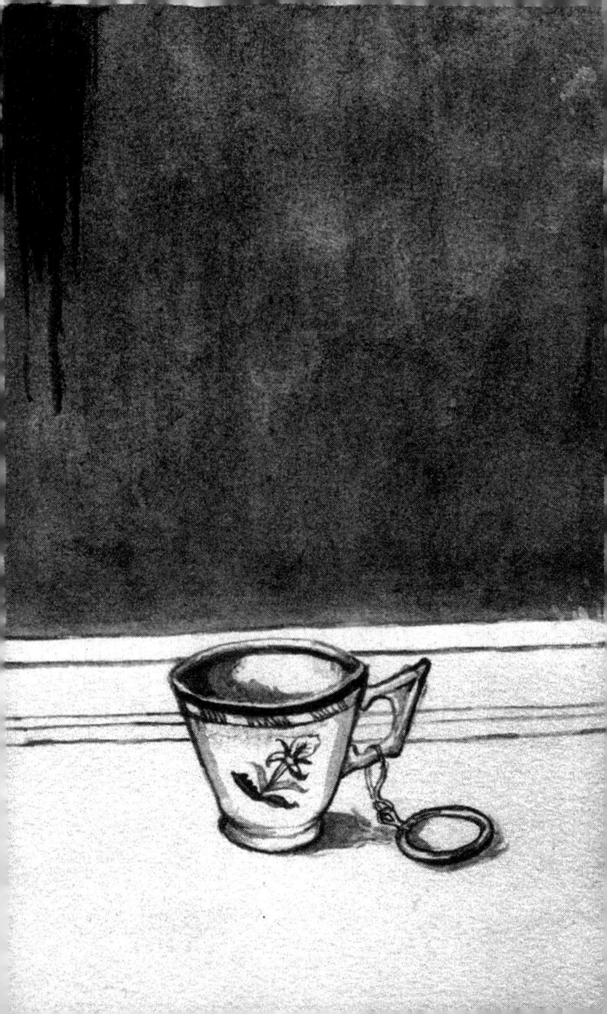

奥塔·艾尔蒙哲

奥塔·艾尔蒙哲

奥塔·艾尔蒙哲

⑤

公告!
寻物启事

一枚半英镑金币

所有半英镑金币都必须立刻上交给艾尔蒙哲官员。自公告之日(1876年1月12日)下午2点始,任何个人或团体都不得私自持有半英镑金币。若有违反者,一经查实,严惩不贷。

领主恩贝特·艾尔蒙哲老爷亲令

负责人:"没面目"恩利·艾尔蒙哲
"变色龙"奥塔·艾尔蒙哲

恩利

我的名字叫恩利·艾尔蒙哲,没有人知道我的存在。我,恩利,是一个不为人知的家伙。从很小的时候开始,我就被送到菲尔沁(即废尔沁)一带,成为了监视当地居民的特务之一。我,恩利,先天带有一种怪病,生下来便痛苦万分。我没有一张完整的脸,五官残缺不全。我如同常人那样出生时不带毛发,但是后来头发还是始终不长,就连一小撮毛也没有。五岁那年,当我擤鼻涕的时候,整个鼻子居然脱落了下来,掉得干干净净。同样的,我的两只耳朵在十岁的时候也没有了。首先是左耳,接着便是右耳。不过眼睛倒是保住了,谢天谢地。我的脸部一片空白,犹如一张帆布。正因如此,任何一张面孔都可以附在我的脸上,而我也可以自行选择假扮成任何一个人。

我备有很多只鼻子!

我还有多款耳朵,以应付各种不同场合。

我还有很多种假发!

我可以变成任何人。

我,恩利,混入茫茫人海之中,或许就坐在你身旁。我可以冒充你的老同事,也可以化装成一个坐在咖啡馆里咳嗽不止的老头,还可以变成在大街上玩铁圈的小孩子。我,恩利,如今被指派了一项新任务。我要去搜寻那些半英镑金币,找到那些持有它们的人。我就是这项任务的合适人选,平日里我扮演各种角色,没有一个是真实的自己。其实我也是家族的一份子,身上的每一滴血液都是纯正的。然而在整个家族里边,又有谁认识我呢?寥寥无几。

我们家族在月桂叶庄园丢失了某样东西,我要把它寻找回来。家里人请来了地方长官艾德韦德,就是那个聪明狡猾的瞎子,请他运用那对顺风耳来打探踪迹。他们用独轮车推着艾德韦德上街,途经之处都下令周围人保持肃静,以便让他听个一清二楚。他的耳朵简直像是竖了起来,可是仍旧没有听出什么名堂。他们带着艾德韦德闯入镇上大大小小的房子里,将他随意地推进左邻右舍的家里,然后说道:

"安静!让长官大人好好听听!有东西失踪了,而且是一件必须找回的东西。"

倘若有人拿了半英镑金币的话,肯定抢在顺风耳瞎子上门之前就早早地藏好了。废尔沁的居民个个精明狡猾,并且人数众多,犹如遍地的老鼠一般。我日夜潜伏在他们身边,对他们了如指掌,就连那些人身上的臭气也记得是什么味儿。倘若有什么异常,我肯定能够嗅出个一二。我一定会找到那枚金币,然后将持有者逮捕归案。我,恩利,就是专干这个的行家。

很快,我捷足先登,成为了第一个发现者。

只需一小会儿,我就会是捉拿罪犯的功臣了。

只见街上有一个胖乎乎的小男孩,一副垂头丧气的样子。

就是他,这里的本地人都不胖,在月桂叶庄园里或许有胖子,但此处是不会有的。这里的小孩都瘦骨嶙峋,连肋骨都清晰可见。于是我安装上一个外观友善的鼻子、一对漂亮的耳朵、一头洒脱大方的假发,然后走上前去靠近他。我摆出一副友好的姿态,开口说:

"孩子,你遇上麻烦了?你好像需要帮助的样子,没关系,我就是你的朋友。"

"您能帮助我吗?求您了,帮帮我好吗?"

"行,行,"我说,"当然可以,把你的烦恼告诉我吧。"

"我……我……我……"我心想,他说起话来真是结结巴巴,"我弄丢了我的金币。"

"可怜的小家伙,"我说,"这真是不走运啊。"

"我在馅饼店里把钱花掉了,店里的人不肯还给我。可是我必须要回来,它是我的。"

"那当然,"我说,"请随我来。"

于是他便跟着我走了,这可怜的小东西贴得很紧,就像吸附在了一块磁铁上面。他对我服服帖帖,不争辩,也不顶嘴。我悠闲自得地领着他穿过大街小巷,前方道路的尽头便是警察局,那便是他的归宿。

"那是什么地方?"他说。

"好地方,"我说,"跟紧了,孩子。"

"我不喜欢它的样子。"

"那地方不错的,"我说,"有各式各样好玩的,你想要什么？肚子饿了吗？"

"不,我不饿。我再也不想吃什么东西了。"

"那就是渴了？"

"我想要的东西,急切想得到的东西,就是我的金币,它在馅饼店里。等我找回了金币,就去见我的父亲母亲,您见过他们吗？"

"当然见过。"

"可是我还没告诉您他们的名字。"

"我谁都认识。"

"您到底是什么人？"

"没有我不认识的人,也没有我不熟悉的地方。来,继续跟我走。"

"等等……你是不是多年以前那个……那个曾经拐我的家伙？我有点想起来了,难道那个人就是你？当时我从学校里逃课出来,难道真的是你？我觉得应该没错,你当时给了我一块硬糖。原来你就是那个当初拐走我的人,对不对？"

"跟我来,咱们现在就上楼,马上就到了。"

"当时就是你,对不对？到底对不对？你干吗要害我呀？为什么？"

"再走几步,朝上走。"

"你为什么要那么做？喔,老天啊,为什么？"

"咱们进门,好,乖孩子。"

"我不要,求你了,这回别再是这样了,你听见我说话吗？"

"让我带你过去。"

"你……难道你真的又要……"

"让我带你走,这路我很熟。"

真是一个容易哄骗的孩子。

我见多识广，什么都经历过：废尔沁黑暗角落里上演的爱恨情仇；垃圾忽然一反常态地自行移动；瘟疫肆虐整个血汗工厂，两百号人全部病倒。我甚至还亲眼目睹了"裁缝"那瘦长的身影在黑暗之中穿梭，而且还差点逮到了他。没关系，下次我一定能够抓住他，目标已经离我越来越近了，我很清楚自己眼前的道路。此刻，我就坐在你们身边，如影随形，无处不在。你无法辨认出我是谁，我可以化装成任何人。

然而，只有一样东西会使我露出马脚，只有一种方法可以让你认出我来。在我的伪装里头，有一个部件是永恒不变的，不能够加以替换。我总是带着那一把雨伞，因为它是我的出生信物，无论我走到哪里，都不会落下它。

对了，我差点忘记说了，那个走路无精打采的软弱小孩，我把他带进了警察局，给他提供了庇护。现在他安全了，非常非常安全……

奥塔

我的大哥是我至亲至爱的人。他与众不同，有时候连我也需观察片刻才能认出他来。不过我仍旧是唯一一个可以分辨得出他的人，别人都无法做到，这一点毫无疑问。我可怜的父亲母亲啊，当初他们被我们两个吓得不轻：男孩没有鼻子、没有耳朵，脑袋光秃秃的；而他的妹妹，则是一小团……一小团"东西"。我的父亲乌朗·艾尔蒙哲，母亲莫伊宝儿·艾尔蒙哲在警察局这个安全部门里一起共事，随后便渐渐地相知相爱了。他们向来是侦缉老手，而且还是索取情报的审讯行家，就连恩利和我也是在警察局这个严酷的环境里出生的。我跟在恩利后头降临人世，令他们既惊恐又忧虑。我的名字叫"恩利奥塔",不过人们一般都只叫我"奥塔"[①]而已。之所以人们会这样叫我,部分是因为我长了一副相对于小孩而言异常锋利的牙齿——说实话相对成人而言亦然——也是因为我会时不时地狠命撕咬东西。家里有一个手柄,我专门咬它玩。

我从母亲肚子里生下来的时候,是一块不成形的肉团团而已。他们在我身上发现了一张正在大声哭喊的嘴巴。后来我改变了形状,变成了一个瓶子、一个杯子、一口平底锅、一把椅子、一根棍子、一只盒子、一本书、一头猪、一只老鼠、一只猫、一只海鸥、一条狗、一个水泵、一只枕头、一个盆子、一个门挚、一根拉铃索、一块地板、一只麻布袋、一顶帽子、一支笔、一把刷子,还有一顶假发。可是他们说,我必须做一个小姑娘。他们从来不知道我躲藏在哪里,也不知道我到底变成了什么东西。妈妈说,他们上班时整天跟那些垃圾污秽们打交道,这就是由此而来的报应。一旦沾上了那些脏东西,就很难再洗刷干净了。天哪,他们居然想把我同那些垃圾一起扔出去。每每想起这个,我就害怕极了。我酷爱捉迷藏,而他们则会气得直抓头发,有一次我变作一把水壶,母亲端着我说:"奥塔!奥塔,别再胡闹了,你不是小宝宝了,也不是一把水壶。你已经六岁大了,应该更懂事一些才对。天有不测风云,说不定哪天你真的会被困在水壶里。"喔,这些小把戏真是有意思,恩利可以假扮成任何一个人(有一次母亲没认出他,还说:"请问你是谁?乌朗,局子里来了一个陌生人,你快过来呀!"更经典的还有,"恩贝特老爷,大驾光临呀!恕我冒昧,您看起来好像有些蜷缩。"),而我则假扮成任何一样物件。可是这些美好时光都过去了,后来我们被委派到了外头去做事,被安排到了废尔沁这块地方。我们慢慢地熟悉这个镇子,观察当地居民。我们乔装打扮,四处寻觅各种人和物。我们绝不能亮明身份,不然的话人们从此以后就知道我们的存在了。

恩利和我,都是站在幕后的人,嘘……

[①]印度格斗术中的一种武器。

如今的恩利,俨然是一个二十岁的小伙子了。

而我,也满了十八岁。

我独自一个人的机会并不多,我的意思是真正的独处。只有当我和恩利到警察局坐坐,或前来汇报工作,或像今天这样被一种特定的口哨召唤而来的时候,我才会变为一个大姑娘。我胸部丰满,两腿修长,身材高挑。说不定有一天我可以与人结伴逛街,还可以从废物庄园里辞职不干。嘿嘿,我觉得那样也挺不错的。

今天他们告诉我说,有一枚半英镑金币丢了。那可不是一枚普通的半英镑金币,而是一个名叫"克劳德"的艾尔蒙哲,一个颇具天赋却又目无法度的艾尔蒙哲。我要去找到他,并将其带回来。"他会变形吗?"我问道。"不,他还没有学会这个本领。不过他天生就了解各色物件,你必须将他捉拿回来。"他们回答。

于是我连忙出发了。

一扇门被打开,一只老鼠窜了出来。只见它顺着警察局楼梯跑下,迅速地溜了出去。它跑得比其他任何一只老鼠都要快,身上还有一个窗帘环。那铜制圆环时而挂于脖子上,时而又在屁股上,时而又到尾巴处。它总是形影不离,从来都不会弄丢。我将它随身携带,不是在这里,便是在那里,反正总是置于身上某处,始终也不会掉落下来。此时此刻,老鼠带着窗帘环一起出发啰。瞧,在那儿!老鼠一会儿窜进屋子里,一会儿又躲到桌子底下,一会儿再钻入泥土之中。我曾经到访过任何一个角落,装扮过任何一样东西。

一只老鼠横穿而过,或许正好踏过你的脚面。

那只老鼠,就是我。

那就是我,奥塔。

我要前去寻觅猎物啦。

贺沃德一家

废尔沁的捕鼠者

06

你见过这个男孩吗?

克劳德·艾尔蒙哲继续自述

失踪男孩的寻人启事

他们围坐在我旁边,就这么等啊等。父亲赫伯特·阿瑟在屋子那头增添柴火,儿子威廉·亨利取出坩埚,并将其加热。室内温度陡增,他们几个人都汗流浃背。周围的物件纷纷互相交头接耳。我不喜欢这种气氛,有一种不祥的预兆。

"快了,"父亲说,"坩埚很快就达到温度了。"

"别碰那枚金币,"年迈的奶奶说,"那东西碰不得,你把它放进锅子的时候一定要戴好手套。对了,伯特尔[①],别让其他人沾到,这东西不干不净。"

"它看上去并不脏,"莎拉·简说,"金光灿灿的,很漂亮,我好喜欢。不知怎的,我就是喜欢这么一个物件。"

"莎拉·简!别盯着它看,很危险的。"母亲说。

"可是,妈妈,我情不自禁。多么好的一个物件啊,毁了它很可惜。我从心底里同情它,有一种似曾相识的感觉,从前我还梦到过这样一枚金币。"

[①]赫伯特的昵称。

"它缠上莎拉了,"奶奶大喊道,"这种病魔专盯那些年幼无知的小孩子,他们体质虚弱,傻里傻气,非常容易得手。病魔会毁了他们,伯特尔,你动作快一点啊!"

火越烧越旺,置于火上的坩埚已由黑色变为红色。全家人都在我上方冒汗,我试图朝他们喊话,可是无论如何呼叫,他们就是无法听到。这些挣扎在生存线上的穷人们都非常迷信,只有莎拉·简一人似乎想保全我的小命。我朝四周望了望,屋子里塞满了这个家庭的全部财产,他们既在此地干活,又在此地歇息。靠墙的铺位摇摇晃晃,而墙面上连一幅画也没有,一点儿也不像我在废物庄园的家。我看见一张装裱起来的刺绣作品,很可能是莎拉·简在学校里制作的。刺绣的四周配有花边,整洁清楚地绣了这样一排文字:

怪婴下山之时,
城墙崩塌之日。

在整个屋子里,仅有的另一种装饰品便是那些贴满墙面的小广告了。我估计他们用它来掩盖墙面的裂缝,其中有一张破旧不堪的剧院节目预告,上面是这么写的:

到剧场来吧,给垃圾山的怪物喂食!
带什么随您便,它什么都吃:
玻璃、金属、陶瓷、木头,
它是万物皆食的大胃王!亲手来喂它吧——2便士一勺

除此以外,大多数单子都是相同的,它们一张又一张,贴得到处都是:

寻人启事:

寻找一名失踪的男孩,

最后见到的时间是1860年5月14日,在靠近垃圾山城墙一带。

此人身高5英尺2英寸,棕色头发,棕色眼睛,

他的名字叫做:

詹姆斯·亨利·贺沃德。

詹姆斯,如果你看到了这一则寻人告示,请火速回家。

您瞧见过这名男孩吗?如有任何信息,请联系弗里沁翰老萨尔瓦街捕鼠店的赫伯特·阿瑟·贺沃德。

詹姆斯·亨利!我的詹姆斯·亨利!喔,那就是我的塞子朋友詹姆斯·亨利!他原来是这个地方的人。此处居然就是他的家!如今我就在詹姆斯·亨利的家里!这些人都是他亲爱的家人!嗨,嗨,你们好!我认识詹姆斯·亨利,一直和他在一起!十六年前他同家人失散了,自我出生后的十六年里,他一直陪伴在我身边。整整十六年啊!詹姆斯·亨利被困了整整十六年,他就像一个没有生命的塞子那样沉睡着,当时他的弟弟妹妹们年龄尚小,如今却都已经长大成人了。詹姆斯·亨利还活着,虽然失踪长达十六年,但他并没有死。于是我朝他们大声呼喊,请救救我,救救我。

听着,贺沃德一家人,听我说!

我见过他,甚至今天还曾和他在一起,他现在活得好好的。

我拼命告诉他们真相,感觉自己已经竭尽全力地呼喊了。声音在我的脑子里回响:就在几小时之前,我还和他在一起!说不定你们可以抢在别人之前找到他。去啊,快去找他呀,现在就走。他就在馅饼店里,至少刚才还在那儿。快去寻找他吧,我也需要和他在一起,而且他同样离不开我。

然而那些人就是听不见。那些布满伤疤的人,那些詹姆斯的亲人,他们都铁了心要毁了我,其实这么做会伤及他们失踪的儿子,会害了自己的孩子。

救命,喔,救救我呀!

只有一个人似乎理解这些,那就是莎拉·简。她坐在我跟前,好像快要哭出来了。

"莎拉,你干吗哭?"母亲问道,"这只不过是一枚金币而已。"

"真的吗?妈妈,这真的仅仅是一枚金币吗?你怎么就这么肯定呢?如果詹姆斯·亨利变成了一枚金币,那会怎样呢?他可能变成任何一样东西,而你现在却要伤害他!"

"我的孩子,有一点我敢肯定,"父亲悲伤地说,"即便我们的詹姆斯·亨利沦落成了一个物件,那他也不太可能化作一枚半英镑金币。贺沃德家的人是不会变成一枚金币的,你说是不是?看看壁炉台上面的爷爷,看看那只我们深爱的橡皮手套,然后再回答我,半英镑金币和那副橡皮手套有半点儿关系吗?"

"喔,我的乔治·亨利,"奶奶突然哀号起来,毫无疑问,她一定是回忆起了当年的美好时光,"喔,我的橡皮手套!"

"喔,我亲爱的老伴儿。"那副手套低声说道。

"这个我明白,父亲,我明白,"莎拉·简流着泪说——不知怎地,我似乎有点怜香惜玉了,"可我还是觉得……在这枚金币里隐藏着什么,它不仅仅是一枚金币而已。反正我就是知道!喔,为什么我现在总是想念詹姆斯·亨利?为什么他的模样像潮水那般涌入我的脑海里,我现在似乎看见他正躲在那个我俩从前经常藏身的碗橱里。为什么我的心思总也离不了他?"

"莎拉,你这是自寻烦恼,"她哥哥说,"而且你还搞得母亲难受。这样不对,你不该这样。"

"我不能让你们烧了它!"莎拉·简大声呼喊。

"小丫头,那你就过来拦我试试。"父亲说,此时他端着一副长火钳,朝着目标走了过来。

"别,父亲,你不能这样!"她失声大哭,把我捧了起来。

就在此时,外面响起了一阵轻微的敲门声。

治瘟疫

家里人都呆呆地愣住了,他们满脸惊恐,面面相觑。父亲伸出手来要抓我,但莎拉·简一边紧紧地把我攥住,一边拼命地摇头。

外面又响起了一阵轻微的敲门声。

"莎拉·简,"母亲低声地说,"快把那东西交给你父亲,快。"

"喂,"莎拉·简大声喊道,"是谁在外面?谁在门口?"

"你们的老朋友,珀西·豪利特,"外面的人说,"我能进来吗?"

"只是珀西而已,"奶奶说,"当年刚刚换上新皮衣的时候我就认识他了,让他进来吧,他不会害我们的。"

"莎拉·简,"父亲小声说,但语气很坚定,"马上把东西给我,你给不给?"

"不,父亲,不能给你,"莎拉·简一边说一边前去开门,"亲爱的豪利特先生,请进吧,抱歉让您久等了。"

"大家晚上好,"一个苍老并略显单薄的嗓音说道,"没有打搅你们吧?"

贺沃德一家人赶忙异口同声地说:"没有。"

"可是……"那个老头说,"我刚才听到屋子里有人抬高嗓门,想必我来得不是时候吧?"

"没,没,珀西,你这是什么话呀,"奶奶说,"来,坐到我这边吧。"

我听到他脚步沉重,气喘吁吁。

"珀西,你的感冒还没有好?"

"没哪,没怎么见好。我这把老骨头蹦跶不了几天了。哟,屋子里好热,我感觉像地狱那般炎热!"

"是吗,珀西?"父亲说,"我没感觉有那么热。"

"我也不觉得,我也不觉得。"一家子人纷纷说道,听上去就像屋子里有回音一样。

"那个锅子火红火红的,滚滚发烫啊!"老头惊呼。

"原来是它呀!"母亲说,"我都快忘了,威廉·亨利,来,把它从炉子上撤下来。"

"珀西,最近外头有什么新消息?"

"提着脑袋到处瞎转悠呗,要找半英镑金币!"老人笑着说,"他们现在就可以搜我的身,看看我携带了多少枚金币。你们听到我身上有稀里哗啦的声音吗? 傻瓜,真是一群大傻瓜! 我来问你,如今在菲尔沁的地界上,有几个人身上有金币? 不过,今晚我来是带着罐头上门的哟,恐怕得向你们收一点钱,都是为了平息垃圾山的瘟疫。这场瘟疫到处散播,十分可怕。我认识一户人家,老老少少的生计全都仰仗他们的大儿子,可是他在上周五变成了一把钓竿。现在全家人就傻坐在这个不幸的物件周围,肚子饿得咕咕叫。说实话,我真的开不了口……你们有什么东西可以捐献的吗? 随便什么都行。"

"喔,珀西,你是知道的,生意不太好做啊。"母亲说。

"我们当然有些东西,"奶奶说,"为了咱珀西老朋友,为了治瘟疫的大事,半个便士的钱总是有的。咱家可以拿出一点来,大伙说对不对? 我可不想听到街坊邻居瞎议论,说咱贺沃德一家个个都是铁公鸡!"

"快去拿,莎拉,"母亲说,"咱们就给半便士吧。对了,珀西,最近可别再来讨了,你知道咱们可不是艾尔蒙哲家,没有金山银山。"

"不会的,我保证,其实我也很为难。"

此时莎拉·简仍旧攥着我。她伸出另一只手,从架子上的杯子里掏了一枚硬币,然后递了过去。那个老头迅速伸出一只布满皱纹的手,将莎拉握着我的那只小手紧紧抓住。他抓得很紧,我能感受到莎拉试图挣脱,并开始惊恐起来。

"愿上帝保佑你,孩子,保佑你。"

"珀西,珀西·豪利特,"奶奶大声喊道,"你身上带的……是一把新雨伞吧?"

"正是,正是,"老头说,"遮风挡雨嘛。"

"你怎么会有闲钱来买这玩意儿?"

"那是别人送给我的礼物,真是大方喔。"

此时我听到雨伞轻声说:"巴纳比·麦克米伦,我现在是一把雨伞,不过从前可不是。"

"好了,亲爱的贺沃德们,"老头说,"时候不早了,我要带着罐头到别处走走,这屋子热死我了。"

"珀西,有什么事这么着急?留下来吃顿饭吧。"

"不了,谢谢。我必须走了,真的。"

"连饭也不吃,这可不像是你的作风嘛。珀西,瞧瞧你,现在都瘦成皮包骨头了。来,过来和我们吃一口。你上次吃饱饭是什么时候?我可不想被人说贺沃德一家都是卑鄙龌龊的坏人。"

"不了,我真的要继续赶路,请别再留我了。"

"别这么见外嘛,珀西,这样可不合适啊。"

"留下吧,珀西,你总得吃口饭啊。"

"不!"老头抬高嗓门喊道,"我一定要走了!我有急事!"

"珀西·豪利特老哥,你干吗要大喊大叫?真是奇怪,好凶喔。"

"朝我们这样喊,这可不太像是你,珀西。"

老头一边喘着气,一边在屋子里快速踱步。

"好吧,好吧,"最后老头气喘吁吁地说,"其实事情是这样的,我吃不进食物,咽不下去。"

"喔,珀西,我可怜的老朋友,那就吸两口现磨的好烟吧,在里头加点草药。来,吸两口吧。"

"谢了,谢了,老伙计们,"老头一边喘一边说,"我已经用过药了,谢谢你们的好心。我刚才去过格里格斯那里,他给我开了药方。"

"格里格斯帮你开了药?什么时候的事?"

"就五分钟之前吧。"

"五分钟之前你在格里格斯那儿?"

"没错,就刚才,在我过来看你们之前,他给我开了药。"

"那好吧,晚安,珀西,"父亲说,"慢走。"

"大伙儿晚安。"

房门合上了,整家人安静了片刻,随后说:

"老家伙为什么要骗我们?干吗要胡说八道?"

"肯定是出事了,赫伯特·阿瑟,"母亲说,"我感觉不太妙。"

"可是,我从小丫头那会儿就认识他了,"奶奶说,"这么多年来,一直都很相信他。"

"我们必须把金币丢了!赶快丢了它!一定要把它弄走!"

"莎拉·简!莎拉·简!你去哪儿?"

"回来!回来!"

然而此时莎拉已经夺门而出,她紧紧地攥着我,朝外面飞奔而去。

桥下

莎拉·简不停地跑啊跑,如逃命般狂奔。

"站住!站住!"有人呼喊。

然而莎拉不作停留,还是继续朝前冲。身后某处传来一阵哨声,不过她并不理会,仍旧只顾着往前跑。后来她突然停下了脚步,我透过莎拉的指缝,看见一个男人提着一只木桶站在我们面前。那个人脸上蒙着一块布,将桶里的不明物体倒入卸煤槽,使其流入一幢老房子里。他环顾四周,看起来慌里慌张。

"你是谁?"莎拉·简说。

那人愣住了,注视着莎拉。他周身整洁,看起来根本不像废尔沁本地人。

"你是谁?"莎拉又问了一遍,"你不是这里的居民,对不对?"

此时哨子又响起了,那个衣着整洁的家伙一溜烟地窜入黑暗之中,而莎拉·简也朝另一个方向跑了。她滑了一小跤,之后站起来继续跑。我们身后传来人群的嘈杂声,莎拉渐渐地放慢了脚步,最终停了下来。她上气不接下气,喘得非常厉害。我们蹲到了一座看似桥梁的建筑下面,这里有一个倒置的桶,桶上有凹痕,手柄上还有铜圈。莎拉·简将它打翻,那桶滚到了一边。

"没事了,这里暂时很安全。"

她把我端起来,送到眼前。

"瞧瞧你哟,"莎拉说,"不知道你是不是詹姆斯·亨利,我觉得或许是的。反正你肯定是一个人,这点我敢打包票。你是詹姆斯·亨利吗?是不是?你最终还是回家了,而我们刚才差点杀了你,想起来真是让人后怕啊。詹姆斯,我会好好保护你的。我要找个地方把你藏起来。没错,就这么干!我要找一个除了我之外别人无法寻觅到的地方。可是,上哪儿去找这么一个地方呢?等等,谁在那儿?"她忽然站了起来,"谁在那儿?"

桥下有一个影子,它隐隐约约地晃动着。忽然从黑暗里钻出一只老鼠,这只老鼠并不惧怕人类,也不逃跑,反而慢悠悠地靠近过来,就好像是我们首先打搅了它,因而前来兴师问罪的。

"喔,原来是只老鼠,"莎拉·简说,"一只老鼠而已,把我吓了一大跳。你个头真大,我要逮住你,然后卖个好价钱。滚吧,快走,趁我还没一脚踢死你,快滚!滚开!"

可是那只老鼠并没有逃窜,而是坐了下来,它用前爪挠了挠脸,然后就待在那里抬头注视着莎拉。

"快走啊!"莎拉喊道,"滚!"

那只老鼠继续坐着。

"走,快走!"

只见那只老鼠把脑袋朝一边斜了斜,似乎是故意要从另一个角度来观察莎拉似的。

"我叫你快滚!"莎拉挺起身,朝前走去。

然而那只老鼠还是待在原地注视着她,随后发出"嘶嘶"的声音。

"你个流氓,肮脏的东西!我讨厌你!我要一脚踩扁你!"

老鼠仍旧"嘶嘶"地响个不停。

"你吓不倒我,"莎拉说,"我不会被一只老鼠吓着的。我们家世世代代捕杀老鼠,那是我们贺沃德家族的老本行。咱家持证经营,对老鼠身上里里外外都十分清楚,我扒过上百张老鼠皮。我已经有了主意,我要把你做成一块帽子布料,还要用你的尾巴来系靴子,要把你的骨头熬成胶,你看我敢不敢!"

"嘶嘶。"那只老鼠继续叫着。

"我要把你的眼珠打出来,让你听听自己骨头断掉的声音。"

"嘶嘶。"那只老鼠继续叫着。

"你死定了,臭老鼠!你死定了!"

"嘶嘶。"那只老鼠继续叫着。

"老鼠,你身上那个是什么东西?好像是一个破旧的环,正好套在你腰间。你这个肮脏的东西,我要逮住你!"

我仔细地聆听,那个大铜环发出一阵缥纱难辨的嘀咕声:"阿加莎·皮尔。"

"嘶嘶!"

"过来呀!来!"

"嘶嘶。"

"嘶嘶。"那只老鼠冲了过来。

"嗷!"莎拉·简大叫一声,那个啮齿动物在她的手上咬了一口,我立刻掉落到地上。"你,臭老鼠,你要付出代价的!咬开了口子,出血了!"

老鼠在地上跑来跑去,十分讨厌地在我身上嗅气味。

"我的金币呢?它到哪儿去了?"

此时,围在我身边的老鼠似乎一点一点变大起来。

"你是什么东西?你……你居然变成了猫!可是……刚才不是猫啊!你是怎么变的?"

它刚才还是一只老鼠,而现在却变成了一只带有伤疤的肥硕大猫,只见这只三色猫竖起了周身的毛发,发出"嘶嘶"的声音。它异常狂躁,仿佛患了病,而且全身都是跳蚤和苍蝇。此时那个老旧的铜环,那个阿加莎·皮尔,就套在它一条腿上。

"还给我!还给我!"

那只猫发出"嘶嘶"的叫声,将整个身子都扑了上来,我顿时什么也看不见了。

"我要抓住你!抓住你!你这肮脏的怪物,去死吧!"

猫时而发出"嘶嘶"的声音,时而尖叫。那种尖叫声,像是从人身上发出来的惨叫。

莎拉·简被震住了。

"你不是普通的猫!"莎拉惊呼。

这只恶猫的叫声异常尖锐,仿佛能够吓得你连血液也停止流动。

莎拉想要上前踢它,可是自己却在地上滑了一跤。此时那只猫朝她冲了过去,想要攻击她。

救命啊!喔,快救救她!

正当这时,我听见一记可怕的吼叫声,紧接着那只猫就被打飞了。有人踢了那怪物一脚,原来这个地方还有别人在。那么他是谁呢?只见一个身着黑色外套的瘦高个子出现在我眼前,那是一个我从来没有见过的人。

"小姑娘,你认识我吧?"那人说。

"不,"莎拉脸色苍白,惊恐万分地回答,"我从来没……"

"你肯定认识我。"

"我知道了……"莎拉瑟瑟发抖,"喔,别杀我!求你了,求你了!救命啊!"

"滚!"那个皮包骨头的人说,"趁现在还能跑,快滚!"

这个架势让莎拉吓得不轻。可怜的莎拉·简跟跟跄跄地爬起来,一溜烟地逃离了这座桥,嘴里一直喊着救命。

此时那只猫惊叫一声,瞬间变成了一只海鸥。它面目狰狞,喙端还有一点猩红。

"嗷!"那只海鸥高声鸣叫。

"过来,你这个长羽毛的东西,我要宰了你。"

"嗷!嗷!"它一边啼鸣一边往上扑腾,奋力爬升,一路上不断地叫着:"嗷!嗷!"怪物的鸣叫声似乎在警示我们。

那个瘦高个子把我从尘土中捡了起来,接着拍了拍我身上的灰尘。"让我来瞧瞧,这是什么好东西?"

他手持一把剪刀,刀口鲜红。

裁缝,他就是那个裁缝。

随后我便感觉到一阵剧痛。

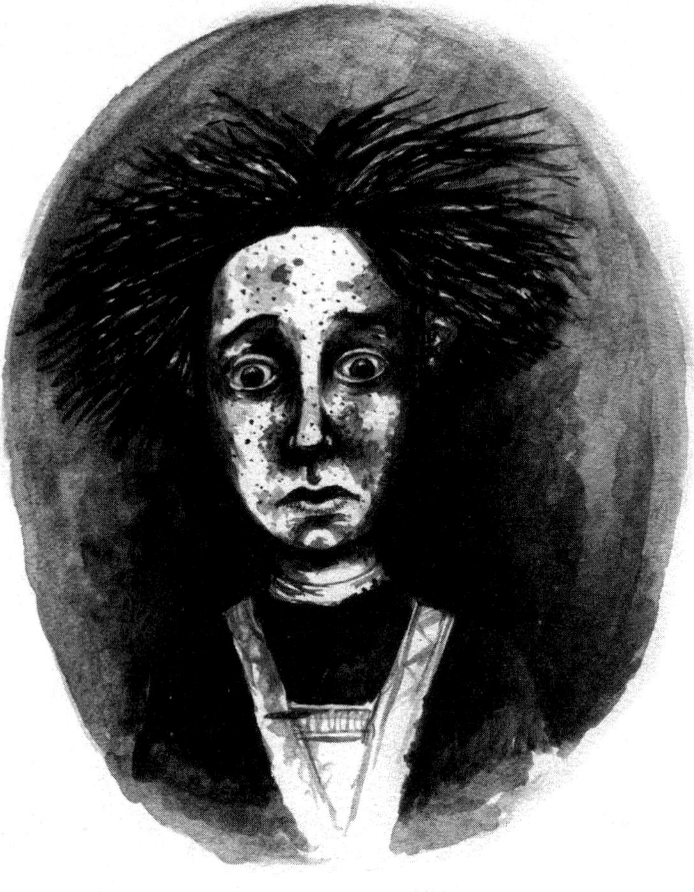

⓪⑦

山神驾到

露西·佩纳特继续自述

我体内浸满了酸液,它烧灼着我的肉体,好似有人正在用火烤我。身体在熊熊烈火之中燃烧,须臾之间即可化作一团灰烬。我不知道这种骇人的痛苦持续了多久,感觉自己无法逃离,只有默默地承受。我怀疑自己快要死了,这便是我此刻的真实感受。我心里纳闷,这会不会就是自己的人生终点?我或许真的会死在这里,死在这一片深邃而暴虐的黑暗之中。毫无疑问,黑暗将会把我彻底吞噬。唉,好一个了断的方式哟!

然而我并没有死,至少暂时还没有。

我被黑暗团团包围,在痛苦中做了几个可怕的怪梦,全部与纽扣和黏土有关。我梦见自己化为一件由黏土烧制而成的物品,沉睡在这黑暗而冰冷的地下。然而我拼命地挣扎,奋起反抗,不顾自己的病痛,用手到处抓挠。我不想变成一枚纽扣,这绝对不行!走开!走开!我还梦见一根根火柴朝我发起攻击;梦见自己被埋在一个火柴盒里;梦见一个态度严厉的瘦女人,她的脸上蒙着一层黑纱,两眼直瞪瞪地看着我说:"我!我!我!"

"我!我!我!"我也如是回应过去。随着一次又一次的呼喊,我最终把对方吓跑了,同时也渐渐地恢复了意识。

"本纳迪特。"

我的思绪又回到垃圾山底下,那个怪物本纳迪特——我必须称其为"他",正在我身旁。我看不见他的身影,只能听到他的声音,当然还有……喔,老天爷呀,还有他身上那股浓烈的气味。

"本纳迪特。"

"走开!"我一边喊一边伸脚乱踢,"别过来,快走开!"

"本纳迪特。"他说,听上去比刚才稍稍远了一些。

"本尼迪克特,你想吃了我,是不是?"

"恶。"

"你敢!"

"恶?"

"我不是你的食物!"

"不对,我是说……你恶?"

"等等,你的意思是……问我饿不饿? 你想喂给我东西吃?"

"我喂过你。之前你一直病着,全靠我来喂你吃的、喝的。我爬到垃圾山上面去,然后带回来新鲜东西。你什么都要,吃得干干净净。"

"你一直在喂我东西吃?"

"没错,没错,本纳迪特! 我以为你会变成一枚纽扣,因为我想要得到纽扣。你说过会给我更多纽扣的,那就给我吧,快给我。"

"我病了多久?"

"多久?"

"多少个小时,或者多少天?"

"在地下没有'天'这个概念,也没有时钟。我上去过两次,头一次是白天,第二次是晚上,两次中间隔开了一段时间。你的皮肤渐渐僵硬,身子开始缩小。可是每当我朝你喊叫时,你就会重新变大。"

"我必须感谢你,本尼迪克特,真应该好好谢谢你才是。在外头某个地方,有一个化身为火柴盒的家伙看我不顺眼。我一直同她抗争,而她也总是跟我过不去。然而现在她闭嘴了,化作了一个火柴盒。不过我很清楚,她是不会善罢甘休的。她正在积蓄力量,盼望着哪天再次变回人形。"

"不要让她变!"

"她很厉害的,求生欲非常强烈,我感受得到她的力量。

"我要纽扣!"

"会有的,你会得到纽扣的。"

"我喜欢纽扣,真的很喜欢。"

"本尼迪克特,这个地方有没有亮光? 我需要一点亮光来做事。"

"没有,不会再有亮光了,全都用完了。"

"我需要亮光。我们可以爬上去吗? 我要上去,必须离开这里!"

对我来说,深陷黑暗之中的处境实在太过于恐怖了。我感觉整个垃圾山在身边呼吸,觉得自己深深地迷失在里面,好像就要这样淹没下去。

"让我出去!"

"你很难受吗? 是不是那个火柴盒女人来找你索命了?"

"不,不是。我感觉到了垃圾山,体验到了它那巨大的力量!"

"别反抗,千万不要挣扎。"

"求你了,我们必须出去!"

"你要是反抗的话,它就知道你害怕了,于是就会来找你麻烦,然后彻底摧毁你。"

"求你了,求你了,我们应该往哪儿走? 我必须要有亮光才行!"

"别动! 别动! 露西·佩纳特,快听。"

"救命! 救命! 救命!"

"你这副样子会害死我们的,垃圾山会把我们压扁! 如果你憎恨它,它就不会让你活下去!"

正当此时,本尼迪克特的"小屋"外边传来了一阵可怕的敲打声,原来是有东西砸到了外墙上面。同时还有物件在金属墙面上划过,发出既可怕又刺耳的噪声。

"它听到你了,"本尼迪克特说,"它听出了你的恐惧,现在就追过来了。"

"我们必须出去啊! 马上!"

"不,不能,现在绝对不能走。那样不安全,必须得留下。"

"我不能留下！我快要透不过气来了！"

"本纳迪特，本纳迪特。"他一边轻声地说，一边抚摸我的头发。

"别碰我！"

"你害怕了。不要怕，别这样。"

外面的垃圾飘移着、拍打在金属外墙上，周围的动静越来越大。忽然，墙面上传来一记沉重的闷响，似乎有庞然大物想要砸死我们。

"我们完了！我们要死在这儿了！"

"不，不会的，我们不会死的。"

"救命！"

"我正在救你哪。"

"刚才怎么了……那是什么？喔，上帝啊！"此时，外面有某样东西正在凿墙，整个屋子被震得颤颤发抖，紧接着传来一阵阵"嘣"、"嘣"、"嘣"的声音。就这样，我们在这个自我编织的牢笼里摇摇晃晃，东倒西歪。我和本尼迪克特两个人困在自家的地窖下面，自挖的陷阱之中，自己的坟墓里边。"告诉我，喔，求求你告诉我啊，怎样才能让它停下来？"

"你必须更冷静些，绝不能被它吓倒。现在它知道你害怕了，其实它也怕你。当它害怕的时候，就会心烦气躁，然后便东敲西打，变成一个可怕的怪物。所以说，露西·佩纳特，你千万不要去吓唬它。"

"我吓唬它？"

"没错，你确实吓唬它了，"本尼迪克特喊得很响，盖过了所有那些迎面扑来的冲击声，"露西·佩纳特，你给我讲个故事吧，就讲讲你自己的经历，这样就可以让我们平静下来了，外面那阵'暴风雨'也会自然退却的。"

于是，我一边摇摇晃晃地喘着大气，一边结结巴巴地将童年经历全部吐露出来。我跟他讲述了自己所住的那幢公寓，还有我的父亲母亲。同时我还交代了很多事情，比如我在大楼里上蹿下跳寻找东西，到处干一些小偷小摸的勾当；我窥视楼里的各家各户，顶楼有一个紧闭房门从来不外出的家伙，于是我和小伙伴们就在外头偷听，听里面来回踱步的声音。我把所有关于菲尔沁的事情都说了出来,还讲了孤儿院、红发女孩玛丽·斯塔格斯,以及我前往废物庄园做女仆的经历。当然还包括克劳德和他的塞子,我还坦白自己吻了克劳德,并向他保证无论如何都要再次相逢。

等我把这些林林总总的过往经历全部叙述完毕以后,猛然发觉周遭的一切似乎平静了下来。外面已经没什么东西冲撞墙壁了,这场垃圾山下面的"暴风雨"好像过去了。我不再感到害怕,而且墙外那个大怪物似乎也同样不怕了。

"露西·佩纳特,"本尼迪克特轻声地自言自语,"露西同整座垃圾山交谈,它们全都听见了。"

我笑了笑,情不自禁地说了一句:"本纳迪特。"似乎这句话是眼下唯一适合的表达。

我们滞留在黑暗之中,静静地聆听着这座垃圾山。它慢慢地安宁下来,墙外的轻拍声越来越稀少,越来越微弱。

"它走了吗?"我问道。

"它一直在这儿,从来不会走,"本尼迪克特说,"可是它有时候会恼火,而有时候则很和气。此时此刻它平静下来了,真是一个奇怪的家伙啊!"

"现在爬上去安全吗?"

"对我来说挺安全的。"

"我必须上去,不能待在这儿。"

此时又有什么东西敲击墙壁了。

"它听到你了。"本尼迪克特说。

"我不在乎,"我说,"它想怎样就怎样吧,我不能在这里过下半辈子。我一定要出去,一定要让它放我走,我他妈的就是要出去!"

我继续竖起耳朵听,可是外头并没有继续传来敲击声,什么声音也没有。

"它会让我出去吗?"我问道。

"这取决于你,"本尼迪克特说,"看你能不能心平气和,看你是不是被吓倒了。"

"那好吧，我现在很平静，"我说，"让我们走吧，咱们去找克劳德，他正在等着我哪。没有我的话，这个小傻瓜什么也干不了。喔！我真的好想念他。"

就在我起身准备出发时，腿部突然有一阵剧痛，犹如骨折那般。不仅如此，大腿某处好像被撕破了，表皮上有一摊血和一道伤疤。

"当初你尚在昏迷的时候，"本尼迪克特说，"有一次腿部忽然流血了。这并不是我干的，它自己一下子喷涌而出，非常奇怪。"

"自己喷出来的？"

"没错，是自己喷出来的。"

"本尼迪克特，"我说，"如果你肯帮助我的话，那么我也会帮你忙的。我要离开这个地方，然后找到克劳德，最后去阻止那个火柴女孩；而你想得到的无非就是很多很多枚纽扣。那好，我会领你去找纽扣的，我们一起去菲尔沁寻找，那里有许许多多的纽扣哩。"

"菲尔沁？"

"没错。这个地方距离菲尔沁远吗？"

"这要看上面的天气情况。"

"好吧，本尼迪克特，我们越早出发就能够越早到达。我要振作起来，去寻找我的朋友。对，我一定要前往菲尔沁，然后想点法子出来。"

"他们会把你装进笼子，然后向人们展示。观众们扔给你乱七八糟的东西吃，而且还会打你，嘲笑你。那就是菲尔沁。"

"他们以前这样对你？"

"很多很多观众！他们全都看着我，而我就在笼子里。他们说我是个怪物，说我不是一个人，但也不是一样东西。我好想有人疼我，有人爱我！不希望被关在笼子里。尽管那些物件并不是人，但它们选择了我，接纳了我。如今我自由了，可以随心所欲地东奔西跑，想吃什么就吃什么。"

"本尼迪克特，我在菲尔沁有小伙伴，他们也会和你成为好友的。"

"我出生在垃圾山上,这里便是我的家,到别处我简直两眼一抹黑。"

"你愿意帮我吗,本尼迪克特?"

"我不是本尼迪克特,我是本纳迪特,那才是我真正的名字。他们都把我唤作'这个东西'、'那个东西'。本纳迪特!本纳迪特!"

"冷静点,本尼迪克特,别太激动。"

"本纳迪特!我叫本纳迪特!"

"本纳迪特算什么名字?我要叫你本尼迪克特,那才是一个像模像样的名字。"

"本纳迪特,是本纳迪特!"

"再说吧。"

"我要吃了你。"

"不,你不会的。对了,我们还需要钱。"

"钱!"本尼迪克特斩钉截铁地说,"我有钱!"

本尼迪克特在一个脏兮兮的橱柜里翻箱倒柜地找,回来时全身丁零当啷地作响。他带出来许许多多的硬币,甚至还包括一部分纸钞。他独自在垃圾山寻觅到众多宝物,全都是从艾尔蒙哲拾荒队手里抢救下来的,本尼迪克特简直是一个衣衫褴褛的百万富翁。

"我的乖乖!"我抚摸着这么多票子,不禁惊呼,"瞧瞧,这就像是英格兰银行!"

"你取笑我!我不喜欢这样!"

"不,本尼迪克特,我是由衷地开心。我们身边全都是钱,你富得流油啊,真是个大人物!"

"是吗?"

"嗯,"我说,"没错,我真心这么觉得。"

他嘀咕了一声,我觉得那里面透着喜悦。

"本尼迪克特,咱们收集好你的钱,然后爬到地面上,前去菲尔沁。"

"上去?如果是去菲尔沁的话,不能往上走,而是应该往下,下面才是去菲尔沁的路。我们沿着管道走,然后钻到里头去。虽然路途可能比较泥泞难走,但这是距离最近的一条道。我们不能往上爬,最好还是朝下面走。有时候我自己会坐在市镇边缘,两眼望着熙熙攘攘的人群,看着他们走来走去,各司其职。我们不能往上爬,必须朝下面走才能到达菲尔沁。"

"什么管道?"

"就是那些管道呗,就是那条隧道,艾发勒!"

"艾发勒是什么?"

"你不知道?"

"从来没有听说过。"

"艾发勒是一条已经销声匿迹的河流!据说早在罗马统治时期就已经有这条河了,然而如今它却转入了地下。这条河还'活'着,只是被掩埋了起来。它仍然在不停地流淌着,只不过你没有看见而已。人们都说河水一路汇入泰晤士河,不过我从来也没有见过那条河。"

"那好,本尼迪克特,让我们一起去寻找那条失踪的河流吧。"

"然后我们就顺流而下,艾发勒河可以载我们一程。"

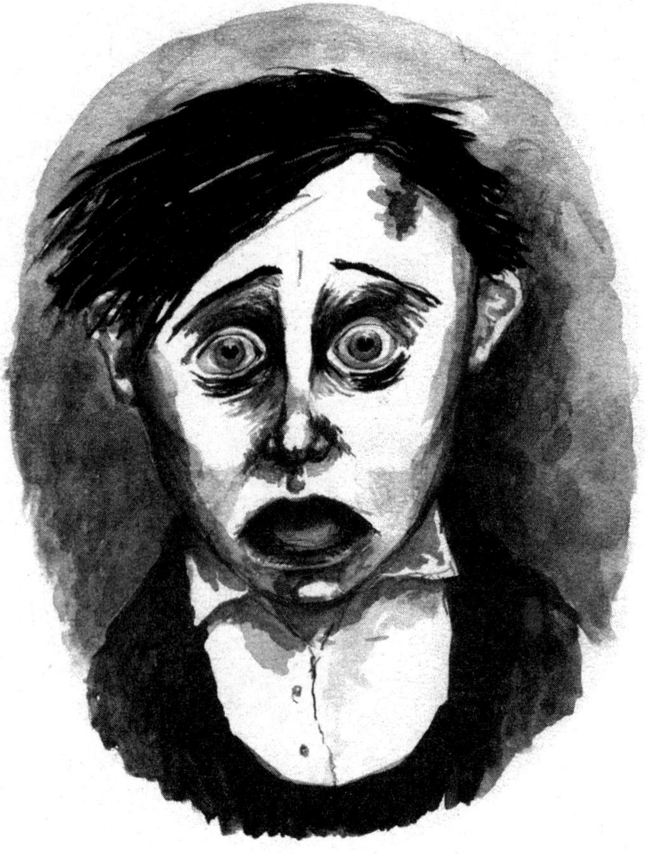

08

再次呼吸

克劳德·艾尔蒙哲继续自述

变回自己

那个瘦子手握剪刀,把我从地上拾起来。

一只海鸥在头顶上叫唤:"嗷!嗷!"

紧接着,一阵剧痛传来。那是一种撕心裂肺的感觉,像是在被活生生地开膛破肚。

"现在还不行,肯定不行,"裁缝发出嘘声,"你个小魔鬼!这个地方太暴露了,你要继续保持原样,此处不太安全!"

可是我非常痛苦,不停地挣扎,体内的脏器搅成了一团。我根本无法平静下来,整个人似乎都要爆炸了。

"我诅咒你!"他喊道。

随后他一路狂奔,并把我紧紧地攥在拳头里。那一刻,我只感觉到自己在飞快地移动,不断地向前冲刺,时而又急促地打弯,后来突然停了下来,稍微歇了一会儿,随后又接着赶路。有时候我会听到身后路人呼喊,而那个瘦子则加快步伐,越冲越远。他躲藏到一幢房子的门口处,就站在黑暗里,气喘吁吁地待在门廊边上。只见有一队人马飞奔而过,手里还提着灯,还有人推着一辆类似于独轮车的东西。就在那辆独轮车上,我听到了一个声音。我被那声音惊呆了,有一个金属物件在高声尖叫:

"杰拉尔丁·怀特海德。"

"停,停,随从们,给我就地停下!"掌管出生信物的地方长官艾德韦德叔叔说。他看起来高度戒备的样子,就在我们不远处的大街上竖着耳朵仔细聆听。"大家安静,都别出声,我好像听到什么声音了。嘘,嘘。我真的听到了!来吧,再响一点儿,再叫几声。嗯,我敢肯定,这回我真的听到了。

"来吧,到我这儿来。来呀,别害羞嘛。你亲爱叔叔在喊你哪,你肯定听得见我的。你现在的处境很危险,让叔叔来搭救你。只需小声说一句,轻轻地报上你的名字,让我来听听'克劳德'这几个字。来吧,克劳德。来呀,快到叔叔这儿来,快喊'克劳德'这个名字。"

这个小个子在独轮车上静静地聆听,所有人依然呆呆地围聚在他身边。裁缝把我往口袋深处塞了塞,我尽量不说话不摆动,努力不去理会并尽量忘掉那些伤痛。

"我听见了有一样东西在呼喊'艾尔蒙哲'。亲爱的小乖乖,你在哪儿?快回答我!"

周围一片寂静,只有远处垃圾山的噪声,以及那种弥漫在整个废尔沁市镇的滴水声。

"我知道你就在这个地方,就躲藏在某个角落里!"艾德韦德叔叔高声喊叫起来,"我几乎可以听见你的动静。来吧,喊一声,只需轻声地喊一声,我就立刻来到你的身边。"

我内心蠢蠢欲动,非常想大声地喊出自己的名字。艾德韦德似乎使出了全部花招,正在用花言巧语来拨动我的心弦。

"你变得厉害了,狡猾了。可是你逃不出叔叔的手掌心。我的小克劳德,你骗不过叔叔的耳朵。我可以聆听到你,感觉到你的灵魂。克劳德,我听到你正在呼吸!"

我本想放声大喊,向强大的杰拉尔丁·怀特海德举手投降。然而正在此时,突然有一阵沉重的皮靴声打破了艾德韦德那不可抗拒的"魅惑"。

"蠢材!"艾德韦德喊道,"我马上就要逮到他了,都是因为你!真是个废物,白长了两只耳朵,什么话也听不懂!蠢猪,你这头坏了好事的蠢猪!"

"大人,请听我说,请容我向您禀告,大人。"

"什么事?"

"发现半英镑金币了,大人,就在捕鼠店里!"

"嗯……是真的吗?废尔沁街市上那些捕风捉影的流言足以摧垮一个人的神经。是谁瞧见了那枚金币?什么时候发现的?"

"人就在那儿,大人,是一个撑着雨伞的人。他发誓亲眼目睹了那枚金币。"

"好吧,又是一桩要办的事。走,让我们去'听'个一二。"

队伍风风火火地撤离了,我感觉自己终于可以松一口气。裁缝随即接着赶路,将艾德韦德叔叔的队伍甩开了好几条街。可是到处都有人站岗监视,我似乎可以从每一个角落里听到呼喊的声音。

"坚持一会儿,再坚持一会儿!"裁缝说。他把我从口袋里掏出来,握在手心里,却差一点掉到地上。"好烫!看来我们无法准时赶回去了,这都怪你。我们必须在这里把事情做完,必须要找一个合适的地方!"

裁缝接着又跑了一段,后来在某个地方停下了脚步。他用手帕将我放到地上,这时我第一次目睹裁缝的真容。这个人长得很高,一副衣衫褴褛的样子,长外套上还有皮革补丁。他的身材过分修长,显得很不协调,就好像有人将他硬生生地拉成这样似的。他的面容苍白,略显青灰色,眉毛交会于脸部中央,整个人也相当的瘦,像是吃了上顿没下顿的样子,几乎就如同一具骷髅。此时他咽了咽口水,两眼注视着我。

"今晚你可惹出了好多麻烦啊!"

他靠近我,伸出一根纤细的手指,轻轻地拍了拍我。

"我犯不着为了你而掉脑袋。"

他扯了扯自己那头黑色的长发。

"我可不想因为你而惹来什么麻烦,"他喊道,"现在就出来吧,出来啊!你到底出不出来?你的体温已经够热了。既然我们被困于此,那就抓紧时间,趁天色还没亮赶快出来呀。现在就出来,现在！出来啊！"

随后……

随后……

随后……

一阵剧痛！一阵烧灼般的剧痛！

我不停地大口呼吸,似乎从未如此爽快地喘过气。我的手臂好像在奋力地拽我的身体,双腿好像从体内"破壳而出"。接着是我的脑袋,它在痛苦地挣扎着,简直要燃烧起来。我的身子慢慢地横向伸展,肉体逐渐丰满起来,一点一点地变回了原形。

我又活了！

我回来了！

我克劳德又恢复原形了。

我又再次变回了自己,再次成为了有血有肉的人。

就在这个被人遗弃的肮脏角落里,我再次化为了人形。

起初我只会说一句话：

"克劳德·艾尔蒙哲,克劳德·艾尔蒙哲,克劳德·艾尔蒙哲！"

"闭嘴！闭嘴,克劳德·艾尔蒙哲,"裁缝说,"你这样会把整个镇子的人都招惹过来的。别说话,否则我俩就暴露了。"

"克劳德。"我小声嘀咕。

"再敢说,你给我小心点。"他一边对我警告,一边挥舞起拳头。

"艾尔蒙哲。"我不自觉地补全了这句话。

"别出声,克劳德·艾尔蒙哲,"他说,同时手握一副长剪刀,"连小声的嘀咕都不要有,不然他们都会听见你的。这小巷里还有其他人,你要是再说一句,我发誓现在就宰了你。"

本纳迪特

⑨

过河以后

露西·佩纳特继续自述

我在黑暗里穿梭,说不清身边有些什么,只是时而被它们划开口子,时而被它们沾湿身子。当我偶尔触碰到它们时,那些东西会迅速溜走。它们还会咬我,不过偶尔又非常柔软,甚至让人感觉很暖和。这些未知的物体都从我身边一一经过,因为本尼迪克特在我腰间系了一根长绳,并在前头不断地向下拽。

要不是周围有这么多东西的话,我估计无法感觉到自己下降得这么深。它们始终挤压着我,不留丝毫余地。我在这条本尼迪克特指引的小通道里笔直向下,一点一点地挤掉挡在眼前的东西。当我被某种物体卡住时,本尼迪克特不会小心翼翼地帮我解围脱困,而是非常粗野地拽绳子,凭着那股蛮力来排除掉挡路的物件。垃圾山下面有一个个洞口,还有一条条深邃的通道。这些隧道和废物庄园的烟囱管道一样,有些热气腾腾,而有些则冰冷刺骨。除此以外,这个地方还生活着别的生物,比如体形硕大的老鼠,它们的个头有猫那么大,兢兢业业地打洞,不喜欢旁人来打扰。

我们最终到达了底部,那儿与其说是地面,倒不如说是一个陷于泥沼之中的巨大物体的坚实外壳。我试图朝本尼迪克特呼喊,可是在这么深的地下,声音无法从体内发出来,就连呼吸也是一件相当困难的事。这里的空气异常厚重,弥漫着泥土的微粒,让人感觉湿漉漉的。

我们两个人在这块巨型的"砖土天花板"上奋力前行,最终来到了一个类似舱口的地方。本尼迪克特摸到了一块厚实的盖板,然后他将其抬起,先把我推了进去。四处没有亮光,脚下是蜿蜒回旋的石头阶梯。地上非常湿滑,我跌倒了几次。很快,我们走到了阶梯的尽头,只听见周围有湍急的水流声。

"现在怎么办?"我问道,"没有楼梯可走了。"

"跳。"他说。

"跳多远?"我问道,"不行啊,本尼迪克特,会摔死的。"

他一把将我推了下去,这便是他的回答。顿时我坠入水中,他也紧跟着跳了下来。

河水冰冷刺骨,真冷啊!冻得我简直无法呼吸。

我们浸那条人称"艾发勒"的地下河流里,我觉得自己快要被冻死了,随时会结成大冰块。这个地方生气勃勃,有滴答滴答的水滴声,还有呼啦呼啦的拍水声。不管是水滴也好,浪花也好,漂浮物也好,全都在这条黑暗的河流中翻滚。此时此刻,我就像在一条巨鲸的肠道里面游泳。

"现在是低潮,水位不高。"他说。

"呵呵,真是走运哎。"我喘着气说。水流不快,于是我直立起来行走。我的身子颤颤悠悠,狼狈不堪,肮脏的河水没过了我的腰部。

这真是一个不寻常的地方。很久很久以前,古代的大不列颠人一定在这条河里钓过鱼,古罗马人也肯定在岸边行过军,而我现在就身处于这个地方,只不过当年的河流是在地表上,周围还有土地和阳光。往昔岁月已经深深地埋入地下,往下挖掘便是古人的领土,说不定阿尔弗雷德大帝[①]还在我们蹚水的地方洗过澡哪。

"好了,终点到了,"本尼迪克特喊道,"这里便是菲尔沁,咱们上去吧。"

他可以在这片潮湿黑暗的环境里看清前方路途,而我则完全做不到。他带着我走过好几条弯曲湿滑的阶梯,幸好路还不算太远,不一会儿的工夫,本尼迪克特找到了一个窨井盖。然后……只见一束圆形的亮光扑面

---

①古代英格兰国王。

而来。

菲尔沁到了!

外面已经是黄昏时分,天色渐渐暗了下来。其实菲尔沁从来就没有过晴朗的好天气,不过我刚才经历了那种潮湿阴暗的环境,相比之下这里的天空确实要明朗得多,我就好像整个重生了一样,面世界比自己预想的还要绚丽多彩。

"菲尔沁的污秽,"本尼迪克特说,"我熟悉这个市镇的气息。"

"刚才你在黑咕隆咚的地方为我指路,现在换我来带你走吧。本尼迪克特,请允许我做你的向导。"

借着菲尔沁的日光,我总算彻底地看清了他的模样,没想到我居然和这么一个怪物做伴。露西呀露西,你的勇敢程度已经超乎了想象。本尼迪克特看起来确实不像人类,更像是一团聚合起来的人形垃圾堆。他长着一对眼睛,不过很黑而且泛黄,难以被察觉;嘴巴更像是一道裂缝;头发则是乱蓬蓬的,像一团由金属丝编织而成的杂草。他身上的衣服根本不像是常人穿的那种,辨认不出是什么布料,全部由不同的物件拼接而成。有几只老鼠紧紧地贴在他身上,活像几块毛皮补丁。如果他一动不动的话,你会以为这不是一个活物,而是一堆叠放起来的垃圾而已。他就像是一座微型的小山丘、一个小土堆。然而就是这么一个奇形怪状的家伙,就是这么一个站在我身旁的庞然大物,却同样也是一个人。

"我不喜欢这个地方,"他一边说话一边开始瑟瑟发抖,"我不想待在这儿,不想被关进牢笼。"

"没事的,本尼迪克特,我保证。"

"你没有能力保证。你算老几?你能保证什么?你什么也不懂,什么也不是。你只不过是一个红头发的小不点而已,能够打什么包票?不,不,我不能待在这儿,我要回家!"

"可是家里有什么呢?本尼迪克特,那个地方对你来说有什么价值?

那只有一堆垃圾和污秽。我会给你带来新的东西,让你见识新事物,结交新朋友。你会在这块地方找到一个家,就在这一幢幢菲尔沁的房子里边。"

我们来到了距离垃圾山城墙不远的地方,只见墙上到处都是裂缝,其实这儿从前并没有如此破旧。墙边有好几根金属撑杆支架着墙体,还筑有砖石砌成的硕大扶壁。我不禁怀疑这堵城墙还能坚持多久,估计总有一天会倒塌下来的。

我看见远处有一条滑道直通墙脚,那里排满了一车又一车从伦敦运来的泥土和垃圾。这些推车组成了一条气势恢宏的"卸货"队伍,它蜿蜒绵长,简直一望无边。推车装载着沉重的"货物",来来去去。队伍夜以继日地忙碌着,一刻不停歇,而且规模越来越大,"货物"也越聚越多。与此同时,成群结队的海鸥也在城墙的另一侧聚集起来。我很清楚,那里会有一支人数众多的菲尔沁拾荒大军。那些人成百上千,提着叉子、铲子和破麻袋,终生与垃圾山相伴。同时,老鼠们也在拾荒者周围忙活着自己的"工作"。

这便是此地一贯的景象。要是哪天滑道上没有了满载垃圾的推车队伍,也没有空车返回的话,那才是让人称奇的怪事。马匹拉着"货物",被人用鞭子抽打着稳步前行。它们拉呀拉,直到彻底无力的一刻,在既无希望又无止境的劳作面前举手投降。接着,它们被人当场剥皮开膛,如果尸体周围聚集了太多海鸥和老鼠的话,那么它们就会和所有垃圾一道,被人倾倒至城墙的另一侧。这是一幅场面宏大而异常悲凉的情景,犹如圣经里面的典故。

"我的家,"我说,"到家了。"

本尼迪克特嘀咕了一声。

"好了,"我一边说一边牙齿打颤,整个身子被寒气冻得抖抖索索,"趁现在还没冻死,咱们先回家躲躲吧。"

"我害怕。"

"不用怕。"

"你的头发……"他说。

"我的头发怎么了?"

"火红火红的。"

"是的,"我说,"一直如此,天生。"

"我喜欢,"他说,"很不错。"

"我要回家了,"我说,"我要回到自己成长的地方。在父母病死之前,他们一直和我住在那里。我要回家了,去那个老旧的公寓楼。"

"那我们走吧,"他说话时似乎在咧着嘴笑,不过我也吃不太准,"看纽扣啰!看纽扣啰!"

"我们出发吧!"

"露西·佩纳特,"他吐字清晰地说,语气略带警告,"不要再变回纽扣了,就一直保持现在这样。"

"我会尽力的,"我说,"走,一起走!"

亚历山大·埃尔克曼

废尔沁的裁缝

❿

废尔沁的裁缝

克劳德·艾尔蒙哲继续自述

同行的伙伴

"克劳德·艾尔蒙哲。"我如此喊道。其实应该说点别的才对,比如"救命"之类的应该更加合适一些。

瘦子听到我呼喊,遂举起那把剪刀,狭长的剪刀片"啪"地敲在我身上。紧接着,剪刀再次靠过来,我又挨了重重的一下。

我情愿身在别的随便什么地方,也不想和这个瘦得诡异的家伙待在同一间草棚里,就算是回到贺沃德家里也行,哪怕到馅饼店同硬币们在一起也好。然而此刻的我却待在这么一个阴暗的地方。这里没有阳光,看不到任何希望,是一个被众人遗弃的角落。此处不适合安置任何东西,也不配给任何人居住,这个地方什么也不是。现在我甚至感觉还不如做一枚硬币来得自由,这种感受真是难以名状啊!诚然我已变回了自己,但谁知道这种状态能够维持多久呢?

"克劳德,"我小声地说,"艾尔蒙哲?"

"没错。"裁缝说话的同时,他的剪刀随着节拍一张一合,发出咔嚓咔嚓的声音。他俯下身子,靠得很近,于是我看清了他的模样,这个人的骨架瘦长而单薄,头皮绷得很紧,头骨呈现狭长形状,容貌十分奇特,看起来甚是恐怖。"没错,你的确是克劳德·艾尔蒙哲,"他低声说,"你知道我是谁吗?

你还记得我吗?"

"克劳……不,先生,"我尽力改口说,"如果我以前见过您的话,应该会记得起来的,因为您看起来非常特别。喔,我没有别的意思,原谅我,先生。呃……先生,您最近可安好?"

"你真的不认识我?"

"请您原谅,最近这阵子我不是自己原本的样子。所以也忍不住要怀疑先生您……怀疑您当时也不是现在这副模样?自当初我们见面以后,或许您也变过形,或许您……这只是一种说法而已,想必您理解我的意思……或许您增高了?而且还横向地削去了一些肉?"

我恨我自己,每当焦虑和恐惧时,我总会变得非常话痨,真是恶习不改。我胡乱瞎说一通,不由自主地想用言语来"注满"整个房间。或许在潜意识里,我希望凭借语言来消解部分恐惧。在这方面,我亲爱的已故表亲特米斯也跟我半斤八两,这或许就是我俩比较亲近的原因之一吧。

"你想知道我是否变过形?"他说。那张苦脸再次靠近过来。

"我的想法是不是很荒唐啊?"我说。其实我原本只想简简单单地回答一句"是的"。

"没错,克劳德·艾尔蒙哲,我的确变化过。上一次你见到我的时候,我的身体还仅仅只有九英寸长。"

"对,对,先生,您变化很大呀!脱胎换骨了!"

裁缝从口袋深处掏出一捆用厚布包裹起来的东西,然后徐徐摊开,只见一个破旧的、带有凹痕的弧形扁酒瓶①呈现在我眼前。

我从未见过这么一个物件。正当我欲如实回答的时候,突然听到一个非常特别的响声,好似有一个受困的、畏畏缩缩的声音在呼喊着。

"瑞皮特·艾尔蒙哲,瑞皮特·艾尔蒙哲!"

于是我仔细地聆听,原来裁缝那骨瘦如柴的躯体里也有一股声音,只

---

①瓶身很扁且弧形弯曲,专供人们放置于裤子后袋,常由不锈钢等金属制成。

听见它在呼喊着:"开信刀,开信刀。"

"恕我冒昧,先生,我是不是有理由怀疑……那会不会是我们家失散多年的表亲瑞皮特?"

"很有可能,不过……我不明白,你怎么一看就知道?"

"先生,请容我再斗胆问一句。您的名字,您的真名……是不是叫'亚历山大·埃尔克曼'?"

"没错,你怎么会晓得?你个小魔鬼!"

从前的表哥,如今的酒瓶

"我确实记得表哥瑞皮特。"我说。

瑞皮特的形象在我脑海里相当清楚,可谓历历在目。他曾经是外公最疼爱的孩子。危险的瑞皮特只要一有兴致,仅凭意念就可以将别人的头发点燃。他只需动动手指头,就能把金属熔化。在半夜里,表哥那痛苦的喊声搅得整个庄园鸡犬不宁。

瑞皮特总是病恹恹的,是一个身体羸弱却又异常危险的人物。如果你试图伸出手去帮助他,手会突然变得麻木,随即长出水泡,因为瑞皮特施了某种魔法上去。我们这群小弟弟们见了他就躲,我猜那些大孩子也一样对他敬而远之。正因如此,他总是一副孤苦伶仃的神情,即便在争强斗狠的时候也是如此。

其实我同他并不是很熟。有一次他站在高处,想拿一本书砸我的脑袋,差点儿就弄得我头顶开花了。还有一次,他逮住一只特米斯养的海鸥,拔光了它的羽毛,却不杀死它。这个光秃秃的小海鸥真是可怜,最终被老鼠吃掉了。后来有一天,瑞皮特突然失踪了。多日之后,在我目睹露西变形的那个恐怖夜晚,爷爷告诉我瑞皮特是家族里头最具天赋、同时也最危险的人物。可是,他却被自己的出生信物——一把开信刀给制服并掳走了。那把开信刀就是我听别人提到过的"亚历山大·埃尔克曼"。现如今,在这个破烂不堪的草棚屋里,亚历山大·埃尔克曼本人就站在我面前,货真价实。

"他不喜欢变得这么小,"裁缝说,"他拼命地挣扎,使劲地扭动。其实我俩都被害得扭曲变形,统统变得不像样子了,再也无法复原。"

"可怜的瑞皮特表哥!"

"你亲眼瞧见了,这五年以来,我和他都发生了很大变化。我变瘦变长,而他变得萎缩凹陷,且锈迹斑斑。你也知道我们是如何针锋相对彼此伤害的。我并不像从前那么厉害了,有时候,特别是最近一段时期,我害怕他会占据上风。不过,尽管他拼命地拖我后腿,却还是未能得逞!"说到这里,裁缝将酒瓶用布头重新包好,然后放回了兜里。他接着说:"当年在废物庄园,你表哥对付起物件来的确很有一套。他时常会召唤那些'人',将他们暂时从物件里头解放出来。他在庄园大楼里东游西荡,搅得物件们惶惶恐恐,不得安宁。你表哥喜欢欺负他们,短暂地解放他们,最终又将其重新变回物件的形态。就这样,整个庄园笼罩在一片痛苦的氛围之中,物件们都叫苦不迭。"

"这话确实不假,物件们确实非常痛苦!"

"有一天,你表哥召唤了一样贴身物件,将其释放了出来。他原本只是想让那个人出来一小会儿,然后就重新将其变成一把开信刀。那个人就是我。于是我将计就计,化为人形站起,然后一下子猛扑过去,将你表哥制服,并关了起来。瞧,那个金属酒瓶,那个扭曲的灵魂,便是你的表哥。如今他已变成了一个弧形扁酒瓶!"

"可怜的表哥,虽然他对我一直不友好,但我还是要说,表哥你太可怜了。"

"瑞皮特·艾尔蒙哲。"从口袋深处传来了那个金属酒瓶的声音。

"先生,原谅我多嘴,"我说,"您要对我怎样? 要用剪刀杀了我?"

"我一直在跟踪你,克劳德·艾尔蒙哲。我见过那些告示,因为你,这里的警力增加了一倍,就连艾尔蒙哲家也派人出门来找你了。这场面不太寻常,不像是他们家的作风。一般来说,艾尔蒙哲家总是与这片污秽之地保持距离。我发觉他们找你心切,于是就开始盯上你了。我心想,倘若他们这么想要得到你,那么我就应该先下手。克劳德·艾尔蒙哲,告诉我,他们为什么要抓你?为什么如此急切地要带你回去?"

"我不能说,先生。"

"好吧,他们会得到你的,这一点请放心。等我把你开膛破肚,让你不再有危害了之后便放你回去。"

"先生,我是无害的啊,我真的不会去欺负任何一个人。"

"听我说,克劳德·艾尔蒙哲,你给我仔细听好了。自从我偷偷溜到废尔沁以来,心中只有一个坚定的信念。虽然我的身体被弄得瘦长,几乎不成人形,但是我始终没有放弃过。我心中有了信念,便不再犹豫:我这一辈子,就是要在这肮脏的街巷里游走,用锐器刺死那些艾尔蒙哲。在凄凉的巷子里抓几个落单的艾尔蒙哲,然后送他们上西天,就像艾尔蒙哲们对待别人那样。不过我承认,其实我从没有抓到过一个健全的艾尔蒙哲人。克劳德·艾尔蒙哲,我就是复仇的使者,那便是我给自己取的名号。"

"先生,埃尔克曼先生,您不会伤害我吧?"

"为什么不?我想我会的。"

"请您别这样,我从来没有伤害过任何一个人,想不出有谁被我欺负过。"

"你的名字摆在那儿,这已经够害人的了。你们家害死过千千万万条人命!"

"可是我不能左右自己的出身啊!"

"说得不错。可是我也不能改变你的出身,"他一边说,一边将剪刀举过头顶,"现在就祈祷吧。"

我闭上双眼坐以待毙,等着那件锐器来袭。

在这间茅舍里,黑暗中传来某些物件的呼喊声,我从来没有听过那些声音。我聚精会神地聆听,它们都响亮地报上了自己的名字。

"我叫埃尔莎·霍华德,现在是一枚钉子。"

"我叫霍勒斯·本特利,现在是一块木板。"

"我的名字叫威尔弗雷德·皮尔彻,正躺在稻草堆下面,是一个被遗忘已久的儿童左手手套。"

"我是桑福德先生,如今变成了一个枕套,一块破布而已。"

"你好,大家好呀,我听见你们了。"我轻声说道。

"那是什么?"裁缝喊道,"你在跟谁说话?安静,快给我安静!"

"他听到咱们了!"物件们欢呼起来,"他听得很清楚!"

"再见了,亲爱的物件们,永别了。"我轻声说道。

"克劳德·艾尔蒙哲,此处没有其他人,你到底在跟谁说话?你这个小鬼,连同你们家的人,全部都是疯子,统统都是一群怪人。我发誓,你们的好日子不会太长了!"

"他正在向我们道别,"那个枕套说,"你们听见没有?他在临死一刻还惦记着我们。大伙能够眼睁睁地看着他去死吗?我们可以袖手旁观吗?"

它们的话让我感到些许安慰。

"我能听得到你们大伙,"我说,"我知道你们就在暗处。你们……你们可以站出来一点吗?我很想见见你们。"

我又痛苦又恐惧,这感受是如此的真切:此时此刻自己就站在死亡的大门前。我曾经目睹爷爷在他难过的时候召唤周围的物件,要是我也有这种本事就好了。

为什么不行呢?再怎么说我也是一个艾尔蒙哲啊,凭什么不可以?嗯,没错,克劳德,你是一个真正的艾尔蒙哲。

"威尔弗雷德,我想……我想让你……"我轻声地说,"如果可以的话,你能不能跳到那个人的嘴里?"

"好的,先生。如果您确有此意的话,我想我可以办到的。"

"埃尔莎？埃尔莎，你还在那儿吗？"

"喔，他喊我名字了！他正在喊我！"

"埃尔莎！"我的声音很轻，但心情却越发激动起来，"埃尔莎，你能帮我攻击那只握有剪刀的手吗？那只手就交给你了。"

"停！"裁缝说，"你说得太多了！给我规矩点，听见没？"

"喔，我行，绝对没问题！"埃尔莎喊道。

"还有你，霍勒斯，你可不可以攻击他的背部？"

"可以，非常乐意效劳。"

"桑福德先生，劳驾帮个忙，我尤其需要您的帮助！"

"来了，我在这儿！有什么可以效劳的？说句话就行！"

"桑福德先生，您可以捂住他的脸吗？"

"遵命！桑福德保证完成任务！"

"大伙上啊，"我说，"他朝我贴近上来了，现在就是最好时机！"

"受死吧，克劳德·艾尔蒙哲。"裁缝大声吼道。

那些有生命的物件们忽然全部行动起来，它们在干草堆中急速运动，制造出"沙沙"的声音。裁缝一脸惊恐，他转过身去，端起剪刀，在黑暗里无谓地乱剪一通。正在这时，钉子急冲上前，在他握有剪刀的那只手上划开了一道口子，裁缝大呼一声，剪刀随即掉落在地。再看那块木板，它自行抬起，敲打在裁缝的背上，裁缝放声大叫起来。当他张嘴的那一刻，手套塞住了他的嘴巴，而枕套则紧随其后，盖住了他的脸。就这样，裁缝被击倒了！他摔倒在地，而我此时正站在他的跟前。

我是如何做到的？我居然打败了裁缝，还卸下了他的武器——剪刀，将其制服在泥地上。

"我是克劳德·艾尔蒙哲。"我说。

裁缝在枕套——桑福德先生下面模糊地喊了一声。

"我是克劳德·艾尔蒙哲，"我说，"我有这种本事，我是物件们的好朋友。"

艾德韦德·艾尔蒙哲
掌管出生信物的地方长官

11

废尔沁街头

露西·佩纳特继续自述

我们从垃圾山上下来,进入了市镇,感觉有些异样。要怎么说呢?如今的市镇更加阴暗潮湿,而且还弥漫着黑烟,我记得以前并不是这样的。黑烟犹如一成不变的天气,始终萦绕在这个地方。不仅如此,就连城墙也不同了。不知是我的幻觉,还是它真的往下滴着什么东西?这里所有的一切都是湿漉漉的。没错,它是在滴,整个菲尔沁市镇都在滴。尽管此时并没有下雨,这里仍旧不停地滴水。街上积了一层厚厚的烂泥和污秽,这一点倒是向来如此的,只是比记忆中的更加厚实了,我如同又回到了河里蹚水似的。本尼迪克特有些害怕,他在这一片旧屋丛林里瑟瑟发抖。每当远处有某个身影在肮脏的巷子里横穿而过时,他就会吓个半死,一副准备逃跑的样子。于是我就一次一次地鼓励他,开导他。

在街角处,我们吓到了两个正在搬运大桶的人。他们脸上都蒙着布,费力将大桶朝某一幢楼房搬运过去。他们一见到我俩,立刻撒腿就跑,让人感觉有些蹊跷。不过我很快就把他们抛之脑后了,因为在眼前突然出现了很多衣物,有了这几身衣服,我们不仅能御寒,还可以改变行装了。

居民们常常把拾荒用的皮衣悬挂在屋外头,因为皮衣的臭气实在难闻,尤其是当外面天气糟糕的时候。我抓着几件品相难看的衣服不放,它们挂在外面排成一行,看上去似乎要跟着风儿"私奔"。菲尔沁的黑烟和大风将裤腿和袖管吹得上下起伏,破旧的皮衣在这种鬼天气下全然一副活蹦乱跳的样子。我紧紧地抓住一套衣服,然后把它用力拽下来。明天肯定有人会对我的偷盗行为气得直跺脚,但我也是不得已。我试图将本尼迪克特塞进皮衣里,这不是一件容易的差事。他大喊大叫,感到浑身被勒得很紧。随后他将皮衣撕开了一道口子,但衣服至少遮盖住了大部分身体。

有一队艾尔蒙哲警察从我们身边匆忙跑过,那些人佩戴着铜头盔,表情十分焦虑。我们不希望同那些人迎面撞上,于是就朝相反的方向离开了。

"本尼迪克特,要是有人问起,"我说,"你就说自己先前去捡垃圾了,刚刚才回来,皮衣也被划破了。前面的路不是很远,公寓楼在镇子的另一头,靠近月桂叶庄园那里。"

于是我们钻进另一条巷子里,警察的哨子声在远处不停地吹着,不过这和我们已无太大关系了,不必去操心这些。

"快回去。"本尼迪克特说。

"我不是正在往家里赶嘛,"我说,"已经胜利在望了。"

"快回去。"他又重复了一遍。

"再坚持一会儿,本尼迪克特,我坚信一切会好的。"

"不,不。快滚回去!"

我转过身来,仔细地看着他。原来他不是在对我说话,也并非表示要回家,而是正朝着一条跟踪他的"垃圾尾巴"说话。

"快回去!"他一边喊,一边朝这条"尾巴"踢了过去。这个东西一下子消失了,可是等本尼迪克特转过身去的时候,它又悄悄地聚合起来,不过这次的个头要小了一些。

"它跟着我。"本尼迪克特说。

"那是什么东西?"我说。

"它思念我,想叫我回去。"

"本尼迪克特,那到底是什么?"

"它就是垃圾山,正在叫我回家哪。"

"只不过是一只老鼠,对不对? 老鼠一时兴起就会跟在人的屁股后边。"

"不,不是,它就是垃圾,"本尼迪克特悲伤地说,"它就像我一样,始终是一团垃圾。"

"你的意思是……那是垃圾山的一部分?"

"没错,它就是垃圾山的一部分。"

"快叫它走开。"

"我这不是正在赶嘛!快回去!"他喝道。只见这条"尾巴"又暂时消失了,它在大街拐角处再次聚合起来,而且这一次的个头变得更加硕大了。

"本尼迪克特,加快一些脚步,咱们跑步吧。"

"它正在央求我回去。"本尼迪克特说。

我们开始加快脚下的步伐,可是那团垃圾仍然紧追不舍。它目前尚稍稍落在后头,但我觉得它的个头正在成倍地增大。我心想,哎,好一个"情深义重"的大家庭啊!

此时,我们已经到达了谷物交易所附近,这里原本是给垃圾称重的场所,不过在我很小的时候就已经废弃不用了。有一辆独轮车停在谷物交易所门前,看来是有人将它遗忘在那儿了。可是当我们走近一些时,看见独轮车里好似有什么东西。起初我以为是一叠衣物,可是后来它自己动了起来,并且朝前方倾斜了一点。原来那是一个人,一个正在朝前俯身的人。那人是一个秃顶,好像正在和一只海鸥说话。没错,确实有一只肥硕的海鸥正在独轮车旁边一边打转一边鸣叫。最后独轮车里的人伸手一挥,那海鸥朝大街的方向奔去,随后一跃而起,飞到了天上。

这个人坐起身子,东张西望。他脸若银盘,露齿而笑。接着我注意到了他的眼睛,等一等,我认识他!我绝对认识这个人!我见过这对眼睛,他就是废物庄园里那个凶残的坏人。当时他差点把我抓起来,仅仅就因为那个我心仪的门把手。对了,我身边没有携带什么可疑物品吧?嗯,没有,没有什么值得一提的,只不过是几件偷来的皮衣,身边还站着一个大家伙,有一半垃圾附在他的身上,而另一半则跟在屁股后面。没有什么惹人注意的,不,不,根本没什么大不了。

独轮车里的瞎子坐直了身板,模样可怕极了。

"谁在那儿?"

我不再向前行走半步,并将本尼迪克特往后推了推。可是他身后的垃圾却从我们刚才经过的巷子里窜出,朝我们这边一路翻滚而来。

"谁在那儿?又新来了什么人?"他探出脑袋,摆了一个理想的角度,好让耳朵听得更清楚一些,"废尔沁熙熙攘攘的吵闹声让我无法听清要找的东西。等一等,刚才是不是有'艾尔蒙哲'这几个字?"

周围的嘈杂声稀里哗啦,而他则一动不动地正襟危坐。"顿纳特,"他喊道,"你在哪儿,顿纳特?"

只见一名警官急匆匆地跑过来。

"你上哪儿去了?"

"回禀大人,我刚才巡逻去了。遵照您的意思,让您清静一些。"

"这个地方有异物,是一件十分不寻常的东西。它好像受了伤,正心烦意乱。说实话,我不喜欢上街,待在室内多好。我捕捉不到他的名字,但是我知道它问题很严重,似乎有一种苦大仇深的感觉。不,不行,顿纳特,你过来帮我推车,看来这个市镇已经万劫不复了!"

独轮车咯吱咯吱地淡入夜幕之中,于是我们可以继续赶路了。此时,那团跟在后面的垃圾已经碰到了我的脚面,它缠住我的腿,在我们跟前不停打转。我们伸腿踢它,然后趁它变大之前连忙逃跑。

我们两个在大街小巷里飞奔,脚步声好像太过响亮了。更为糟糕的是,屁股后面还紧跟着一团不停翻滚的东西。

从那堆东西里飞出一个蓝色小瓶,正好砸到我脑门上。

"嗷!"我一声惨叫,随后捡起它一看,原来是一个陈旧的酒瓶子,瓶身上还标有"闲人勿拿"的字样。于是我把它扔了,只见它立马翻滚起来,速度出奇的快。"唉,真疼死我了!"

"它不喜欢你。"本尼迪克特说。

"我也不喜欢它。"我说。

"它恨你。"本尼迪克特说。

"喔,谢谢,多谢您老点拨哟。"

"它嫉妒了。"

"嫉妒?嫉妒我干吗?"

"它责怪你。"

"干吗要责怪我?"

"怪你把我偷走了。"

"我可没有偷你。"

"可是它觉得你偷了,或许……你真的偷了。"

正在此时,街角处传来一阵吵闹声。那声音与大街上的嘈杂声不同,听得出是屋内众人的欢声笑语。真是令人喜出望外!我要前去碰碰运气,想办法躲藏到人群当中。于是我抓起本尼迪克特的胳膊,拉着他弯腰低头进入了房子里,只听见"嘭"的一声,身后的房门被我紧紧地合上了。此时眼前全都是人,无法轻易前进,原来我们到了一家酒吧。小时候我来过这个地方,当时还和父亲一起。这里便是"垃圾山小酒馆"。

一个艾尔蒙哲假人

⑫

许下一个承诺,撕碎一个怪物

克劳德·艾尔蒙哲继续自述

我与裁缝的交易

废尔沁大名鼎鼎的裁缝居然狼狈不堪地跌倒在地,就连剪刀也脱了手,被踢到远处。

"威尔弗雷德·皮尔彻,"我对那只塞在裁缝嘴里的手套说,"威尔弗雷德,你可以出来了,谢谢你,现在让那个家伙喘口气吧。"

只见那只脏兮兮的小手套从枕套底下爬出,匆忙溜回了干草堆里。

"魔鬼!你这个恶毒的魔鬼!"裁缝喊道,他的脸依然被破枕套——桑福德先生覆盖着。

"我作为物件们的朋友,"我说,"谢谢大家,桑福德先生、霍勒斯、埃尔莎、威尔弗雷德,真的非常感谢。"

"别客气,先生。"

"很乐意为您效劳。"

"非常感谢。"

"快!"裁缝说,"快命令它们走,叫那些东西从我身上滚开!"

"它们以前从来没有干过这种事,"我说,"我一向能够听见物件发出的声音,可是从来没有为一己之需而使唤过它们。说实话,埃尔克曼先生,我自己也大吃了一惊!"

"把它们拿走,叫它们滚!"

"先生,您必须承认,刚才您确实冒犯到我了。"

"可……可你是一个艾尔蒙哲啊!"

"不错,今天这事之后更加可以肯定了。跟您坦白说吧,我并不十分喜欢家族里的人,如今我已经离家出走。"

"叫它们滚!"

"埃尔克曼先生,您必须保证规矩一点,这样它们才会住手。"

"好,好,我答应你。"他的嗓子喊哑了。

"那好吧。桑福德先生,劳驾请您不要再继续了。"

"我挺乐意的,"桑福德先生说,"我完全可以憋死他。"

"最好别这样,桑福德先生。总之,现在就撤了吧。"

只见枕套一下子腾空而起,就好像有一阵凌厉的狂风刮过似的。它飘落到地面上,安详地一动不动,又变回了一只枕套。裁缝坐起身子,不停地咳嗽喘气,整个身子都在颤抖。他看起来非常惊慌,最后开口说道:"没错,你的确是一个货真价实的艾尔蒙哲。我对你家非常熟悉,知道你们耍的那些把戏。在你们家里,有些人可以移动玻璃,有些人对金属或瓷器有一套办法,有些却只能召唤一两张报纸而已。我曾经见过你家有一人在庄园围栏里头走路,脚下有十多个脚蹬围着他打转。还有一次,一个外表严肃的人好像在同衣帽架子散步。你们这群人个个都不正常,不能放任你们这样下去,必须要消灭你们。"

"其实我们也不全是那样,"我说,"不全是坏人。我哥特米斯就是一个非常好的小伙子,可惜他已经淹死了。还有,奥米莉也是一个很不错的……"

"你给我仔细听好了,用你那对金贵的耳朵听清楚,"亚历山大·埃尔克曼说,"让我来给你讲一个家族故事,教育教育你这颗邪恶的心灵。"

"哎呀,我……我不太想听。"

"克劳德·艾尔蒙哲,我所杀的那些人其实并不是真正的活人。他们全部都是你们家族在月桂叶庄园里制造出来的。你们家族把垃圾山的破烂货挑拣出来,再捏到一块儿,聚合成为听命于己的假人。这些假人就隐藏在我们中间,他们大摇大摆地在街上行走,存在于我们周围的每一个角落里,渐渐地在废尔沁这个地方发展壮大。他们同正常人长得很像,虽然现在十分狡猾,但当初却是笨手笨脚的,举个例子,倘若墙上有一枚不显眼的钉子,那么假人的衣服很可能就会被它钩破,然后整儿就四分五裂了,体内的东西倾泻而出,什么锯末呀、小石子呀、旧玻璃片等等,所有东西都撒落到地面上。接着,你眼前就只剩下了他们的衣裳,一个刚才还站在你身边的人顷刻间就这样瘪了下去。不过这类事情发生得多了之后,假人得到了改进,你爷爷发现了一条新路子。克劳德·艾尔蒙哲,现在开始给我竖起耳朵仔细听好了。"

"我听着哪,先生,我正在听您讲这个不幸的故事。"

"在月桂叶庄园里,上上下下布满了各种管道。恩贝特让孩子们到他这里来受苦,他命令这些孩子朝管子里呼气。仅此而已,只是要求他们呼气而已。然而,当孩子对管子呼气的时候,管子的另一头则连接着一个假人,一个形状酷似人类的东西,但没有生命,丝毫生气也没有。当孩子朝管子呼气时,气体被注入了假人体内。于是假人便逐渐膨胀起来,每呼一口气,就增添一分生气。过了一段时间以后,假人开始自行呼吸,并主动对着管子那头的小孩吸气。一个小孩足够制造好几个假人,直到最后,那个孩子的元气被彻底吸光。"

"他杀害那些孩子!"

"不对,不能这么讲,或许杀了他们才是较为仁慈的方式。他夺走了孩子们的青春精华,将其从他们体内吸干,之后那些孩子就变得苍老,像行尸走肉一般。干点粗活还凑合,但是心智水平却相当低,以至于被人摆布也毫无怨言。他们的眼睛是灰暗的,灵魂已经被摧垮,一句牢骚也没有。他们继续一天天存活着,直到最后莫名其妙地倒下。他们常常会感染上废尔沁的各种疾病，往往也坚持不了多少日子，很可能在数月之内就会变成一个个物件。不仅如此，在这些行尸走肉的身上，还存在着另外一个可怕的隐患，他们会通过呼吸将瘟疫四处传播。"

我非常小声地嘀咕："我的家族居然会干出这种事？"此时，在屋内暗处，手套、木板、钉子，还有枕套都悄悄地躲到远处去了。

"他们就在那座月桂叶庄园里干着这种勾当，"裁缝说，"自从孩子们朝假人呼气以后，那些假人变得厉害多了，很难辨认出来。如今那些奇异的假人比过去更为强大，许多人都套上了一层皮衣，不过我仍旧继续捕杀他们，撕开他们的皮囊。他们在呼吸的时候会吐出一小股轻烟，犹如一小团火星在口中，那黑烟十分微弱，不易被人察觉。不过我还是有能力将他们搜寻出来，因为我对这些人的情况了如指掌。我早年是一个杀人犯，来自德国盖尔恩豪森镇，一次与人争执的时候失手杀死了对方，于是便逃到伦敦来避了避风头，可终究还是被人盯上了，接着我又跑到了菲尔沁，在此地被艾尔蒙哲家的爪牙发现，他们直接将我变成了一把开信刀。克劳德·艾尔蒙哲，我想要弥补当年的过失，而且也尽力了。可惜我的时候不多了，我不可能永远和那个讨厌的酒瓶子争斗下去。"

"埃尔克曼先生，我会避开家族的人，离开此地去找到我的朋友露西。虽然我不知道怎样才能找到她，但是我坚信自己会成功的。随后我俩一起想办法逃离这个地方，从今往后再也不见家族的人，再也不打听家族的消息，我们远走高飞……"

"他们如此祸害人命，你却要一走了之？"

"这很可怕，现在我真的明白了……"

"他们草菅人命，打造自家的假人大军，还到处散播疾病，而你却要拍拍屁股走人？克劳德·艾尔蒙哲，就算家族的人淡出了你的视线，可他们仍旧不会收手的。你的家人会进一步积蓄力量，然后带领那支傀儡大军杀进伦敦城，接着便是掌控全国，进而还要席卷整个欧洲。最后……最后他们会找到你，出其不意地来到你身边！"

"哎,我的家族。"

"不错,正是你那个所谓的家族。"

"我想……我觉得,一定要阻止他们。先生,您当仁不让,必须出手!"

"我的精力大不如前了。"

"如果您不干,那么由谁来干呢?"

"问得好,谁来干呢,克劳德·艾尔蒙哲?"

"您的意思是……"我说,顿时感到一股恐惧,"您的意思是说……我必须干?"

"对,克劳德·艾尔蒙哲,我觉得你必须行动起来。你有艾尔蒙哲家族的特异功能,这一点毫无疑问。请把这些本事用到正道上来吧。"

"喔,"我说,"可……可我不是做英雄的材料啊。"

"你确实不是。"

"我也不会挥舞剪刀来杀人。"

"你确实不会。"

"想必您也看得出来,我的脾气不够火爆。"

"没错,这点我看出来了。"

"我也不是特别勇敢。"

"是不太勇敢。"

"我知道他们的所作所为非常可怕……"

"的确很可怕。"

"倘若那些情况全都属实的话……"

"都是事实,你自己心里也清楚。"

"我心里在想……"

"嗯,是应该好好考虑一下。"

"我想……我想……"

"你想怎样?"

"我想……我想……"

"想怎样?"

"我想我必须干。"

"好,那么咱俩就算是意见一致了。"

我抬头望着这个瘦高个子,心想,这貌合神离的攻守同盟真让人感觉诡异。我同他握了握手,那是一只纤细而冰冷的手,触碰起来令人相当不愉快。

克劳德啊克劳德,你身边站着一个杀人犯。这是何等景象! 在你眼前的漫漫长路上,终点那头是什么? 难道会是刽子手的绳套?

此时,我俩握手的场面被一阵靴子声打破,一队人马从附近经过,其中一个年轻人正在大声地呵斥。

裁缝伸出一根长手指,贴到自己嘴唇上。

"皮衣卫兵们,"一位长官大人在草屋外头喊道,"快点走,你们这群寄生虫。老子真是恨死你们了! 非得和你们这群蠢货在一起,全都给我机灵点,听见没? 你们这群蛆虫,咱们现在要找一个黑头发、脸色阴沉的小男孩,他的塞子已经被我们带回工厂了,所以说他就算现在不出现,待会儿也会冒出来的。至于那个裁缝,此时此刻他就在附近。好了,打起精神来,你们这群皮革草包,快去把他给我找出来,不然的话我就拿你们是问! 散开,散开,都行动起来,我要你们把这个臭屎镇子翻个底朝天!"

这个年轻人就是我的堂哥穆克斯,就算他化成灰,我也认得出来。

"我这儿有一把新枪,"穆克斯接着说,"我相当喜欢,这是一把全新的手枪,真的好想用一用它。我要把它作为新的出生信物。"

"可是……先生……"

"闭嘴,你这个烤面包架子,不然我就敲碎你的脑袋! 架子佬,瞧瞧这把手枪,真不赖啊,我非常喜欢。博蒙特·亚当斯①,是从伦敦那里走私过来的。最好给我逮着一个机会,一个看你们不顺眼的理由,你们当中的任何

---

①19世纪英国军警配备的制式手枪。

一个都行,我要在你们的脸上打一个漂亮的窟窿!"

此话一出,周围顿时肃静。

"喂,你,喊你哪。你叫什么名字?"穆克斯喊道。

"报告长官,我叫贾尔斯·科隆普顿。"

"把你的口哨准备好,听见没?"

"遵命,长官。"

"你把这里的简棚草屋全都搜查一遍,一遇上麻烦就立刻吹哨子,大声嚷嚷喊人来。走,快走,你个蛆虫,你个懒虫,你个蚯蚓,快给我行动起来!还有你们其余的人,统统听我号令随我来!你,面包架子,跟着我走!跟紧点,听见没?"

靴子声渐渐远去,留下那一个人在此地走来走去,他拉开左邻右舍的房门,然后朝里面窥探。

"克劳德·艾尔蒙哲,现在轮到我来给你露两手了,"裁缝小声地说,"别出声,别出声。"

草屋房门被打开了,只见一个艾尔蒙哲士官提起手上的灯,朝屋子四周照了一照。我从他的体内听不到任何声音,连一丁点也没有。他走进草屋,对着地上的干草堆踢了几脚。此时,裁缝大胆地向前靠近。

不一会儿的工夫。

恐怖的一刻过去了,一切都结束了。

黑暗之中一道金属的亮光闪过之后,那把剪刀就狠狠地插在了士官身上,一下子就刺穿了外衣。然而这位士官只是呆呆地站在原地,表情一脸茫然,并没有显出多少痛苦,仅仅感觉很迷惑。紧接着,一股难闻的气味从他体内散发出来,就好比是在金属桶里闷了很多垃圾,多日之后突然掀起桶盖,腐烂的气味一下子窜入黑夜之中。从士官的伤口处渐渐洒落出来些许尘土,还有烧尽的木炭、烂掉的纸张和材料、旧瓷器碎片等,它们全都滚落到了地面上。

"你到底做了什么?"那位士官惊慌失措地说,"我好像……怎么会……

好像空了一样……"

裁缝贴近他,狠狠地抓住剪刀往下拉,划开了一条巨大的口子。此时所有的东西都掉了出来,士官的躯体开始渐渐瘪了下去。

"喔,"他说,"喔,我好像要……要不行了!"

一股黑烟从那家伙的体内升腾而出,气味恶臭无比。只见那个士官两眼直瞪瞪地注视着这位将其撕成两半的凶手。

"你是……你是……"他的声音越来越微弱,"你是……"

"我是你裁缝爷爷。"裁缝说道。

士官瘫软在地,然而此时又有一缕黑烟从他的鼻孔中钻出,形似一条鼻涕虫。只见它迅速从士官瘫软的胸前爬过,钻进了那个由链子系在脖颈上的口哨,随后不知怎地吹响了它,而且还狠命地吹。这个假人终于走完了令人惊骇的人生旅程,整个躯体瘫倒在地上,没有了丝毫的生气。

"克劳德,跟我走,他们马上就要追过来了!"

垃圾山小酒馆

废尔沁当地的一个酒吧

⑬

啤酒和暖床

露西·佩纳特继续自述

地上积了一层厚厚的锯末,人们趴在桌上,怀里抢着锡制的酒杯。有些人脸色泛红,有些则已发黄,女人们在汉子旁边纵情地放肆着,周身香汗淋漓。旁人给落单的孩子也尝上几口,以便让他安静下来。酒馆老板还是原来那个人,我当年和父母同住时就见过他。在那么多张面孔里,他算得上是一张熟悉的脸。没错,就是他!或许有些苍老发福,还有些弯腰驼背,但的确就是原来那个人。对了,他的老婆呢?老板娘在哪儿?我也一样记得她,那是个稍微瘦弱一点的女人,头发在当年就掉光了——整个脸就像是一个痰盂似的。我和同学们当年常常取笑她,如今当然不会那么做了。我望不见她的身影,但是在吧台上却摆着一个硕大的搪瓷罐。

这个地方很潮湿,而且还相当的吵闹,不然的话我俩闯入的时候可能就引起酒客们不快了。只听见有一个男人大声唱起了垃圾山的民谣,其他人要么听着他唱,要么索性跟着一起吆喝。

> 爷爷我生来收破烂哪,
> 夜里瞧见啥亮晶晶哪,
> 一个美妞穿白布哟,
> 面露娇羞唤我走哪。
> 从此我再不去拾垃圾呀,
> 从此我再不去拾垃圾呀!

这些人都是我的父老乡亲,他们相拥在一起,敲着桌子,碰着酒杯。

> *妞往暗处走呀走,*
> *脚步轻盈草上飞,*
> *我跟后头脚打滑,*
> *天公发威炸响雷。*
> *从此我再不去拾垃圾呀,*
> *从此我再不去拾垃圾呀!*

有些人把破旧的衣帽挂在门背后,衣帽上的水滴到地上积成一摊摊小水洼,水洼中又生出新的垃圾风。什么烟灰呀、碎纸片呀(情书、报纸之类的),统统被垃圾风卷起,还有那些陶瓷片、旧钉子、骨头、衣服碎片也一样。这,就是家的感觉。我看到这幅景象,心里暖洋洋的。

我从一枚钉子上取下一顶破帽子,将帽子按在本尼迪克特的脑袋上,好让他略微伪装一下,至少遮盖掉那些爬在脸上的甲壳虫。

> *跌跌撞撞跟她走,*
> *一步一步晃悠悠,*
> *妞儿唤我甜如蜜,*
> *壮胆来闯垃圾山。*
> *从此我再不去拾垃圾呀,*
> *从此我再不去拾垃圾呀!*

我一头扎进人群中间,身后拖着本尼迪克特。我左推右挡,缓慢地前行,一路上跟他们点头寒暄,装出一副不曾离开过此地的模样。歌声依旧继续着,外面的敲门声暂时被掩盖住了。我拖着本尼迪克特朝前走,他在外衣下瑟瑟发抖,惊恐万分。

店的后头有出口,童年时我常常从那边溜出去,如今故伎重演,朝那个方向走去。此时酒馆老板喊道:"喂,你要来多少?"

"两杯。"我回了回头说。

他把酒倒满,我仔细地注视着他,觉得马上就要被认出来了。快啊,快啊,想起我呀。可是那对充满血丝的眼睛似乎什么也没有注意到。

"三便士。"他说。

"三便士,"我对本尼迪克特重复道,"你得给他钱。"

> 穿过泥沼蹚过湾哪,
> 荒山野外停了步呀,
> 妞一转身吓破胆呀,
> 全是骷髅一个鬼呀。
> 从此我再不去拾垃圾呀,
> 从此我再不去拾垃圾呀!

可怜的本尼迪克特笨手笨脚地摸进皮衣内侧的口袋,掏出几块陶瓷碎片、几枚色泽光亮的纽扣、一些泥土、海鸥的部分遗骸,另外还有一个烧焦的木偶脑袋。

> 她一把将我搂怀里,
> 我望见鬼脸高声喊,
> 吓得我魂飞又魄散,
> 她离我而去不再管。
> 从此我再不去拾垃圾呀,
> 从此我再不去拾垃圾呀!

然后才是本尼迪克特的钱,足足有一大把,叮叮当当地撒在吧台上。

于是所有人都闭了嘴,齐刷刷地注视着我们。

"只要三便士就行了,"我把硬币推给本尼迪克特,"把剩下的钱收回去。"接着,我把那些硬币都放回他的口袋里。"他是新来的,"我尽力解释说,"从俄国来的,刚到菲尔沁,人生地不熟。"

"菲尔沁?"老板说,"我们已经不再这么叫了,现在大伙管此地叫废尔沁。你前几年去哪儿了?"

"您不认识我?我以前和父亲一起来过您这儿。"

"或许吧,"他说,"好像认识,好像不认识。等一等,刚才那堆钱币里头……好像有半英镑金币,是不是?在咱这个酒馆里,绝对不能有半英镑金币!"

一提到金币,所有人都开始窃窃私语。在这个昏暗的酒馆里,酒客们的目光飘忽不定,有一个满脸长斑的年轻人手持一把雨伞从座位上起身,匆匆忙忙地朝门口跑去。

此时有人喊道:"嗨,等一等,那是我的帽子,他偷了我的帽子!"

正在此时,那个带雨伞的人在出口处抓起把手拉开了酒馆大门,只见一团尘土从他身边蹭地一下穿过,径直窜入酒馆里来。

有人尖叫:"集合体来啦!集合体来啦!"

"快!这边走!"我连忙呼喊,并且一把抓住本尼迪克特,将他朝另一扇门的方向拖去,把那团窜进来的垃圾甩得远远的。我们从边门冲了出去,在身后牢牢地关上房门。我和本尼迪克特终于又回到了大街上,我朝远处望去,在大街尽头的小山坡上伫立着一幢公寓楼,那便是我的家!大楼的墙面上贴着几幅大字:

怀廷太太的整洁公寓

客房出租

价格实惠

更多详情请入内咨询

全天候服务

绝对整洁!

唯健康无病者方可入住

"来啊,本尼迪克特,趁那团垃圾还没发现我们,赶快跑啊!"

此时,我们身后的边门被人打开了。

"快跑!快跑!"我喊道。

有一个人跌跌撞撞地走了出来,"我的帽子!"他呼喊道,"喂,你拿了我的帽子!"

"给他帽子,"我说,"快把帽子还给他……对不起,是我们的错,"我说,"这顶帽子看上去和他那一顶很像,实在抱歉。"

我把帽子递了过去。

"你旁边的那个人是谁?"他问道,"你的伙伴是谁?我好像见过他……看起来有些眼熟……"

"您还是管好自己的事情吧,"我说,"晚安。"

"等等,"那个人跟着我们跑,"他好像有点不对劲。朋友,你怎么了?出啥事了?"

"他病了,真的,会传染给你的,"我说,"我也不应该靠得太近。"

这句话把那个家伙吓住了,他甚至把帽子重新递还给我。"或许这根本就不是我的帽子,就算是我的,你也可以放心拿走。"说完,他便转身飞奔而逃了。

"好了,没事了,"我说,"把帽子压低一些。"

不一会儿,我们到了公寓。我拉了拉门铃,里面没有应答。风儿在身边肆虐,卷起各式各样的杂物,将垃圾吹得满大街都是。这些杂物敲打在房屋的外墙上叮当地作响,就在不远处,一大块玻璃被砸碎了。此时我又拉了拉门铃,只见几张报纸在风中翩翩起舞,一页一页地在街上翻着跟头。它们越飘越多,室外就好像下雪了一样。接着我又再一次拉了拉门铃。

"它来了！它来了！"本尼迪克特喊道。

"快啊，回话呀！为什么没有人出来应答？"

一团黑影在街角处聚合起来，某个硕大的怪物正朝我们逼近。

"快啊，喔，快啊！"我一边喊，一边拉着门铃。

那团影子越来越近，是一大群物件的集合。它朝前飞奔而来，而此时我继续拼命拉门铃。

最终，房门里头传出来了一个老妇人的声音："是谁在这鬼天气下敲门？想要干吗？"

"您是怀廷太太吗？是您吗？"

"你是谁？快给我滚开！我手里握着一把枪，我丈夫就是一把大口径短枪！"

"我是露西·佩纳特。"

"露西·佩纳特？不，这不可能，她已经死了。她死了，而且埋掉了，彻底不存在了。"

"不，怀廷太太，我没死，至少现在还没有。求您了，开开门吧？"

"我这里已经客满了。"

"怀廷太太，我有钱，有很多钱。"

房门打开了，我俩跌跌撞撞地冲了进去。老妇人在我们身后合上房门，我又帮她把门闩插得牢牢的。

"露西·佩纳特！真的是露西·佩纳特！你不是已经……嗯，嗯，不过你身上好臭哎，把我的房子都给臭塌了。"

这个人便是怀廷太太，看上去还是老样子。这位老妇人穿着讲究，是镇子上打扮最时髦的女人。我今天再次见到了她，而且还一眼就被她认了出来，这让我感觉很惊讶。

"怀廷太太，前阵子我到外头去走了走，如今回来了，需要一间屋子住。"

"还需要洗个澡。"她说道。

门外响起敲门声,不过这次的动静小多了,就像是上门兜售的小商贩。我心想,这条垃圾"尾巴"真是狡猾,居然懂得人情世故,还会耍心眼儿。

"别去答应,"我说,"求您了,别过去。"

我从本尼迪克特那里掏出了几个钱来,数了一数,差不多有半英镑。

"乖乖,好多钱啊!"老妇人自言自语地说。

"还有哪,"我说,"还有。"

"好,好,露西,让我来给你找个地方住,怎么样?"她一边说,一边拖着脚步走。

"谢谢,您真客气。"

"我给你安排到海顿先生的公寓里住,屋子需要通一通风,不过我想你不会计较这些的。"

"亲爱的海顿先生他怎么了?"

"去年春天的时候,他变成了一个铜制的壁炉护栏,果然不出我所料。"

"可怜的海顿先生。"

"天有不测风云,别去想了。对了,亲爱的,新来的门卫名叫罗林,明早你肯定会见到他的。他在太阳落山之前出去喝酒了,想必是找不到回家的路了。不过他最终总能回来的,每次都在大清早的时候回到我这儿来。他这个人脾气很不好,而且成天愁眉苦脸的,他常常立誓说不再出去胡闹了,可是过一两个星期老毛病就又犯了。露西,你父母的事让我很难过,真是像晴天霹雳一般。那么好的伙计,那么规规矩矩的人家。"

"谢谢您,怀廷太太,您真是一副好心肠。"

"我常对丈夫说,"她说,"从来没有像佩纳特两口子那么好的门卫和服务员,从来没有。"

"您真贴心。"

"好人呐。"

"谢谢。"

"对了,那个戴帽子的人是谁?他好像不太爱说话,是吧?"

"这是……蒂普先生,"我说,"他这个人非常害羞。"

她转过楼道拐角,然后对我俩说:"好,咱们到了,就是这儿。"

"非常感谢,怀廷太太,回家的感觉真好。"

"欢迎你回来,露西,也欢迎您大驾光临,蒂普先生。嗯……另外,既然你们都回来了,或许就应该守店里的规矩。"

我合上房门,只见海顿先生的东西依然摆放在屋子里,全都积满了一层厚厚的灰尘。我俩都很担心,不约而同地透过褪色的窗帘往外张望。只见有一团垃圾在楼外聚集起来,这个由垃圾拼凑而成的怪物就在我们楼底下,在大街上卷起了一阵漩涡。在我看来,它似乎暂时化作了本尼迪克特的模样,悲伤地模仿着他。只见那团垃圾用自己的"拳头"痛击"脑袋",想必这是做给本尼迪克特看的。在呈现完这模糊的人形之后,伴随着一阵悲怆的抱怨声,这团垃圾砰地解体了,犹如爆炸了似的,可怕的碎裂声响彻了整条大街。

"快上床睡觉去!"怀廷太太在夜幕里高声喊叫,"真不懂事!"

终被寻回的瑞皮特·艾尔蒙哲

14

黎明破晓前

克劳德·艾尔蒙哲继续自述

最后一班岗

"来,克劳德,跟我走,"裁缝喊道,"他们马上就要追过来了!"

于是我紧跟着裁缝飞奔出去,身后的巷子里传来人群的跑步声,队伍中还有几个长官在。

我们身后亮起了灯光,哨声和喊声越来越多:"站住!杀人犯!站住!不然我就开枪了!"

此时,很多条枪在后面对着我们,枪声噼噼啪啪地响起,一颗颗子弹击中墙壁,稀里哗啦地打出许多尘土和碎片。今晚他们肯定会要了我们的命,肯定会的。

高个子裁缝认得前面的路线,我必须奋力跟上他那双长腿的步伐。

"快啊!快啊!我们一定要赶到那幢房子里,快,克劳德!"

我们从躺地打瞌睡的人们身上越过,甚至还闯入了那些危棚简屋里边。屋内的住户们要么围坐在零星火苗旁相互依偎取暖,要么用肮脏的胳膊挽住由亲人化作的物件。我们就这样沿着隐蔽阴暗的路线穿梭,我边跑边意识到,裁缝开始渐渐地慢了下来。

表哥的嗓门从我们逃命开始就越来越响亮,他一刻不停地呼喊,就好像存心要暴露我们似的,"瑞皮特·艾尔蒙哲！瑞皮特·艾尔蒙哲！瑞皮特·艾尔蒙哲！"

高个子气喘吁吁,肋骨下面发出咯吱咯吱的声音,像是在痛苦地回答:"开信刀,开信刀,开信刀。"

这两股声音互相呼应,让人害怕极了。

我们进入了某幢出租公寓里面,住户们一看见裁缝就大呼小叫起来。同时,在我们的身后始终伴随着废尔沁乞丐的哀号声以及穆克斯和追捕队伍的呼喊声。此时在我们面前摆放着一个高大的碗橱,我听见它在哀叹:"萨金特·克拉克。"

我在碗橱前面停下脚步。

"萨金特,劳驾帮个忙,如果你可以躺下来把路堵住的话,我会非常感激的。"

"先生,您是在吩咐我吗?"

"是的,萨金特,要是你愿意帮助我的话。"

"我愿意,先生。"它爽快地答应了。待我们刚刚走过,它就马上扑倒下来,现在没有人可以沿着这条路追踪我们了。

我们从公寓楼后门出来,上了一条宽阔的大街。我们一路狂奔,看起来非常惹眼。白天即将到来,在废尔沁肮脏的天空中,太阳开始拨云散雾,给我们送来金灿灿的日光,就好像有一把巨大的火炬指着我们两个。它似乎在说,那两个人就在那儿,抓住他们,瞧啊,他们往山坡上跑了!

"瑞皮特·艾尔蒙哲！瑞皮特·艾尔蒙哲！"

"开信刀！开信刀！"

"瑞皮特·艾尔蒙哲！瑞皮特·艾尔蒙哲！"

"瑞皮特,瑞皮特！"我喊道,"闭嘴,我命令你闭嘴！"

可是他以更响亮的一记哭腔来回应我:"瑞皮特——艾尔蒙哲！"

警察的哨子在我们身后不停地吹,队伍踏着隆隆的脚步声,沿途向行人询问:"他们往哪儿走了? 往哪儿走了?"人们连忙回应:"往那边去了!

那边!那边!"

我们的影子拖得很长,映在坡顶的宽阔大道上。影子不停地往高地上爬,朝那座工厂的方向跑。亚历山大的身影被拉伸得如此细长,差不多要覆盖整个小土坡了,影子似乎先于我们早早地到达了那个地方。可是那影子忽然晃动起来,变得比刚才更微弱了。我不明白,是阳光照射在影子上,还是瑞皮特在咬他?

"瞧,克劳德,远处接近坡顶的地方有一个广场,广场后面有一幢白色高楼,你瞧见了吗?"

"瞧见了,先生。"

"高楼的顶部有一个阁楼,那便是我歇脚的地方,是我的藏身之所。"

"加油啊,先生,"我呼喊道,"您要使劲啊,他们在后面跑得很快!"

"我累了,真的跑不动了。"

"瑞皮特·艾尔蒙哲!瑞皮特·艾尔蒙哲!"

"开信刀!开信刀!"

"克劳德·艾尔蒙哲,我的克劳德小伙计,你赶快跑。那里有一扇暗门,门里头有条输煤管那样的东西直通那栋白房子。实际上它不是输煤管,而是一条墙体中间的狭长走廊,你从那里上楼下楼都不会被人发现。那是我的地盘,我在那儿躲藏了整整五年。"

"我明白了,先生。可是您一定要加把劲呀!"

"我快喘不上气了!"

"瑞皮特·艾尔蒙哲!瑞皮特·艾尔蒙哲!"

遥望镇子远处的地平线上,太阳已经徐徐升起。与此同时,瑞皮特体内的声音顿时更加响亮了,他还是重复着原先那几个字,发出的可怕回音响彻在天际之间。有人听到了它,并大声回应道:

"瑞皮特!瑞皮特·艾尔蒙哲!我听到瑞皮特在呼喊!"

"是艾德韦德叔叔,"我惊呼,"他听到瑞皮特了!"

"现在我该走了,克劳德。"

"不,先生,请别这样,不要离开我。"

"快跑,快到那个地方去。"

"别这样,求您了,先生!"

"瑞皮特·艾尔蒙哲! 瑞皮特·艾尔蒙哲!"

"你必须阻止他们的阴谋!"

"瑞皮特·艾尔蒙哲,我听见你了!"艾德韦德从山坡底下赶过来,"我来了,我马上就来找你了!"

"开信刀! 开信刀!"

"瑞皮特·艾尔蒙哲! 瑞皮特·艾尔蒙哲!"

"快跑,克劳德,快逃命。我要朝山坡下面去了。"

说完,他便转身朝下面奔去。这位废尔沁大名鼎鼎的裁缝,只见他掏出剪刀,将其举在胸前。而我则继续往高处狂奔,眼泪止不住地往下流。

背后喊杀声震天,所有警察从大街小巷里窜出来,汇成一股人流来追捕他。警察们在他身后厉声呵斥,沿途的人们在自家窗户底下惊声尖叫。所有人统统在他的周围大声呼喊着,喧哗声此起彼伏,连绵不绝。

"裁缝! 裁缝! 裁缝! 他来了! 抓住他! 快扑倒他!"

我望了裁缝最后一眼,他站在人群中,如同鹤立鸡群。当他回过头来的时候,一记沉重的敲打声传来,紧接着是一下又一下的敲打声和断裂声,就好像有人在不停地折断木棍似的,人们争前恐后地打断他的骨头。随着每一记的敲打,这个纤瘦的人开始倾斜扭曲,一点一点地缩小,逐步逐步地不复原样。他的身体被打得血肉模糊,我很快便无法认出他来了。当这暴力的龙卷风停止时,他再无法站立,咔嗒咔嗒地垮了下来。

随后,在所有惊叫声和呼喊声中,有一个刺耳的声音传来:"亚历山大·埃尔克曼!"

裁缝倒下了,又变回了一把开信刀。然而伴随着这刺耳的声音,我又听见一个亲戚的嗓音。那是一个瘦小的野蛮家伙,他的身材出奇的矮小,而性子也同样出奇的野蛮,是你从来没有见识过的类型。他不停地说:

"瑞皮特·艾尔蒙哲,瑞皮特·艾尔蒙哲。"

"侄儿!"艾德韦德说,"我的好侄儿啊!你终于回来了!"

此时我到达了坡顶上的广场,眼前便是那幢白色楼房。

怀廷太太的整洁公寓
内有客房出租

到处都是垃圾和尘土,我小心翼翼地穿行过去。那些人会追上来的,那些艾尔蒙哲警察正在全力搜捕,顷刻间就会从我后头赶来。此时我终于寻觅到了那条"输煤管"的舱口,于是便钻了进去,里头果然一片漆黑。我摸爬过去,正如裁缝所言,的确有一把梯子。我登上梯子,一步一步往上爬。墙体颤颤悠悠,似乎随时会倒塌下来,把我压个粉碎。然而不一会儿的工夫,我到达了梯子顶部,在上面发现了一条暗道。于是我跳了进去,摔到了一个壁炉里,进入了一间阁楼。

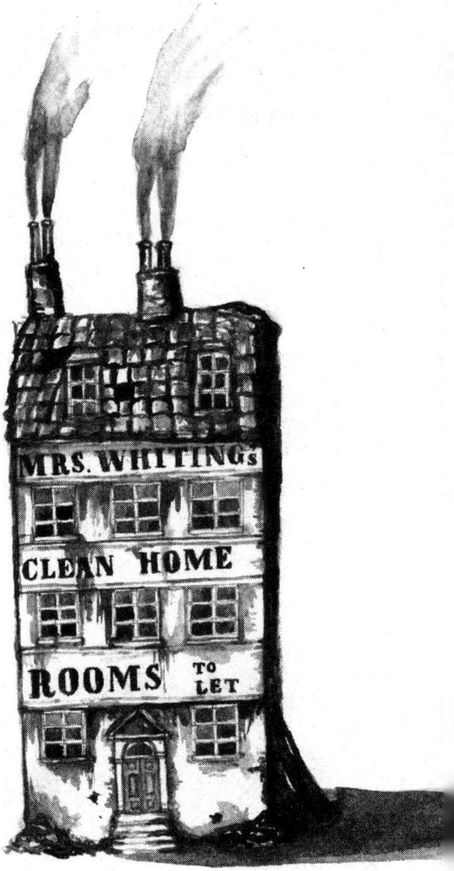
MRS. WHITINGs
CLEAN HOME
ROOMS
TO
LET

第二部分

出租公寓

本纳迪特

15

到家了，到家了

露西·佩纳特继续自述

清晨醒来，一切仍旧感觉十分不真实。这一天果真到来了。天空灰蒙蒙的，而且还刮起大风。外面的雨下个不停，房子在风中摇晃，窗户也在颤抖。然而没过一会儿的工夫，我便发觉其实并非是雨滴在敲打窗户，而是星星点点的垃圾碎末。破布、碎玻璃、钉子，以及其他乱七八糟的破烂东西叮叮当当地敲打在窗户上，让人感觉心里不适，不过同时也给我送来一份久违的熟悉感，这些声音是童年时代常常听到的。

如今我到家了，历经了这么一段奇异而艰难的旅程，终于回来了。我躺在海顿先生的床上，两眼注视着天花板，试图发现一些有意思的东西，比如天花板上裂缝分布的规律。我已经有很长时间没有这份闲暇了。我心想，如果就像这样一动不动，保持绝对的静止，或许这一切就从未发生过。

或许爸爸妈妈就会上楼来，训斥我怎么待在海顿先生的屋子里；或许海顿先生本人也会回来，而不是变成了一排壁炉护栏。如果是这样的话，我也不会去孤儿院了，而克斯波·艾尔蒙哲也不会来挑选我做女仆，那本应是由玛丽·斯塔格斯——那个歹毒的红头丫头来担任的；我也不会前往那个古怪的庄园干活，进而也根本不会遇见弗洛伦斯·巴尔科姆，虽说她是我的朋友，但如果没有我的出现，她的境遇很可能会好许多；庄园里也不会出现那只护髭杯，更不会刮起那场可怕的大风暴了，可怜的特米斯也不可能被卷入垃圾山并淹死在里头。只要我一直留在这里，始终和爸爸妈妈在一起，所有这些事情都不会发生，大家全都会安然无恙。

只要我纹丝不动,那些事情就统统不存在了?或许吧,或许只要我就这么静静地躺着,这一切都会烟消云散。倘若那些经历都是假的,物件不是由活人所变,一切皆如平安无事,那么……那么我也就不会遇上他了。

"克劳德!"我大叫起来,就好像他真的在我身边。随后,我便咕咚一声摔下了床。

然而这一切都实实在在地发生了,每一个惊恐的瞬间都是真切的,不然的话我就不可能和克劳德在一起。现在我已经没有退路了,不能回头,只有从当前这个困境中奋勇向前。我知道,比起之前经历过的事来,眼下的处境要好得多了。克劳德啊克劳德,我向你保证,既然咱俩已经相识相遇了,那么就一定要手拉着手,一起勇敢地摆脱这场灾难。

我必须找到他,因为我之前向他保证过。可是我的腿还在隐隐作痛,感觉就像要逐渐坏死似的,只要一站起来就会疼痛难忍。不过,那又怎么样?权当这种痛苦是一种激励吧,让它提醒自己要不断前进。没错,我必须继续走下去才行。

"嗷!"一声野蛮的吼叫传来,把我吓了一大跳。

没错,所有这一切都是真的,每一个细小的地方都是实实在在的,因为地板上已经积起了一层垃圾。这个不幸的"垃圾人"还活着,他还在呼吸,刚才我正好踩到了他身上。

"嗷!"

"蒂普先生,恕我冒昧这样称呼你,"我对他说,"早上好。"

"这是在哪儿?"

"家,"我说,"我们到家了。"

我朝窗外的大街上张望,大清早地,人们正在走来走去。只见一个官方打扮的人站在街角,朝楼上仰视着,就好像在盯着我们看。我朝小山坡上面望去,翻越庄园的大门,那幢冒着黑烟的宏大建筑正笼罩在自己营造的迷雾里。我再往楼下瞧,只见公寓楼周围聚集着不少东西,远胜过其他任何一幢楼房,说不定有两倍之多。这些垃圾山的碎末似乎渐渐地围聚过来,悄悄地溜到了这里。我回过头去瞧本尼迪克特,看来我应该帮他伪装得更好一些才行。凭他现在这副模样,一出门就寸步难行。我必须给他最好的伪装,也就是——弄干净他。

"本尼迪克特,我想让你变得更加'文明'一些。"

"我不要。"

"我要给你修指甲、剪头发、洗澡搓背。"

"会疼吗?"

"哈哈,会的,我相信会的。"

"我要吃了你。"

"哼,咱们走着瞧,嘿嘿。"

"我饿了。"

"老兄,现在已经是1876年了,是时候打扮得时髦一些啰。"

此时,一只肥硕的甲壳虫在本尼迪克特的身上慢悠悠地爬行并引起了他的注意,于是他用"爪子"捏住甲壳虫,随即将其放入嘴里咽了下去。唉,这样下去可不行啊……

"看样子我需要你配合,你得帮我的忙。"我说。

我叫本尼迪克特在里屋不要出声,而我自己则贴在海顿先生的房门口静静守候,密切观察着楼道里的人员动向,看看这幢房子里还住着哪些人,谁是新来的,而谁是旧相识。这里是我的地盘,我对每一个角落、每一寸土地都如数家珍。我敢说,就连每一个跳蚤我也都认识。

我坐在凳子上,透过钥匙孔看见老沃克太太和她的宠物所罗门在楼道里经过。天哪,那个小东西怎么变成一副光秃秃的丑相了?上次瞧见它的时候还不是这样。那个丑陋的小东西是一只老鼠,以前在我的脚跟旁边打转,直到今天我还依稀记得那种被老鼠啃咬的感觉。

从前太太常常给我几块方糖,好让我允许她带领这个小东西上街遛遛。她真的很喜欢有这个小东西在身旁转来转去。在菲尔沁这个地方,形单影只的人们往往会找来一些宠物做伴。这里的猫非常凶险,不可以拿来当作自己的宠物。而此地最后一条狗在我出生之前就已经死了，所有的狗都被猫、老鼠或人吃掉了。不过老鼠这种动物倒是可以驯化到某种程度的，所以它们构不成多少威胁。

老沃克太太走了，带着她的老鼠，气喘吁吁地爬上了楼梯，他们两个的肺听上去似乎都有毛病。既然他们自己也活得够呛，那我就不去打扰了。从前的老相识啊，我很高兴再次见到你们。"早上好。"我低声说。这声音十分轻微，保证不会被别人听到。

没过多久，我看到哈丁夫妇在楼道里出现，他们把皮衣扣得紧紧的，外出去上早工了。他们两个人都在咳嗽，气色看起来很糟糕。我向来不太喜欢他们，因为他们把自己的孩子抵押卖掉了。自那以后，街坊邻居都不理睬他们。此时，我又看见其他人也穿好皮衣出去拾荒了。那些人我并不认识，是一张张新面孔，至少那些脸部尚露在外头的人是这样，有些人已经把脑袋躲在了扣好的皮衣面具里边，以免受到划伤等伤害。在废尔沁，未经特别许可，所有人都必须去拾荒。在大多数的日子里，小孩不上学的时候也得去参加。

绝对不可以去阻挠那些出门拾荒的人，如果谁拦住他们的话，就会被人汇报上去，后果便是一顿重罚。不，不行，还是让他们出去吧。整幢楼的劳动力很快就会跑光，只留下老人和小孩。老头老太们会给幼小的孩子们讲述菲尔沁从前的离奇故事，比如食人魔之类的传说，同时还有艾尔蒙哲家族以及他们在阴暗庄园里干出来的丑恶勾当。

又过了一会儿后，楼道里传来一阵轻快的脚步声，一个年纪同我相仿的女孩子进入了视线。她后面还拖着自己的小弟弟，那两人是珍妮·赖雅尔和他们的弟弟迪克。人人都称呼迪克为"虫子"，因为他从前总是抓蟑螂，还搞过蟑螂赛跑比赛，并且从中获利颇丰，公寓楼里上上下下所有人都会给他押注。后来这种活动被一个治安警察勒令停止了，因为上头出台了一条新规定：禁止公民擅自集会，任何聚会都不得超过三人。不过在那之后人们还是管他叫"虫子"，这个名号算是一直背上了。

"喂!"我透过钥匙孔小声呼唤,"喂! 珍妞儿! 快过来。"

那一声喊话把她叫住了,我瞧见她的面庞比从前成熟多了。她和虫子二人都皱起了眉头。

"谁在那儿?"她问道。

"你说呢?"我问道。

"等等,"她说,"这不可能。"

"珍,出什么事了?"虫子说,"你不是说过嘛,咱们快要迟到了。"

"那扇门里头有人。"珍说。

"是海顿先生的鬼魂吗?"虫子问道。

"可是……那不可能的啊。"珍说。

"没错,"我说,"你他妈的说得很对。"

"他妈的这到底是谁在搞鬼啊?"虫子问道。

"是露西·佩纳特!"珍说。

"我的乖乖! 我以为她已经死了。"虫子说。

"没哪,"我说,"反正我现在还没死。来,进来,快啊!"

于是他俩立刻窜了进来,并快速把房门合上。

"老天啊,你真臭。"虫子说。

"谢谢夸奖,"我说,"很高兴见到你们。"

"你出什么事了,露西?"珍妮问,"你的头发从来没有这么乱过。"

"噢,那个呀,"我说,"根本不值一提。"

"到底发生什么事了? 你怎么会变成这副模样?"

"老实说,事情……很离奇,就像编出来的故事一样。"

"你没有擅自逃跑吧? 要是私自逃走的话,他们肯定会抓你。对了,你穿的什么衣服? 是女仆的制服裙吗? 你穿那身行头干吗? 快说啊,快说出来听听。"

于是我把事情的来龙去脉跟她讲了一些,讲到一半虫子却大声惊呼起来:

"噢,我亲爱的垃圾山神哟!那是个什么东西?"

原来是虫子在屋子里东张西望的时候无意中发现了本尼迪克特。

"那是谁?"珍妮也高声尖叫起来,"虫子!快走开,快跑!"

"别,别,"我大声呼喊,"没事的,请你们不要走。"

"是集合体,集合体!"虫子大声疾呼。

两个突如其来的陌生人大呼小叫的情形使本尼迪克特也吓了一大跳,他也开始呼喊了起来。他们三人都同时高声喊叫,直到最后我的喊声盖过了他们,这才使得三人闭嘴。虽然最终总算有了片刻清静和安宁,不过有可能被楼里的租客或者楼外的暗探听见了。

"他是和我一起的,他很安全,我保证。珍妮,虫子,他不会伤害你们的。本尼迪克特,珍妮和虫子也不会碰你半根寒毛的。请大家都冷静下来,不要出声。"

"你到底从哪儿弄来这么一个怪东西?"虫子小声嘀咕说。

"不是'东西',他是一个人,"我说,"他的名字叫本尼迪克特。"

"你管那个奇怪的东西叫'本尼迪克特'?真是不伦不类。"虫子说。

"是我发现他的,"我说,"或者说是他在垃圾山里发现我的。现在我要帮他搞搞卫生,这副模样会吓坏别人的。"

"反正我不怕,"虫子说,"我可是大名鼎鼎的虫子。对了,你好呀?"

他朝着本尼迪克特伸出手去,意欲同他握手寒暄,而本尼迪克特则张开了大嘴,差点就咬到了虫子的手。

"不,本尼迪克特,别这样!"

"他差点儿就咬到我了,真他妈的危险!"

"好了,虫子,别再闹了,"我说,"他对有些事情不太习惯,以后应该去学校读读书才是,长久以来一直没人关照他。不过请你们放心,他不会有什么问题的,也不会伤害你们。我必须给他洗个澡,把他弄弄干净才行,这是头等大事。我需要肥皂、浴缸、几把刷子和剪刀,对了,还有指甲钳。你们能帮我搞到这些东西吗?"

珍妮一口答应了,而虫子虽没出声,但也没反对。

"等一等,"珍妮说,"你有证件吗?还有他,他也有吗?"

"这个……"我说,"没有,我俩都没有。"

"露西,在菲尔沁这个地方,你们必须要持有证件才行。天哪,你之前去哪里了?没有证件的话,你哪儿也不准去。他们常常巡查证件,而且不单单是艾尔蒙哲人,街上的任何人都会上前盘问你。街坊四邻有可能在白天或夜里任何时候到访,然后查看你的证件,这被视作为一个公民的职责。那个罗林先生,就是那个门卫,他是专门掌管这类事情的。他坐在靠门的办公桌后头,人员进出时都要给他查看证件。你们……现在到底怎么办?"

我承认,现在自己感到有些挫折。于是我就坐下来想了想,我到底算是谁呢?只是露西·佩纳特而已,旁边还站着一个怪物作陪。我们两人都是非法的,随时都有可能被逮捕。

"那么,"片刻后我开口了,仅仅为了继续有话可说而随便找了点东西讲,"那么……对了,珍妮,最近有啥新鲜事?楼里有哪些新来的租客?有啥大事没有?我瞧见沃克太太的老鼠,毛全部褪光了,浑身光秃秃的。"

随后珍妮便坐到我身边,告诉我那些变为物品的人们,以及罗林先生和他那些偷偷摸摸的行为举止。当我问及老朋友安妮·道森、贝斯·维特勒、汤姆·杰克逊,以及长着一对斗鸡眼的阿瑟·贝克特时,她告诉我说那些人统统都被抵押掉了。他们的父母都把他们卖掉了,一个也不剩。

"他们怎么能做出这种事情呢?真是让人恶心!"我说。

"且慢,露西,话可别说太早了。在你不了解情况之前,请不要妄加指责任何一个人。如今那些买主把买价抬得很高,现在你卖一个人可以获得很大一笔钱。对于有些家庭来说,这是他们唯一的出路。另外,当孩子们被抵押的时候,买主承诺会好好照顾他们,不仅有吃的喝的,还有机会读书认字。所以说,这笔买卖当真不是轻易能够拒绝的。说不准哪天我也会被抵押掉,'虫子'也一样。有时候我对这个主意也并不反感。说实话吧,我倒是挺喜欢的。因为这样我就可以上别处去了,不必一直待在这儿。往后的日子将会大不一样,不用再出去捡拉圾了。我可以做很多事情,或许还能有一套属于自己的制服。我会变得有价值、有意义。我相信日子总会好起来的,不用再日复一日地待在沉闷枯燥的公寓楼里,也不再只有少得可怜的钱、小得可怜的屋子,不会再这样下去了。总而言之,这买卖或许算不上糟糕,我还会找到贝斯的,还会和安妮再见面。"

"好一番前程哟。"我非常小声地嘀咕了一句,因为她那一小段"演说"深深地刺痛了我的内心。这幢房子连同整个菲尔沁他已经堕落得不行了,可怜的珍妮已经完全迷失其中。可怜的小宝贝,我必须把她的心争取回来,挽救过来。

"对了,那个住在顶楼的男人呢?"我说,"就是那个从不出门的家伙,他还住在那儿吗?你还记得不?我们从前悄悄溜上去偷听,并且还从钥匙孔里偷看哪。"

"妈妈说那只不过是楼房发出来的响声而已,"珍妮咯咯地笑了起来,"上面没有人居住,我们当时纯粹是在犯傻。自从那声音传出以后,再也没有人上去过,我也不上去了。沃克太太的宠物老鼠时常在楼道里窸窸窣窣地窜来窜去,可是它也同样不住顶楼跑。门卫罗林也不上去打扫卫生,所以那里变得越来越杂乱不堪。"

"瞧那个家伙,"虫子颇为欣赏地指着本尼迪克特说,"他全身都爬满了可怕的虫子。"

"没错,"我说,"它们都喜欢在他身上筑巢。对了,那个……哪儿有肥皂?"

于是珍妮和虫子就一起上了楼,过了一会儿之后从住处那里拿来了一些洗漱用品。他们说等到上学那天必须把东西还回去,以防老师发现它们失踪了。

"很高兴你回来了,露西,"珍妮在临走前说,"我要是你的话,就一直保持安静。罗林这个人喜欢到处窥探,他握有这间屋子的房门钥匙。其实每一间屋子的钥匙他都有,上哪儿都是来去自如,从连门也不敲。他近来变得粗鲁极了,租客们一直向怀廷太太反映情况,可是无济于事,因为他是一个正儿八经的艾尔蒙哲。说实话,我觉得那几桩抵押的交易或许都和他有关。因为在他来这儿之前,这幢楼里几乎没有什么卖孩子的事情,唯有哈丁一家而已,不过他们家平时为人处事也素有艾尔蒙哲那样的做派。"

"珍妮,自从那些孩子被抵押并被送入庄园以后,你还见到过他们吗?"

"没有,当然没见过。他们从不出来,也不需要再出来了。"

"那么,珍妮,你觉得那种被关在围墙里的生活很美妙吗?"

"我说不好,我想不错吧。"

"那倘若不是呢?"

"肯定不错的,露西,必须是。除了垃圾山之外,我们总该有些别的东西,好日子肯定有,就在那大门里边。"

"可是,倘若真的不是这样呢?"

"他们保证过,绝对是那样的!"

"既然你事后从没见过任何一个人,那怎么就知道呢?"

"可是……可是如果那样的话,我们就一无所有了!我们不能去伦敦,城墙外头有卫兵把守,就连露个脑袋偷看几眼都会被开枪射击,运垃圾的手推车也统统会被彻底检查,我们……我们只剩下垃圾山了。所以说,要是被卖了之后日子仍然不会变好的话,那么……"她的语气平静了下来,"那么就啥都没有了……毫无盼头了。"

"我在废物庄园里认识了一个男孩子,"我说,"是他们家族成员之一,他一开始也信任家族里的人,可是后来却发现了真相,可怕的真相。于是家族就派人拼命搜捕他,想封住他的嘴。"

"你遇见一个艾尔蒙哲?"

"是的,我遇见过。"

"我不信。"

"这是真的,后来我们失散了,我要再去找他。"

"你要去找一个艾尔蒙哲?"

"我觉得他现在有大麻烦,可怕的大麻烦。虽说他是艾尔蒙哲的血脉,但是如果他被抓住的话肯定会被宰掉。或许他们已经下手了,因为他知道得太多,而且还有能力帮助我们这些人。听着,珍妮,你能帮我做点事吗?"

"这要看情况。"

"你可不可以把学校里的同学们统统召集起来,找个地方让大伙见见面,聊一聊?"

"这是犯法的,肯定会惹祸上身的。"

"每个人都很害怕,"我说,"要是我们能够设法将大伙召集起来谈一谈,那么就可以让事情的真相水落石出了。只要我们能够招来人,就有可能下定决心同那些家伙作斗争,然后救回自己的人。珍妮,我们至少应该要求见一见那些被抵押掉的孩子们。只要让我们见上一眼就行,让他们走到大门口亮亮相,那样我们心里也就有底了。"

"他们不会同意的。"

"没错,他们肯定不愿意。可是如果没有人站起来的话,那么我们就会被慢慢地、逐个逐个地踩在脚下,永远默默忍受痛苦直至毁灭!"

"这个……"

"去说说吧,珍妮,让我来跟大伙谈谈……"

"好吧,我去试试,"她随后说,"露西,说实话,我很害怕,真的很害怕。"

"那是好事,因为你渐渐开始意识到那些坏人就喜欢吓唬别人。要是他们没有隐藏了什么肮脏的秘密,那么干吗要去吓唬别人呢?"

"好吧,露西妞儿,"她小声说,"我尽量试试。"

随后"虫子"和珍妮便赶往学校去了。嗯,这算得上是一个好开头吧,反正总归要迈出第一步的,不是从这里开始,就是从那里出发。我甚至还颇为自豪,毫无疑问,我们肯定能够聚合成一支大军,这真是一个极好的想法!此时,本尼迪克特正坐在地上,我回到他身边说:

"你准备好了吗?"

"什么?"

"准备洗掉你身上那些……东西?"

"它们是我的,它们住在我身上。"

"现在它们要被遣散了。"

外头没有门卫的影子,于是我鼓起勇气,提上几个空水桶,打算大摇大摆地走出去,径直前往广场上的那口老井。我将偷来的皮衣套在自己的破衣裳外头,这样看起来就形同拾荒一员了,普普通通,平淡无奇。我把本尼迪克特留在屋里,叫他待在那儿不要乱说乱动,也不要朝窗户外头张望,同时还嘱咐了一些类似的话。

我伸手推门,起先怎么也推不开,因为有很多东西堵在了门口。于是我铆足力气猛地一推,它们全都掉落在地上。我一边抬腿去踢,一边拎着水桶朝它们挥舞。只见那团东西很快被打散,可能我想多了,它们并不是被故意堆在门口的,而是碰巧被风吹来的。那么……为什么所有垃圾都聚集在公寓楼门口,而不在别的地方呢?我合上身后的大门,费力地朝那口井走去。

我瞧见巡视的人靠近过来,可是他并没有瞅我,光是盯着周围的房子。后来我发现他并不是一个人,街边那头还有不少。他们每人负责一个角落,全都抬着头朝上面张望着,有一个人叼着烟斗,还有一个则啃着弗里沁翰小面包,些许黑色糖浆洒落在衣服上。然而我辨认得出,他们都不是正常人,根本就不是本地人,这一点可以从气质上分辨出来。他们身上带有某种东西,它与废尔沁毫不相干,反倒是艾尔蒙哲风味十足。于是我开始怀疑,咱们这幢老旧的公寓楼会不会是一座死亡陷阱?

我朝着那口老井的方向走去,一副规规矩矩的样子。在早晨寒冷的空气中,我的嘴里吐着白气。此时我注意到那些人呼出的气体却是黑色的,这一点着实让人奇怪。我心想,这好像不太正常。自从我出走以后,这里到底发生过什么怪事?

我把水桶拎了回来,将它们提上楼。不出所料,那些来自垃圾山的碎末在我不注意的时候又回到了大门前面,虽然我两分钟之前就把它们踢走了,可是现在这些垃圾又把台阶覆盖住了。我再次将它们挪开,天知道我有多不想碰这些玩意儿,等会我一定要好好地洗一个澡。我在身后狠狠地关上大门,随后便上了楼。此时的本尼迪克特正在海顿先生的屋子里瑟瑟发抖。

"你去了好久啊!"

"现在不是回来了嘛,别大惊小怪的。"

"我好担心哦!"

"我能照看好自己的。"

我烧了一炉子的旺火,把打来的水加热。我打算自己先洗迫不及待。一方面是的确忍不住了,另一方面也是想让本尼迪克特知道洗澡没什么大不了。于是我把裙子脱了下来,将这些破烂布头扔进了火里。接着我把内裤也褪了下来,同样也往炉子里一扔。好了,我现在一丝不挂了,就像刚出生时那样。

此时本尼迪克特两眼紧盯着我。

"饿。"说完他就从头发里抓了一只蜘蛛,然后若无其事地放到嘴里嚼了起来。"你的身子……白白的、红红的,块头不大,肉也不多。"

"别盯着我看好不好?"

"喜欢看。"

算了,我开始自顾自洗澡,不打算故作矜持,那种敏感的年纪早已过去了。我要把本尼迪克特也好好地擦一擦,那就意味着我也要帮他脱衣服。所以说,倘若我自己像矜持的公主那样大惊小怪的话,岂不是显得十分荒唐了?说到底我们都是动物,刻意伪装也没有什么意思。街上游走的每一套衣服和裙子下面都有一个躯体,无论那些人如何掩饰,都改变不了这个事实。

就连维多利亚本人也一样,黑色斜纹布料的衣裳下面也有一副躯体存在,就连那些女王们也统统是有血有肉的,哪一样也不少。我终日被衣装束缚,如今这种一丝不挂的感觉真是棒极了。我不为自己的肉体而感到羞耻,一点儿也不。

我套上了一件珍妮带来的连衣裙,感觉比先前好多了,甚至觉得自己有点人模人样起来。接着我把另一桶水也加热,一并倒入了浴缸里,然后朝本尼迪克特转身。

"蒂普先生,"我说,"好了,让我来瞧瞧,在你那些'行头'下面是怎么一副模样吧?请脱喽,全都脱了。"

可是蒂普先生脱得很勉强,一副非常不情愿的样子。此时棘手的问题来了,如何分辨哪些是他的肉体而哪些……不是?浴缸里的水迅速变黑,他浸泡的时间越久,漂浮上来的东西就越多。有些黏在他身上的东西在热水的作用下剥离,很快地脱落了下来。然而还有不少东西依旧牢牢地贴在他身上,怎么擦也擦不掉。不知道今日我究竟淹死了多少只虫子,当本尼迪克特在浴缸里扑腾的时候,许许多多的虫子也在水上拍动着,有些还设法游到了浴缸边缘,然后一路向上爬行,为自己赢得了自由。

我不可能一次性把他清洗干净,我觉得需要一把消防水龙头才行,并且还要一把外科手术刀。我无法将他重新变回人类的模样,至少不能一下子全面改观。我不得不非常缓慢地逐步改造他。一次性把那些东西全部弄下来的话,估计会害死这个可怜的家伙,就好像剥皮一样。他的肉长在那些东西里面,而那些东西也紧紧地吸附在他身上,他们唇齿相依,浑然一体。所以说,这项哄骗他恢复原形的工作必须做得非常小心才行。我心里明白,这不单单关乎他的外表,而且还影响他的内心世界。那种改变会让他感觉非常奇怪,而且还会使他受到伤害。

最好的做法是把裸露在外的脸部和手部弄干净。于是我拿起剪刀准备动手,首先要开刀的地方便是头发,他头顶上看似头发的实际上是一块藤条垫子,我甚至还发现了一个绣花靠垫、一顶残缺不堪的女式帽子、两把漆刷、两本圣经旧约诗篇、一则海报广告(上面写着:言情剧最新力作"永志不忘",由《贝拉·当娜》的编剧编著)、某些自行车零件、一个烧焦的木偶脑袋(我估计是庞奇的)①、补袜菇②、几颗野生的大蒜(实际上是长在他身上)、两只风筝(或许是三只)的残余部分、一只猫和一只兔子的遗骨、许多层旧报纸、一匹马的部分遗骸、两个十字架、一长根橡皮管,以及一个门环的一部分。除此以外,还有不少别的物件,不过那些东西已经难以辨认了。反正不管是什么,统统都不会继续存在下去了。

随着那些部件被逐个剥离,他的个头也渐渐变小了。

"蒂普先生,你感觉如何?"

"不对劲,"他说,"你虐待我。"

他额头上冒出一块皮肤,这仿佛新大陆被发现一般。起先我还以为是别的什么东西,猜想要么是一片白瓷砖什么的,要么是一块贴在身上的橡皮。"这到底是什么?"我问道,"怎么弄不下来!"

"嗷!"他大声呼喊起来。

我终于看到了他最里面的模样,这便是他的脑袋,而不是什么外来的物件,这就是他的一小片皮肤。唉,真是一个可怜的小家伙。于是我倚靠了过去,亲吻了一下。

接着,我从这个位置出发,一点一点越刮越多,他的皮肤也随之一圈一圈地越露越多。我从他脸上扯下一两层黏糊糊的旧广告纸,以及一些贴在鼻子上的墙纸(我觉得大概是墙纸),除此之外,还有少许粘着的柏油,有些东西甚至还长着牙齿。他的脸部仍旧很大,不过已经缩小一半了。此时站在我面前的俨然是一个人,他心存不满地注视着我,着实把我吓了一跳。我心里感觉忐忑不安,他似乎和之前两样了,好像戴起了面具。这是一个我之前并不认识的陌生人。

"本尼迪克特,我总算看到你的本来面貌了。"

"露西,我感觉很迷茫。"

---

①假面喜剧角色。

②旧时欧洲妇女用于缝补袜子的工具,一般由木头制成,形似蘑菇状。

他俯身倚靠过来,他的脸贴近我的脸,瘀紫的嘴唇触碰了我的嘴唇。这算不上一个合格的吻,可怜的家伙,这到底算什么动作呢?此时他又再次靠近了过来。

"或许……我们应该停下,请不要这样。"我说。

他再次朝我而来,他的嘴又一次碰上了我的嘴。这一次,的确是一个吻。于是我也微微地"回敬"了一点点,然后就立刻收住了。

"好了,"我脑子里一片糊涂,突然惶恐起来,"好了,好了。"

"露西·佩纳特,露西·佩纳特,告诉我,我是什么?"

"干吗要问起这个?你自己觉得呢?要我说,你是一个人。"

"我害怕。"

"别担心,没事的。"

"真的很害怕。"

"没什么大不了的。"

我给他穿上了海顿先生的旧衣裳:灰色的裤子,无领的衬衫,还有那件打了补丁的黑夹克。夹克外面的兜里还放着一个烟斗,真是让人好不伤感。可怜的海顿老先生,他并不是什么坏人。所有那些无主的旧物统统留在屋子四周,有些衣物已经缺了纽扣,因为本尼迪克特挑选了一部分作为收藏。屋子里还摆放着好几双靴子,于是我费劲地帮本尼迪克特穿上。待他穿戴完毕以后,在原地转了一圈,看起来非常不舒服。我把几样掉落出来的东西放回到他的口袋里,只有这样才能哄他高兴。我往他身上每增添一样东西,他就变得多一分冷静。

"好了,蒂普先生,是时候带你去见一些人了,咱们现在就出去拜访几个,"我说,"怀廷太太这个人靠得住,就像房子一样牢靠,我和她是老相识了。"

"拜托千万别这样。"

"你不用说多少话,只打个招呼就行,其余的我会应付。好了,来吧,迈开腿走起来。"

他慢吞吞地拖着步子,每走一步,屋子就咯吱一下,似乎是在对他的体重提出抗议。此时走道里和楼梯平台上都空无一人,很好,我们这就出发,一齐勇敢地闯入这熙熙攘攘的大千世界里。

我们朝楼上走,前往怀廷太太的房间。当我还是一个小孩子时,父母陪我走过这段路,将我介绍给这位雇佣他们的女人。我对那屋子再熟悉也不过了,那对我来说始终是一个恐怖的地方,一个任何事情都有可能发生的诡异场所。那里有琳琅满目的物品,对我来说它们又好玩又危险。不管那曾经是一块什么样的地方,我现在倒非常乐意前去瞧上一瞧。不管怎么说,那一直是所有客房里头最宽敞、最拿得出手的一套。它就在三楼,怀廷太太自出生以来一辈子都住在里面,这就是她的家。她在室内保存着人生每个阶段的纪念品,几缕已故父母的头发(精心装裱起来)、父母的鞋子和信件,以及所有属于他们的东西。这些物品她从来不会丢弃任何一件。

怀廷太太对物件有极大的尊重,而且还对自己的收藏非常自豪。对于她而言,每一个物件都是人生旅途的一个佐证,将其一一摆放在眼前,便是见证了自己那一段段过往的岁月。地板在物品的重压下弯曲变形,她的客厅俨然成了一块凹陷下去的地方。可是她并没有丢弃室内任何一样东西(离开哪一件都不行,它们统统是无价之宝),而是赶走了住在楼下的莫顿一家,然后将楼下的房间用好几根硕大的钢梁填满,以便将她自己的屋子支撑起来。

"欢迎,欢迎,露西,我一直盼着你来看我哪!"随后她仔细端详了本尼迪克特一番,显得丝毫不信任他。"露西,再跟我说下,你身边的那位先生到底是谁?"

"是蒂普先生,怀廷太太。你瞧,这位……就是蒂普先生。"

"好吧,既然你硬要这么说。反正换作我的话,他不会是好丈夫的人选。"

"我们没有结婚,怀廷太太。他只是一个朋友而已。"

"噢,老天爷!那我就放心了。你亲爱的父母是不会同意的,既然现在他们已经走了,而你却重新回来了,那么我想……我就不得不担当父母这个角色了。露西,我会看好你的,不过我还是对蒂普先生的态度吃不太准,真的不太放心。对了,蒂普先生,您喜欢各种物件吗?"

"很喜欢。"本尼迪克特费劲地回答。

"好一个性情中人啊。行,让我来给您展示几样东西,您看如何?"

"很喜欢。"他重复了一遍。

"您这人不错,看来咱俩还算谈得来,您说呢?或许您是真人不露相,我第一眼竟没看出来……真是一条好汉子!身板真壮实!来,来,请坐,我把东西拿给您看。"

我预料到会是这样,而且确实也希望如此。因为这么一来,当怀廷太太向本尼迪克特介绍物品的时候,我就可以上前帮她传递了,说不定能发现一两张从前租客留下的证件,然后拿来供我们两个使用。

"亲爱的露西,帮我把那边那个花瓶递过来好吗?"

我照她的话办了。

"真乖,"她说,"蒂普先生,这个花瓶就是我的第一任丈夫亚瑟·吉丁斯。亚瑟是个好男人,他待我非常好,可是心脏却很脆弱。有一天,当他在垃圾山拾荒的时候,误吸入了一颗儿童乳齿,他回家时显得疯疯癫癫,一周之内就变成了眼前这只花瓶。露西,劳驾你再帮我拿一下香克斯先生。"

"蒂普先生,这位就是香克斯先生,他曾经是一个耳聪目明的人,并不总是那么温文尔雅,喜欢揪着一件事情不放。香克斯先生蓄着油光水滑的头发,脾气很大。当时他对自己的生活不满,借酒浇愁的时候满嘴污言秽语。每当他上前摆弄我的东西,也就是我那些已故好友和租客的时候,我就会高声尖叫起来。蒂普先生,您知道吗?有一次他还踩到了一对夫妇的身上。我当即就喊了救命,有些好心的租客连忙赶来帮手。我这辈子接受过很多来自别人的帮助,这并没有什么不好意思承认的。我喜欢被众人支持的感觉,真的很喜欢。瞧瞧您哟,蒂普先生,您身子骨真棒。对了,我差点忘了,咱们正在谈论香克斯先生的事。他在我心爱的床垫上压出了不少凹痕,那垫子原先是我的叔婆格蕾丝,她当年是一位身材高大的女士。一晚香克斯照例大发了一顿脾气,等我次日一早醒来,发现身旁的他已经变成了一把沉甸甸的切纸刀!他非常锋利,拿的时候要小心!"

不等这位爱唠叨的怀廷老人家向我示意,我已经马不停蹄地拿来了一件她引以为豪的心爱之物。

"噢,对了,还有怀廷先生。你拿得很对,露西。唉,怀廷啊怀廷,我真想你啊。怀廷先生与众不同,每当我想起他时,心里就会不由得悲伤起来。尽管我同朋友们来往频繁,可是自从怀廷先生变成了一个手铃之后,我还是感觉自己很孤单。他或许是最儒雅的男人,平时话也不多。然而就算是只言片语,有时也能够撬开人的心扉,您说是不?怀廷啊,我亲爱的怀廷。他是一个说话很小声的人,曾经也是这里的一名租客,就像之前的吉丁斯和香克斯一样。他时常到我门前低声说话,然后从底下传递东西进来。所以我总是到门边等着,有时候是一两张小纸条,有时候是几片油炸果蔬什么的,有时候是他自己的几根头发,总之任何东西都有可能。他知道我有多么喜欢那些小物件,比如他的指甲钳之类的东西,真是一个贴心的家伙。我理所当然地把那些物件统统收集起来,我的收藏数量庞大,全部都是怀廷先生的老物件。您要是感兴趣的话,我可以拿出来给您看看。瞧,那便是我的怀廷先生了。有一天我上哪儿也找不到他,整幢楼里都没有他的踪影。于是我就出门去寻找,日复一日,周复一周,我竖起耳朵仔细地聆听,可依旧没有听见他那种小声的言语。噢,亲爱的,到底在哪儿呢?后来我发现其实他就在门背后,就在一个我根本未曾想到要去检查的地方。没错,就在那儿!一个手铃!门背后有一个我这辈子也没见过的手铃,当时我立刻同它一见如故,我可怜的怀廷啊。唉,想来我真是一个不幸的女人,先是吉丁斯,后有香克斯,最后挨到怀廷。"

我找到了证件了!在一个抽屉里有很多页纸,都是从前过往的租客,有些人我认识,他们的名字都被铅笔画去了,旁边还注明那些可怜人变为了何物,想必是怀廷太太用她那修长的小手写下的。我将一对夫妇的名单塞进口袋里,然后返回那摆满物件的客厅,我听见怀廷太太正在对本尼迪克特说话。

"亲爱的先生,"她低声地说,"我能预测灾难何时降临,从来没有失手过。这么多年来,我观察了几任丈夫和那些租客,从他们的脸上发现了瘟疫的最初征兆。当大难即将降临时,我可以感知得到。蒂普先生,我这就透露给你,也算是帮你一个忙。其实病魔已经盯上了露西,从她的脸上可以看得出来。我敢肯定她会变成一个物件的。想来也真让人难过,着实可惜啊。不过……蒂普先生,我想请您表个态,不知……咱俩可否做笔交易呢?既然她势必变为一个物件,那么……等到那天来了的时候,我可以留下她吗?"

本尼迪克特两眼注视着怀廷太太,一副大惑不解的表情。

"您想啊,要是我能够拥有她,"怀廷太太继续说,"如果我可以把她留在身边的话,必定会好好照看她的。我甚至……其实我一见到她就预见到灾难了……我甚至还有一个绝好的位置预留给她,我可以再跟你说道说道吗?"

本尼迪克特向前靠了靠。

"当她脱去人形以后,我要将她摆在那儿,就在那口汤锅和那把蜡烛剪中间,那就是她将来要去的地方。您知道这是为什么吗?因为那两样东西就是她父母的遗骸。"

那两样东西就是他们?她说的是真话吗?那就是我可怜的父亲母亲吗?我觉得事实或许正如她所言。看来我至少还有些东西,在这个世上还有些东西是属于我的。他们就在那儿,父亲,母亲。一个汤锅,一把蜡烛剪,他们都是我的。

"等露西变形以后,倘若您能够让我拥有她的话,那么我就算收集好全套了。那两样东西没有她在身旁,看起来着实悲伤,您说是不是?请留下露西吧,您尽管放心,我平时会好好擦拭她,让她一尘不染。"

我要拿走他们,现在就要抢过来。可是,倘若那个老女人真的去喊罗林一伙的话,那我和本尼迪克特就立刻完蛋了。看来我不能拿走他们,至少现在还不行。爸爸妈妈,我会回来的,我向你们保证。

"我希望她将来不要变成一个庞然大物,"老女人继续侃侃而谈,"虽说露西是个苗条的姑娘,但这种事情是说不准的,您说是吧? 我记得曾经有一个小孩,一个仅仅几十天大的婴儿,她一下子就变成了物件。你或许会以为那应该是一个细小精致的稀罕物,然而结果却是一个大炉灶,现在就摆在那里。虽然那是一个极其难办的东西,但我不会丢弃它,说什么也不会。真不知道等到露西变化的那天,她会变成什么。说实话,我觉得不会等太久的。"

"会变成一枚纽扣。"本尼迪克特说。

"哦? 您这么觉得?"她说,"谁知道呢? 好了,蒂普先生,下面是重点了。我可不是什么傻子,我懂得何时可以击败对手,而何时却无能为力。要是没有这点头脑的话,我是不会活到现在的。哎哟,我亲爱的先生,您的身子真壮实。对了,等露西变形那天,您要是坚决不肯给我的话,我就到罗林那头去告发你们。您知道,他肯定会来找您麻烦的。"

"找我麻烦?"

"没错,他不喜欢陌生人待在这幢楼里,不能容忍这一点。楼里每一张面孔他都熟悉,可惜您不是其中之一。就在上个星期,有一个邻居仅仅走到大楼门口而已,可是他当即就告了官,把那个人抓了起来。她被抓到了局子里以后就再也没有人见过她,或打听到她的消息。蒂普先生,您要明白,在这个地方是不能坏规矩的,无论如何都不行。不过,或许我能帮您冒一冒这个风险,把露西算作自己人。还有,噢,您肌肉真发达! 等等……等等……我好像突然想起什么事情了,蒂普先生,咱们以前见过面吗?"

"没有,老婆婆,没见过。"

"您肯定? 我好像见过您,真的。您的脸并不陌生……会是在哪儿见面的呢? 我好像记得……到处都见过您。对了,在城墙上! 没错,城墙上的告示! 噢,老天啊,我的垃圾山神啊! 噢,我亲爱的物件们哟! 这不可能！这不可能！"

"出什么事儿了,怀廷太太?"我走上前开口问道。

"你到外头去做了那件事,对不对？露西,你到外头做了那事!"

"做了什么,怀廷太太？请你冷静一下。"

"你把他从垃圾山里带回来了,是不是?"

"怀廷太太,请不要这样,你嗓门太高了。"

"你到外头做了那事!"

"请别这样。"

"你到外边做了那事!"

"我做了什么了?"

"那个,那个,就是那个!"

"那个什么?"

"那个,就是那个东西,那个!"

"他的名字叫蒂普,本尼迪克特·蒂普。"

"本纳迪特！你把他放出来了!"

"请你小声一点。"

"你放他出来,还把他带到了这里!"

"怀廷太太,你一定要安静。"

"带到我的房子里来了,你个小婊子!"

"你这样会把警察招来的。"

"你怎么可以这样,怎么可以做出这种事情呢?"

"亲爱的怀廷太太,他是一个好人,"我说,"他被人冤枉了。"当我说话时,感觉到本尼迪克特正站在我身旁,我感受到他的大手正伸向我的小手。于是我一把握住了他,握住了那个大手。我紧握着不放,说什么也不放。

"你脑子进水了!"那个寡妇高声尖叫起来。

"他不会伤害别人的。"

"他是被流放了的,被大伙扔了出去,已经被抛弃了。"

"你们无权这么做。"

"傻孩子,真是一个蠢到家的傻丫头。他当年被扔到外面去了,这是为什么,为什么,你告诉我为什么?"

"我说不好,反正是因为某些荒唐的理由呗。"

"他就在外头出生,没有人知道他的母亲是谁,没有人知道他从哪儿来。虽说他并不是我们镇上的人,然而大伙还是把他带进了镇子。唉,他们绝不应该这么做的。后来镇子上的孩子们都一个个夭折了,唯独他没有死,而且还越长越胖。就连我自己的亲生女儿也死了!现在她就摆在那个壁炉架上,那个肥皂碟曾经就是我的孩子。噢,我的尼科莱特·罗斯!那个野孩子照样越长越大,他胃口很好,跟头猪一样。大伙扔给他一些连老鼠都不吃的脏东西,可是他却吃得很香,人也越来越高大。他不是一个正常人,浑身上下到处都不对劲!"

"他很正常,"我大声喊道,"他和我们一样正常!"

"不!不!他就是不正常!在他没来之前,垃圾一直在城墙外头。然而自从他来了以后,那些垃圾也过来了!它们翻墙而过,如同大海一般倾泻下来。垃圾跟在他后头,他走到哪里,那些垃圾就跟到哪里。它们填满了好多好多屋子,有一个老人还淹死在其中。于是大伙就把他带到市政广场,将他置于广场中央,然后大伙都朝后退,过了半小时,垃圾山里刮起一股飓风,垃圾们蜂拥而至。从那场事件以后,大伙就把他送回到城墙外头去了,送回到了那个他本该一直待着的地方!当时他十岁,如今大概有二十岁了。瞧这个家伙,这家伙很可能也就是二十来岁的年纪!难道你还不明白吗?他会害我们统统淹死的!趁现在废尔沁还没被垃圾吞没,必须赶快送他回去!"于是怀廷太太又开始高声尖叫起来,"轰他走!轰他走!滚出我的房子!"

楼下传来门铃的声音,有人已经从前门进来了。

"大概是罗林来了,"老妇人惊恐万分地说,"他终究还是回来了。你们两个绝对不能让他撞见,绝对不可以让他在我的屋子里发现那个垃圾怪物。要是露馅了会怎样?他们会如何处置我?躲起来,快躲起来,你俩赶紧找个地方躲起来!等平安无事以后,我要你们都出去!统统给我滚蛋!"

走道里传来一记一记沉重的脚步声,楼梯随之发出咯吱咯吱的声响,只听见有人在歌唱:

> 我挑呀挑!我捡呀捡!
> 垃圾堆儿上搜个遍!
> 我挑呀挑!我捡呀捡!
> 瞧爷爷有啥新发现!
>
> 我挑呀挑!我捡呀捡!
> 帮你找到个好物件!
> 我挑呀挑!我捡呀捡!
> 快开门儿来瞧一眼!

"罗林来了,他步子很快,"老妇人喊道,"我们统统要被抓起来了!"

"怀廷太太,怀廷太太,"我说,"我们俩往哪儿躲?"

"躲到那个灶头里面去,然后把炉灶小门关好。露西,你赶快钻到那扇小门里头,那个家伙进另一扇稍大一些的门。动作要快啊,他随时就要进屋了。"

这是一个非常宽敞的炉灶,甚至像本尼迪克特这样的身板也能够弯腰挤进去,还可以在里头静静地待着。本尼迪克特非常沮丧,我可以感觉得到,他正在隔壁的炉子里颤颤发抖。在炉灶的小门上面,配有一个很小的舱口,好让厨师朝炉灶里头查看火势如何。而我也可以通过这个舱口向外张望。

门外传来一阵敲门声。

"请进，罗林，"怀廷太太说，"你到底上哪儿去了？"

罗林先生是一个脸色苍白的秃头，脑袋有些略微畸形，就好像曾经受过什么外伤似的。他身着深灰色的连衫裤工作服，腿部以下都沾满了尘土。

"这里出了什么事了？"

"你真是肌肉发达呀，罗林先生，肌肉发达。"

"楼里上上下下全都是垃圾。"

"想必你的脚肯定很不舒服啰。"她说。

"我看见有人待在楼上海顿先生的屋子里，这是怎么回事？你这只老狐狸，在搞什么鬼？在我走开那会儿，这里到底发生了什么？肯定有坏事发生了，这我知道的。为什么那些垃圾统统都围聚在大楼入口处？为什么？你知道这得由谁来清理？是我，是我，不是别的什么人。没有人会去干这种脏活，真他妈的讨厌！冤有头债有主，不该由我来擦屁股。干吗是我？干吗是我？"

"垃圾弟兄们发现我了，"本尼迪克特小声嘀咕说，"噢，我的垃圾山神哟，弟兄们找上门来了。"

"刚才我不得不挖出一条路进来，"罗林继续说着，"垃圾好像都集合了，而且在四周越聚越多。他们像长了脚故意跑来这个地方，好似搞一个集会。你也知道，聚众是犯法的行为。我必须早早地去阻止，要是任由它们聚集成庞然大物的话，肯定会搞出什么恶作剧，还会把房子压塌的，我绝不允许这种事情发生，绝对不行！规定上写得明明白白，公民和物件不得聚到一起。既然这分明是犯法的行为，那怎么还会发生呢？对了，说起规定……来，给我看看你的证件。"

"罗林先生，你当真觉得这有必要吗？"

"这是法律，我要严格执行的。来，别磨蹭，不然我怎么知道你是规规矩矩的良民？让我瞧瞧，来，老太婆，赶快递过来。"

他朝怀廷太太靠近，意欲查看证件。然而他突然停下了脚步。"我的乖乖,"他说,"这是什么? 怎么回事?"

在罗林的靴子上,诸如碎纸片和碎玻璃之类的细小碎末纷纷脱落下来,它们慢慢地汇成一股,接着弯弯扭扭地朝本尼迪克特奔去了。

"这是什么情况? 到底怎么回事?"罗林问道,随后他大声惊呼:"畜生! 给我搜! 把它给我搜出来!"

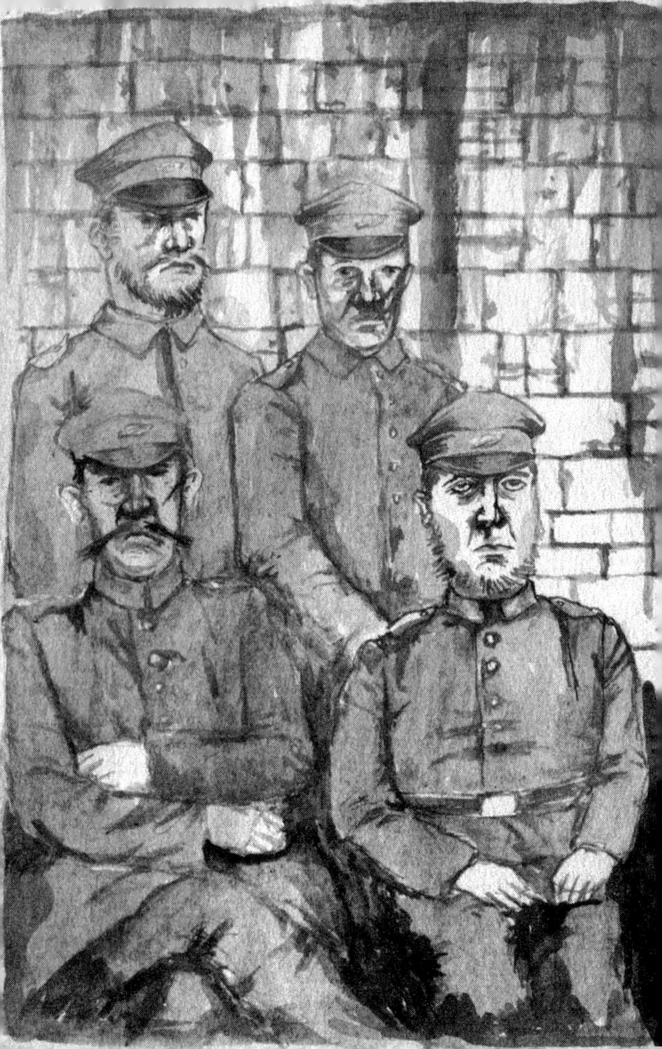

守卫垃圾山城墙的士官们

❶❻

危如累卵

垃圾山城墙工作日志

日志条目:1876年1月26日

上午7点

垃圾山的"水位"正在不断抬升,有些污秽已经溢过了城墙。虽说这并非特别反常的现象,但是眼看着所有"风暴"都聚集到了一起,统统朝城墙这边刮过来了。倘若继续这么发展下去的话,废尔沁这部分区域就会被垃圾的洪水淹没了,不过……估计这不太可能吧。警报还没有拉响,但我还是保持高度警惕为妙。

上午10点

城墙上已经出现了裂缝,一条一条名副其实的明显裂缝。城墙一定不会倒塌的,肯定不会!可是……那些裂缝已经非常显眼了,其中有一条甚至还有小手指粗细。看来情势不太妙了,于是我们就对墙上的裂缝采取了一定措施。大伙用粉笔在裂缝旁边做记录,写下当前的宽度,然后每过半小时回来检查一次,看看它是否进一步扩大了。结果显示,裂缝的宽度确实在不停地增大。

垃圾"水位"已经到达了警戒高度,越来越多的破烂物从城墙的顶上溢了过来,不过城墙本身暂时还能够支撑得住。此时天空晴朗,万里无云,为什么垃圾山会如此暴虐呢?

中午11点

我已经向上级打了报告,希望将城墙附近的街道和房屋统统清空,可是负责把守城墙的长官切尔斯·艾尔蒙哲却不同意这么做。他声称,无论发生什么情况都必须坚守阵地。我朝垃圾山那头远远望去,只见那里的垃圾正在逐渐消失,远处的废物庄园光秃秃地戳在原地。庄园四周的垃圾越来越少,似乎正在"抛弃"这幢大楼。

现在我甚至可以望见那一根根地下管道,自从孩童时期我就再也没见过它们。遥想当年第一次铺设管道的时候,工人们不得不预先在周围设置障碍物。再看眼前,城墙上最深的裂缝已经可以容纳一个拳头了。

老鼠,老鼠在逃窜!

此时此刻,到处都是老鼠,它们从裂缝里钻了进来,有的还翻越城墙而入。我从来没有见过这番景象,从未目睹过如此浩大的场面。所有老鼠都惶恐躁动起来,纷纷仓皇出逃,它们老鼠越来越多,到底何时算完?我站在城墙岗哨上,朝底下的废尔沁镇子望去,那些通向镇子的街道上全部都是黑压压的一片,统统是正在流窜的老鼠。这一团黑暗的景象持续了半个多小时之久。

与此同时,垃圾山的"水位"仍旧在抬升。

中午12点

有一名警卫报告说,霍金斯在测量裂缝的时候被一块墙体压倒,当即一命呜呼了。于是我们把能够找来的东西都找来,用以加固墙体。可是我对城墙能否坚守已经不那么肯定了,我甚至觉得它无法坚持到天黑之前。切尔斯长官说这场灾难很快就会平息,那些垃圾不会冲破城墙的。可是他自己却已经溜之大吉了。

我应该拉响警报,不管是否会因此遭到上级的惩罚。

我的人可以撤离垃圾山城墙,往高地方向转移。现在仍有两队拾荒队伍下落不明,垃圾风暴在咆哮肆虐着,使得我无法望见他们。而在远处那个地方,废物庄园似乎正在崩塌。(我果真目睹了这一幕?难道这是真的?)

此时的垃圾山水位还在继续上涨。

我觉得它会漫过来的。

它会漫过来的。

上帝保佑我们。

汤姆·戈德史密斯、贝利太太、宾利·奥福德和海伦

17

家族的烙印

克劳德·艾尔蒙哲继续自述

裁缝的屋子

地板上面积着厚厚的一层尘土,这便是一间屋子被遗弃以后的模样。裁缝亚历山大·埃尔克曼在这个地方躲藏了整整五年之久,我几乎可以感受到他的存在,似乎有他在耳边私语:"克劳德·艾尔蒙哲,克劳德·艾尔蒙哲,你必须去阻止那些人。非你莫属,非你莫属,必须行动起来。"

"可是……我只是克劳德而已,"我对着空屋子说,"算不了什么大人物。"

可是裁缝已经不在了,他再一次迷失了自己,化作了一把开信刀。这间破败不堪的屋子是一块死寂之地,到处充斥着裁缝的气息。不行,我得去瞅瞅屋外别的东西。于是我拉开了那块脏兮兮的窗帘,只见窗户上沾满了污泥,看不清外面的风景。于是我伸手擦拭那块熏黑的玻璃,抹出了一块手掌般大小的地方,透过外头灰蒙蒙的风景,我望见了一座巨大的工厂。这座庞然大物正在冒着黑烟,那便是月桂叶庄园。嗯,肯定不会错的,那就是庄园大楼。

月桂叶庄园是我们家族的栖息之地,不过如今居住在里头的也不仅仅是家族的人。

"我的塞子!"我说,"噢,塞子呀,我的塞子朋友詹姆斯·亨利。"

我坐在一片尘土之中,呼吸着浑浊不堪的空气,同时脑子里在想:我的塞子现在怎样了呢?

詹姆斯·亨利啊,咱俩还要等待多久? 在那种慢性病症发作之前,我们还留有多少时间? 而在这段时间里,我们又能做点什么呢? 我必须到庄园里头去,看看他们在做些什么。可是,我独自一人单枪匹马,能够阻止外公吗? 我从前总是以为,生活就该是四平八稳的。如今看来,我不得不在大楼的铁栅栏前头徘徊一阵,然后伺机溜进去,只要找一个能够勉强挤进去的空隙就能做到。然后我要在浓烟迷雾中摸索前进,找到外公本人和其他家族人员的踪迹,最后勇敢地上前阻止他们。可是……那些人会听从我的劝告吗? 哼,他们从来把我当成耳旁风。而如今凭什么会一下子听我的话呢? 我转念一想,今时不同往日。没错,我已经脱胎换骨。我要当面对他们说,这一切都是错误的、肮脏的,必须马上洗手不干。嗯,我是克劳德,我一定要去阻止他们。

于是我坐直了身子,扬起了身边的尘土。

"克劳德老伙计,真的要去斗争了?"我小声自言自语。

在滚滚扬尘之中,我独自静静地坐着。

"此时要是有露西在的话,我肯定能够做得更好。现在……真的要去战斗了?"

就这样,在尘土之中,我一动不动地坐着沉思。

"好吧,单枪匹马去闯关也好,毕竟现在也没有别人,唯独我一个。"

正在此时,某些响声透过蜘蛛网和灰尘从屋子的深处传来。

"是个新来的。"有一个声音在说。

"是来帮忙的?"另一个说。

原来是一张破旧的藤椅正在和一幅开裂的画框说话。

除此之外,黑暗中还有其他模模糊糊的东西在窃窃私语。

"谁在那儿?"

"是谁在说话?"

"是个新来的。"

"哇,他穿着打扮挺时髦的!"

"好一个棒小伙。"

"帮帮我们吧,好吗?"有一个物件呼喊道,"我从前是宾利·奥福德,而如今变成了一个既老旧又破裂的鼓风袋①。"

"我的名字原来叫海伦,现在是一张旧婴儿床。"

"你们好呀,"我说,"我听见你们说话了,非常荣幸认识你们。"

"他真懂礼貌。"鼓风袋说。

"好一副贵族的做派。"

"其实我的出身很不好,"我说,"不过我还是很高兴能和你们做伴。"

"别这么说,你是一个讨人喜欢的小伙子,竟愿意同我们这些老弱病残聊天,真是一副好心肠。"

"我们如何称呼你?"

"克劳德,"我有些绝望地说,"战士克劳德!"

"战士克劳德? 这是你的真名?"

"既然特米斯有好些个兵人玩具,"我小声嘀咕,"那么我自己也可以当一名战士。瞧着吧,我也可以的。"

"我是奥福德家族的人,"那个物件自豪地说,"我的老父亲,那位亲爱的老头,在垃圾山里失踪了。"

"我很遗憾,"我说,"那个地方非常凶险。"

"可不是嘛。"

"从前我在废物庄园里常常透过阁楼窗户朝那边眺望,"我说,"后来我看得实在太频繁了,差点患上'垃圾山夜盲症'。"

"你刚才说'废物庄园'? 是说'废物庄园'吗?"

---

①旧时给壁炉扇风的手提式气囊袋。

"没错,我以前就住在那里。"

"真的?你干吗要住到那个地方去?"

"我在那里出生。"

"你该不会是一个艾尔蒙哲吧?从前我们这儿来过一个艾尔蒙哲,他是一个破旧的酒瓶子。我们都非常痛恨他,都喜欢朝他大吼大叫,不给他好日子过,后来他突然失踪了。你不会也是一个艾尔蒙哲吧?我觉得不可能,因为你的行为举止一点也不像。"

"呃,坦率地说,我就是一个彻头彻尾的艾尔蒙哲。"

"可是你好像与他们完全不同。"

"是吗?那谢谢你了。"

"我们这儿有很长时间没有新人来做伴了。"

"要是你们愿意的话,"我说,"不妨出来和我见见面。"

于是这些阁楼里的破烂们小心翼翼地在尘土上挪动,悉数来到了我的面前。大伙聚在一起相谈甚欢,气氛变得融洽多了,而且还彼此吐露了各自的过往经历。

原本大家还可以继续欢聚片刻,可是忽然从楼房某处传来了一阵响声。我当时已经完全忘记了在这个地方还有别的东西存在,只感觉这是所独立的房间。然而事实上,楼下还有许多房间,这一点倒让人颇为欣慰。我心想,在那些屋子里头正在上演什么样的悲喜剧呢?人们统统都住在楼下吗?真的有活的人或物吗?正在此时,我听见有人唱起了歌。没错,下面的确有人!我真的很高兴,眼睛里激动地泛起泪花。只听那人在唱:

我挑呀挑!我捡呀捡!

垃圾堆儿上搜个遍!

我挑呀挑!我捡呀捡!

瞧爷爷有啥新发现!

> 我挑呀挑！我捡呀捡！
> 帮你找到个好物件！
> 我挑呀挑！我捡呀捡！
> 快开门儿来瞧一眼！

然而，就当我听着那歌声时，四周的东西连同我腿上的物件都开始躁动起来，它们统统钻到了积满灰尘的松软角落里，全部消失在那一张张蜘蛛网后面。

"回来，"我说，"请你们快回来。"可是它们并不答应，看上去张皇失措。

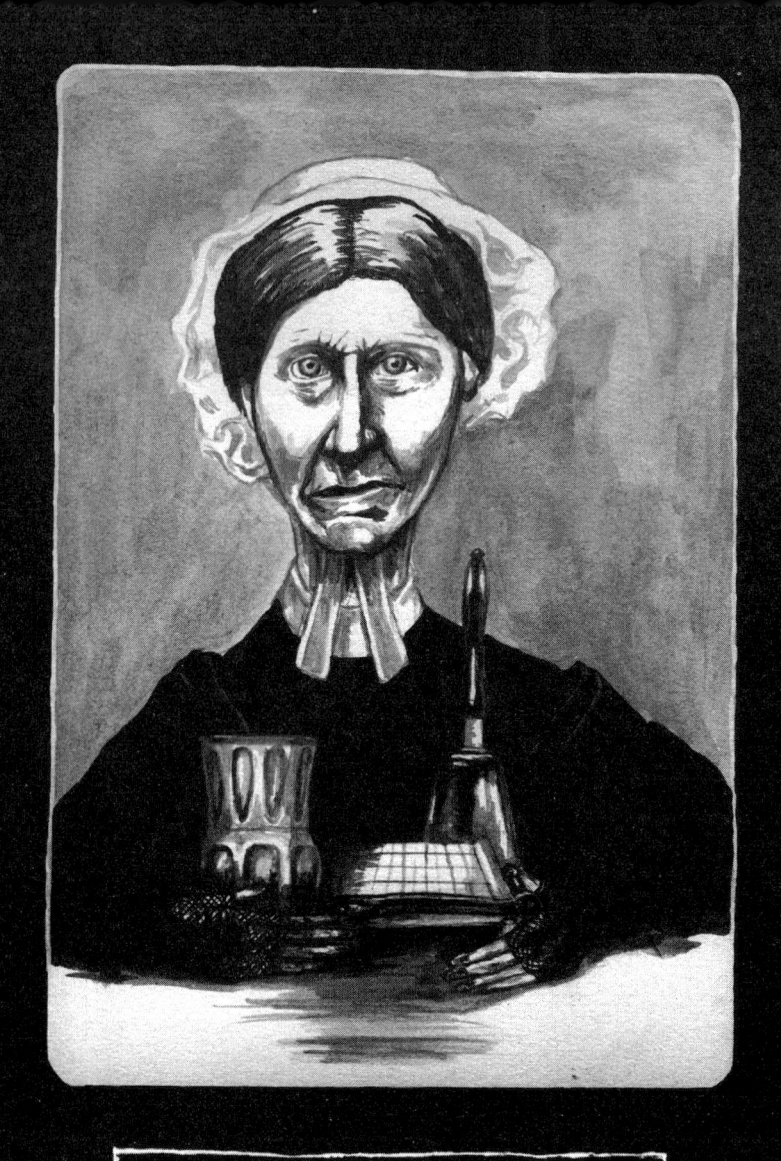

怀廷太太和她的已故前夫：
吉丁斯先生、香克斯先生和怀廷先生

18

困于炉灶之内

露西·佩纳特继续自述

"本纳迪特。"本尼迪克特在炉灶里说道。

我心想,本尼迪克特啊,拜托,你务必要保持安静。此时,垃圾碎末从那位新任门卫的袖口和脚踝上脱落下来,在地板上迅速地移动,一齐奔向本尼迪克特。它们朝炉灶门撞击,渴望要闯进去。

"这是怎么回事?"门卫罗林说,"什么情况?"

垃圾碎末紧紧地贴在炉灶的门上,就像磁铁一般。

"姓怀廷的,这是什么意思?"罗林走上前去质问那个老妇人,"你个老骨头,到底做了什么坏事?老子可不糊涂,你没有资格跟我玩这种把戏,没有任何执照允许你这么做。这是触犯法律的,根本就不该发生。为什么垃圾会变成这样?这不行,我要立马把它们抓起来。喂,喂,快滚开,听见没?"

他前去拨动那团垃圾,可是它们依旧紧紧地贴在炉灶上。

"它们为什么会这样?这不正常,不正常,对不对?"

"我不明白你为什么要如此大惊小怪的,"那个寡妇说,"罗林先生,难道你没有公事要办吗?千万别耽误在我这儿哟。"

"怀廷太太,那里面是不是有人?"

"罗林先生,你的意思是……我在自己的房间里藏人?"

"差不多就是这个意思。"

"没想到你能说出这种话,真叫人伤心,我好失望哟。"

"哼,我才不会在乎这些,就当你放屁。"

"我的头疼病犯了,需要一个人待一会儿。"

"我也有头疼病,这病的名字就叫'利奥诺拉·怀廷'。"

于是罗林将手置于炉灶的门闩之上,同时问道:"谁在里面?快出来,听见没?"

本尼迪克特在里头一声不吭。

"你瞧,罗林,里头空空荡荡的,怎么会有人呢?"

然而罗林拉掉了门闩,打开了炉灶门。他猛然往后头一跳,高声呼喊:"我的乖乖,看看咱们今晚有啥好吃的!"

"本纳迪特!"本尼迪克特呼喊起来,"本纳迪特!本纳迪特!"

"你叫什么名字?"罗林问道。

"救命啊!杀人啦!"怀廷太太也大声叫了起来,"我的屋里有人,有一个五大三粗的男人!"

"快出来,"罗林说,"现在就出来,快滚出来!"

"我卡住了。"可怜的本尼迪克特说。

"证件!"罗林恶狠狠地呵斥道,"我要看证件,一定要看!一份允许你居于此屋的证件,还有一份可以让你躲藏在炉灶里头的证件。这是法律要求的,对不对?快出来,快给我出来!"

"我卡住了,出不来!"

"不行,不行!我不能允许这种情况发生,"门卫继续说,"这是错误的,大错特错,我非常痛恨这一档子破事!在这幢房子里,必须要有铁一般的秩序。我有法规手册,专门用来管理这些楼房。而你,你这个躲在炉灶里的大家伙,我要好好地对付你,要烧死你!"

罗林一边说,一边兴奋地快步上前。他一把抓住怀廷先生,猛烈地摇晃起这个手铃来,似乎整个身家性命全系于此。这下子终于把怀廷太太逼急了,她为了那位已变为手铃的前夫高声哭喊起来,而本尼迪克特同样扯开嗓门呼喊着:"露西·佩纳特!露西·佩纳特!"

我在自己那半间炉灶里使劲挣扎,拼命想争取自由。我抬起双脚,用力去顶那扇炉灶门,可是无法将其踹开。怀廷太太已经将门闩闩上,我无从逃脱。我原本以为咱三人有机会合力放倒罗林的,只要大家相互配合,就一定能够战胜那个门卫。可是如今我脱不了身,也无法出去通知本尼迪克特。这个大个子现在很迷茫,脑子里乱成一团,需要有人点拨点拨才行。只见那门卫仍旧在一刻不停地摇铃,似乎他就不是一个人,而是一台专门负责摇铃的机器。这一切都发生得太快,一眨眼的工夫全乱套了。不一会儿,屋子里又来了其他人,统统是一些穿着警察制服的人,他们手里都拿着警棍和铁棒。

"这铃声是什么意思?"一位警官说道,"你是什么人?胆敢惊扰社会治安?你最好有情况要报告,而且最好是大事,不然的话我们就要拿你是问。"

"你,"另一个警官对门卫罗林说,"你的吵闹声还打搅了恩贝特老爷。"

"恩贝特!"门卫惊恐地叫了起来,"不,不,别是恩贝特!绝对不要是他!"

"正是恩贝特老爷本人!"警官重申了一遍。

"噢,天哪,恩贝特老爷。"门卫抖抖索索地说。

"闭嘴!你个肮脏的废物!"

"噢,我的主啊!"罗林下意识地补充了一句,"我不是故意的。"

"你拿那个黄铜玩意儿,摇得人心烦。"

"可怜的怀廷先生,我亲爱的怀廷先生!"寡妇一边哭泣一边说。

"别哭了,你给我停下!"那个警官对着寡妇说道。

"闭嘴,怀廷,"罗林说,"不然我就揍你。"

"那是什么怪物?"另一个警官指着本尼迪克特说。

"我就是为了他才摇铃的,"罗林说,"那是个臭流氓,是个恶棍,一个令人讨厌的家伙。"

"这家伙杵在屋子里真奇怪。"

"非常奇怪,不过他不是我们的人。"门卫说。

"怪物,报上名来。"

"本纳迪特。"本尼迪克特结结巴巴地说。

"你的名字叫'本纳迪特'? 是说'本纳迪特'?"

"不,不,"可怜的本尼迪克特又支支吾吾地说,"是……本尼迪克特·蒂普。"

"蒂普先生,你刚才干吗要说本纳迪特? 为什么要提那个名字?"

"没,没,我没提。"

"蒂普先生,你怎么会在这个地方?"一名警官问道。

"对,对,就该问他这个,看他怎么回答。"门卫补充道。

"你给我闭嘴,赶快退下。不然的话我就痛打你一顿。"

"是,"门卫点头说,"遵命。"

"好了,蒂普先生,现在请你解释一下。"

正在这个时候,我在炉灶里头踢了小门一脚。

此时本尼迪克特正站在炉灶前面。

"我是蒂普,"他说,"是新来的,没有家,没有住处。"

"看样子的确如此,"警官说,"所以你就自说自话来到这里?"

"我来这里……"可怜的本尼迪克特接着说,"是为了找一个遮风挡雨的地方,找一个亮堂的地方,顺便找些朋友做伴。我很喜欢红颜色,来这里就是为了跟红色的……在一起。我的意思是……红色的热浪……红色代表温暖嘛。我的意思是……我是独自一人来的。"

"那么你从前住在什么地方?"

"迷失在黑暗里,在山里! 就在那座垃圾山里!"

"在垃圾山里?"

我又朝小门踢了一脚。

"那是什么声音?"

"是我!"本尼迪克特大声喊道,"是我的错,物件们都在跟踪我,是它们弄出的嘈杂声,这我也管不住。我来这里就是为了离开垃圾山,可是那些垃圾弟兄们终究还是找上门了。"

"此话不假,"罗林说,"确实是这样,我刚才见识过的。"

"门卫先生,要是我再听到你说一个字,就把你轰到外头去。那儿没有人听得见你,你可以尽情地喊,直到被我们揍得鼻青脸肿,鲜血直流为止!"

"遵命,遵命。"

"好了,"警官对本尼迪克特说,"那就让我瞧瞧吧。"

此时,我用尽全身的力气踹门。

"那是我弄出来的声音,"本尼迪克特说,"我想说……我要慢慢地走开了,然后……那声音就会停止。留得青山在,不怕没柴烧。没有必要一定全军覆没,你说对不对?"

"你在说些什么?"

"我是在告诉你,炉子要安安静静的,不然的话我会伤心,真的会很难过,真的会。"

"我不懂你的意思。"

他接着说:"你很照顾我,这让我很开心。现在我要走了,当我离开的时候,你务必要保持冷静。所有的垃圾碎末都会顷刻间随我而去。"原来本尼迪克特是想把我留下,其实这都是我的错,都是我不好。

于是我不再踹门了,也不打算大声呼喊。将来我要组织一大帮人,没错,一定要拉起一支队伍来。

"瞧,跟我来,"他说,"物件们,过来,到我这里来。"

我听见有一两样破烂货跟在他身后。"瞧,垃圾们都过来了,"他说,"来,来,我在这儿!"

于是,更多的垃圾蜂拥而至,统统聚集到他身边,再一次依附到他身上。

"来!来!"他一边呼喊一边哀叹,语气中既有欢乐又带几分恐惧。那些垃圾在他身后拖得老长,他本人已经走到了房门口,只见他"噌"的一下窜出了怀廷太太的房间,以迅雷不及掩耳之势冲下楼去,在场的警卫们都还站在原地,措手不及。

"老天爷!"

"你们刚才瞧见了吗?那些东西飞快地窜了出去。"

"它……它就是那个婴儿!那个婴儿从垃圾山逃出来了!"

"我还以为那是一个瞎编乱造的故事,以为是用来吓唬那些傻子的。"

"这看起来像是编造的吗?"另一名警卫回答道,"这栋楼不是正在摇晃吗?"

"必须抓住他!"

"赶快抓住他,逮住他!"

"把所有人都叫上!现在就去,要快,趁那堵城墙还没倒塌之前!"

"跟上他!"

"跟上他!"

于是所有人都一涌而出,甚至连那个门卫也跟着跑出去了。楼道里响声震天,连成一片。本尼迪克特跑得比他们快,肯定会甩掉他们的。至少他开头已经领先一步了,应该不太会输给他们的。

我朝那个寡妇大声呼喊,此时她正坐在扶手椅上气喘吁吁,靠垫上放着一块小桌巾,手铃就摆在自己腿上。

"怀廷太太,怀廷太太,"我小声地说,"你现在可以放我出来了,已经没事了。"

可是她仍旧坐在那张扶手椅上,摇着那个手铃。

"怀廷太太,"我说,"你听见我说话吗?"

"我的心肝儿啊,"她说,"我的老物件,老伙计。"

"放我出来好吗?"

"放你出来?"

"没错,怀廷太太,请放我出来吧。"

"噢,露西,我亲爱的露西,我不能那么做。"

"你可以的,怀廷太太,请放了我。"

"不,不行。亲爱的露西,你马上就要变形了,我已经从你脸上看到了几分征兆。我能够预料这种事情何时发生,而且还非常准,从来没有看走眼过。"

"怀廷太太,求求你了,放我出去。"

"用不着等太久的,亲爱的,会很快的。"

"我得出去,怀廷太太,拜托了。噢,可怜的本尼迪克特!"

"然后,一切便都结束了。"

"我有钱。"

"不错,亲爱的,你确实有钱,不过那并非是我真正在乎的东西。"

"我会帮你去找物件的,还会找来更好的物件,最最上乘的物件。"

"露西,我很抱歉。不过请你相信我,我是真心实意地想要收藏你。你瞧见了吗?我要把你放到那边的架子上。没错,我会妥善照看好你,没什么可害怕的。我还会经常擦拭你,帮你掸去灰尘。我保证,永远不会忘记你,始终珍爱你。亲爱的,我不会将你冷落,相反地还会一直爱你,爱你。"

我在黑暗里蜷缩着身子,时而通过舱门的缝隙瞧瞧那个老妇人。她把手铃摆在腿上打瞌睡,过了一会儿又站了起来,摆弄物件,欣赏收藏品。她上下忙活着,准备迎接新成员。怀廷太太正在等待我变形,我问自己,身体有没有感觉异样?有没有那种弯曲萎缩的不适感?我不太确定。腿上的疼痛很可能只是旧伤引起的,或许是因为我在炉灶里弯曲得太厉害,以至于肚子不舒服。不过那种饥肠辘辘的感觉倒是实实在在的,我肚子饿了,需要吃点东西。

或许……那是另外一种别样的预兆?或许我已经开始变……不,不,露西,你不能这么想,绝对不行。你还有大事要办,必须在本尼迪克特遭不测之前赶去搭救他,不能偏偏在他需要你的时候却变成了一枚纽扣,那样不会有任何好结果。倘若变成了一枚纽扣……一枚土质的纽扣,那么还如何去搭救别人呢?这些念头来来去去,使我的脑袋疲惫不堪,顿感倦意。随后我似乎真的眯上了一会儿。在梦境之中,那个火柴姑娘突然出现了。我知道她现在离我很近,好像还对我的方位了如指掌。她能感觉得出来,能够嗅到我的气息。

"我,"她说,"我,我! 我来了!"

在梦里我拼命地逃跑,突然四周升起了黑烟,燃起了火苗,我顿时呛得不行。梦境翻来覆去,我感觉天旋地转,嘴里胡言乱语,身体又再一次变小了。那个女人的脸又瘦又长,她拼命地呼喊,意欲向我索命,寻求报复。然而后来有一个人突然出现并将她一把推开,那个人正是克劳德。他降临在这个灰暗的房间里,那个火柴女人非常惧怕克劳德,于是便退下去了。随后,那一团团火焰也逐渐熄灭,浓雾也统统烟消云散了。

此时我睁开了双眼。

我仍旧被困在老妇人的炉灶里,依然在这片黑暗之中蜷缩着身子,而怀廷太太则在房里慢吞吞地拖着步子。

"你注定玩完了,"她说,"可怜的小丫头,我已经听到了那种暗中涌起的声音,你是阻止不了这股势头的。其实自你一登门,我就知道你是属于我的。我要把你收藏起来,不过你现在还滚烫着,需要先冷却一段时间。唉,幸好这一切都结束了,我这个人心脏不太好,向来不喜欢久等。"

她拿来一副火钳,将其斜靠在炉灶旁。

此时门外响起了敲门声。

"我正忙着哪。"她回答。随后又转而对我小声地说:"现在是咱俩的独处时间,对不? 闲人不能干扰。"

她抬起门闩,不过没有将门打开。

"先让你冷却下来,最好还是等冷却了以后再说。"

我准备就绪,将脚抵在门上,意欲用力猛踹它,然后将那个老婆子打翻在地。

可是正在此时,外头的房门却打开了。

不要鲁莽,露西,时机还没到,千万不要动。

只见有几个艾尔蒙哲长官走进了屋子。

"大人们,晚上好呀,"老妇人说,"没想到各位大驾光临,真是蓬荜生辉。瞧我这个不中用的老太婆,有什么能帮上忙的吗?"

"你的房子正对着我们。"

"我知道,我知道,"她说,"向来如此。"

"这幢房子在月桂叶庄园的正对面,是距离最近的住所。

"没错,这儿风景特别好,我心里一直很感激大人们哪。"

"外头垃圾泛滥,一场大灾祸正在酝酿之中。"

"没错,那些垃圾会兴风作浪的。不过……倘若你们已经把那个怪物送回去垃圾山的话……我相信你们已经都摆平了,真是能干的长官哪。哟,好一身肌肉!我相信垃圾山的风暴很快就会平静的。我什么也不知道,这同我没有半点关系。我只不过是一个糟老婆子而已,一个死了三个前夫的老寡妇,终日与那些小摆设为伴。那都是一些小纪念品,没有什么经济价值,只是在感情上难以割舍。"

"从来没见过垃圾山如此疯狂暴虐,而你的房子又离我们这么近。"

"大伙都老老实实地住在楼里,"她说,"所有人都由我监督着,个个安分守己。咱们这儿街道太平,邻里和谐。"

"不行。"

"不行?"

"这幢房子实在是太近了。"

"我的长官大人那,房子一直就在此地,怎么如今却冒犯到您了?"

"现在情况不同了,发生了一场可怕的大变故,现在有些人没有房子住了。而那些微不足道的小人物,比如你……"

"我记得我父亲很高大。"

"像你这样的小人物很可能要被踢到一边,这也是没办法的事情,从古至今向来如此。还有,外头的垃圾山城墙正在扭曲变形。"

"变形?"

"可能要倒了。"

"噢,我虚弱的心脏哟!"

"咱们脚下就是一块高地,是废尔沁地势最高的地方。"

"是吗?真的?没错,没错,不会错的,咱们就站在最高处。"

"在这种天气下,宏伟的废物庄园前途未卜,我们有必要将一部分人送到别处去安置。"

"噢,是吗?"

"送往一个安全的地方,想必你能够理解的。"

"理解?"

"他们得转移了。"

"转移?"

"整个家族都要到月桂叶庄园来。"

"到月桂叶庄园来?"

"还包括那些仆人们。"

"仆人也来?"

"其实他们已经到镇上了。"

"到废尔沁了?"

"准备住到这幢公寓楼里来。"

"可是……我没有房间啊。"

"这里有很多屋子。"

"屋子里都住满了付钱的租客啊。"

"他们得另找别处去住。"

"噢,嗯?"

"有问题吗?"

"那我自己呢?"

"也要走。"

"走?"

随之而来的便是一记惊声尖叫,犹如受伤的野兽那般,这是发自灵魂的声音。

"走?我不能走!这太狠了!"她呼喊道,"这是我的家!这些全部都是我的东西!我怎么能够撇下它们呢?不,不,这不可能!"

"从前这里的确是你的家,不过现在开始它被征用了。立刻带上能带的东西,然后离开这里。"

"不,不!"她高声尖叫,"不行!我的家!我的东西!这些统统都是我的!"

老寡妇在屋子里头来回打转,惊恐万分,最后被人一把抓住并拖了出去。可怜的老太婆哭天抢地,朝那几只架住她不放的粗壮胳膊乱抓乱挠,她嘴里喊着:"轻点!轻点!"这幅景象让人心生怜悯,我甚至有点蠢蠢欲动,想要出去搭救她。而正在此时,新住客走进了这间喧闹的屋子,我的所有希望随之统统破灭了。我认识这个新来的女人,对她的模样非常熟悉。那件束身衣,那种犀利的眼神,笑起来的时候一口败牙尽露无遗,凡此种种的印象我都记忆犹新。

她,便是皮戈特太太,废物庄园的女管家。

"这……"她说,"这就是我的办公室?"

"是的,皮戈特太太,等到废物庄园平安无事以后再说。"

"把这些难看的东西统统移走,全部扔到窗户外面去,这样快。艾尔蒙哲们,速速把活儿干完!"她喊道。于是,好几名女仆纷纷上前。我认得这些制服,我自己不也曾穿过吗?只听见皮戈特太太接着说:"我要在这里摆一张床,你们把这些垃圾统统弄走,一丁点也不要剩。快点干活,我们要把这个暂居地打理得井井有条。"

"遵命,皮戈特太太。"女仆们异口同声地说。随后她们将屋子里的窗户打开,让废尔沁的雾气吹进来。空气厚重得很,远处还传来垃圾山里那翻江倒海的声音。仆人们开始将怀廷太太的珍贵物件朝窗外扔,她们干得很卖力,将物品全都扔到了楼下的街面上。我听见叮叮当当的碎裂声,其中包括一个汤锅和一副蜡烛剪,即我亲爱的父亲母亲,他们也是这次鲁莽搬家的受害者,而我却不能大声疾呼去阻止。随后,我看清了女仆们的面孔,有不少人我还记忆犹新。我曾经和她们同住在一间宿舍里,跟她们讲述过我的故事。她们在我的印象中,一律都叫作艾尔蒙哲。

等一下,事实并不完全是这样,至少有一个人是有名字的,这一点让我印象很深。没错,就是那个红头发的家伙,就是玛丽·斯塔格斯。我唾弃她,真想将她从高处的窗户里扔出去。瞧啊,她扔起东西来可真是卖力。

"等一等!"皮戈特喊道,"别动那个东西。"她用手指着怀廷先生,然后接着说:"那或许有用。"

随后她马上就用起了老怀廷先生,那皮包骨头的手腕摇来摇去,屋子里女仆们都到她面前集合。

"亲爱的姑娘们,你们都听好了。此时此刻,奥马鲍尔·奥利弗老夫人正坐火车朝月桂叶庄园而来。佣人们费了好大劲把她那座大理石壁炉台连根拔起并装在车厢里。老夫人易怒易焦躁,从来没有在废物庄园外头待过一天,甚至未曾在卧室以外的地方居住过。她或许有些发脾气,我们必须让她放宽心,必须分担她的痛苦,必须对她照顾周到。好了,现在应该去接老夫人了,回头有的是时间来打理这个地方。我要你们每个人都干净整洁,一齐到火车站月台上排队欢迎她。艾尔蒙哲们,你们听清楚了没有?"

"遵命,皮戈特太太!"响亮的应答声在屋子里回荡,倘若公寓楼的天花板上悬有吊灯的话,估计也会随之晃动起来。

女仆们各自忙活起来,我盯着皮戈特那副丑恶的嘴脸。只见她一边端起一面小镜子照,一边剔着那副稀疏不整的坏牙。最后她将裙子外头的束身衣抚平,大踏步地走了出去,随手合上了身后的房门。

机不可失,失不再来。现在那些艾尔蒙哲人尚未发现我,应该趁机尽快逃离这幢房子,如今这里真的是一座死亡陷阱了。

我推开炉灶的小门,听到它咯吱咯吱作响,可是不知怎的却没有人过来查看。我走到房门边上,从钥匙孔里窥探出去。外头一个人也没有,不过楼下倒是有些动静,想必是仆人们正在准备赶往那座老旧的月桂叶庄园。我心想,在这恐怖离奇的经历开始之前,我自己也曾经到过那座庄园一次。好吧,先等她们一会儿,让这些女仆从楼道里通过再说。毫无疑问,斯特里奇手下的佣人们也已经悉数到达了。再等等,再等等,千万别把事情搞砸了。我一定要耐心,要竖起耳朵来听。安静了?没有动静了?嗯,确实没有了,他们已经统统下楼出去了。

于是我非常缓慢地打开房门,心想:加油,露西·佩纳特,准备出发。等一等,预备,预备。

我在楼梯平台上,起先空无一人,可后来门卫罗林出现在底楼。走在他前头的是斯特里奇先生,他的脚步异常沉重。旁边还跟着不少身穿皮衣的人,个个脸上都遮得严严实实。所有人都急匆匆地朝我这个方向而来。

此时我已经无路可走了,不能按老路回去,必须朝楼上走,去更高的地方,万不得已就只能到顶层的阁楼上去了。于是我一溜烟地朝上窜,生怕会撞见谁。一路上都没有人,可是忽然有一扇门打开了,布里吉斯先生在里头就是那个油头粉面的副管家。他将房门亮堂堂地敞开着,小心仔细地布置着一堆形似针垫的东西。

"布里吉斯!布里吉斯老伙计!"斯特里奇在楼下喊道。

布里吉斯吓了一跳,手上的针垫掉落到地上。当他弯腰去捡时,我迅速从他门前溜过,马不停蹄地朝楼上奔去。此时楼房里的人越来越多,环境也越来越嘈杂。楼下聚集了很多人,他们都朝上面走来,把楼道也挤满了。

此处的地毯是灰色的,与别处迥然不同,这是因为它覆盖着一层灰尘和泥土的关系。这里到处布满了蜘蛛网,遍地都是害虫的尸体。我继续朝上走,听见楼梯咯吱咯吱地作响。不行,我想到了,我不应该往顶楼走,母亲曾经告诉我不要上去。可是我现在不得不去,必须到那个黑暗的阁楼里。此时楼下变得越发嘈杂,而我眼前出现了一扇门,门上有一个把手。

我转动把手,原来门没有锁,但感觉有些僵硬,我一使劲儿,听见吱嘎吱嘎的碎裂声,似乎有哪些地方松动了。最后这扇门终于"举手投降",于是我进到阁楼里,随即关上了身后的门。

这个地方一团漆黑,伸手不见五指。

屋子里边空无一人,也没有人员到访的踪迹。

我想,我只能待在此处干等了。

此时我的脸颊感觉有一股凉气袭来。

"谁在那儿?"我问道。

屋子里没有应答。

我心想,大概没有人吧,只是自己吓唬自己而已。

可是……真的没人吗?

等等,等一下。露西,快跑,赶快离开这里,到楼下去。我要一边跑一边喊着逃离才是上策,去任何地方也比待在这里要强。我这辈子一直都惧怕这个地方,房间的气氛让人恐惧,令人讨厌,而且还有什么脏东西在里头,必定是一个非常龌龊的怪物。

那是什么?真的有东西在动。

我听到了,这回我真真切切地听到了,确实有东西在墙角里呼吸,一个令人毛骨悚然的家伙。这脏东西到底是什么?不论如何,反正不是什么善类。即便在皮戈特身上也有某些微小的闪光点,可是它却周身散发着罪恶的气息。噢,老天啊,屋子里有东西在呼吸!

"谁在那儿?"这回我问得非常小声。

此时的呼吸声更加真切了,的确有东西在喘气,而且还在黑暗之中游走移动,越发地靠近过来。

"我不会怕你的,来吧,尽管放马过来,我要好好地揍你一顿。"

那个家伙的脚步没有停歇,继续朝我这边过来。

不能就这样任由他吃了我,不能成为他的盘中餐。不,不行,等他张开獠牙时,我就狠狠地打过去。不管有没有用,我一样都要反击。我他妈的是露西·佩纳特，宁死也不会这样躲躲藏藏的了！

我深吸一口气，然后便冲向了对方，紧接着抡起拳头，重重地打在他的脑袋上。这真是漂亮的一击，将他彻底打倒在地。哈！露西，你真是了不得！实实在在地揍了他一拳，打败了这个凶险的恶魔。来呀，你这个黑不溜秋的东西，再来比试比试呀。我已经准备再战一回合，可是那个家伙却只是在墙角呻吟了一声。我心想：露西，踢它，踢它，再去踢它，直到它不出声为止。只听见它又呻吟了一声，接着居然开口说道：

"你是露西？"

"嗯？你说什么？"

"我说'露西'。"

"什么？再说一遍？"

"露西。"

"什么？什么？"

"露西！"

克劳德，原来是我亲爱的克劳德！

门卫罗林

⓳

噢，我的红发姑娘

克劳德·艾尔蒙哲继续自述

噢，我的红发姑娘

她重重地打在我脸上,我以为脑袋会像鸡蛋那样开花了。没错,她的确是打中了我。然而要不是这一击,我又怎么会知道那是露西呢？露西·佩纳特呀,这真是最值得的一顿揍。

"克劳德？你真是克劳德？"

"嗷!"

"克劳德,克劳德,说话呀,快说两句话呀。"

"疼死我了!"

"噢,克劳德,这一回……我又打了你,对吗？"

说完她便立刻笑了起来,眼睛里含着泪水。我和露西重逢了,这不是在做梦吧？这……可能吗？露西啊露西,我不敢相信自己的眼睛。她上前亲我,朝我脸颊上到处乱亲,甚至连刚才打到的地方也不例外。她的双唇不停地游走,最后找到了我的嘴。噢,老天爷。那是一股咸味,这的确是她那温暖的双唇,的确是她的味道。这我绝不会忘记,而现在它又重现了。我真是喜出望外,沉浸在欢乐之中,已经分不清东南西北,那股昔日的火花在我心中渐渐地重新燃起。

"露西?"

"是,是,是我。"

"我以为再也见不到你了。"

"要坚持信念啊,我这不是来了嘛。"

"而且……你不是一枚纽扣了。"

"嘿嘿,纽扣能做这个事吗?"她一边说,一边又亲吻起我来,"还有……这个?"

"我还是不敢相信,要不……你再做一次?"

"我先前的确变成了一枚纽扣,"她说,"而且就在不久之前,还差一点又变回了一枚纽扣。那个女人,就是那个艾达·克鲁科夏克斯,一心想要把我变回去。"

"露西,自从上次我俩碰面以后,我也变成物件过,当时化身为一枚半英镑金币。"我说。

"真的?"她笑了起来,"这倒是挺像你的。我变成了一枚土制的纽扣,而你则是一枚金币。对了,你的塞子在哪儿?"

"我把它弄丢了。你的火柴还在吗?"

"就在附近某个地方,这一点我敢肯定,因为我可以感觉到那个女人的存在,她离我非常近。或许可以这么说,她正在跟踪我。"

"这么说来,咱俩都会得重病了。"

"反正我不想再做一枚纽扣了,不能让她得逞,我要给她好看。"

"露西啊,我的露西·佩纳特。让我好好瞧瞧,瞧你那头火红火红的头发,还有那布满全身的斑点。"

"嗯,嗯,一块肉都没少!"

"我心甚慰。"

"你'甚慰'? 哟,我都差点忘了你是个上等人哪。"

"露西,听着,我有很多正事要办,非常棘手的大事。"

"克劳德,你知道咱们现在在哪儿吗?"

"嗯……在废尔沁……透过窗帘可以望见……外头就是月桂叶庄园。"

"那么我们脚下这块地方呢?说得出名字吗?"

"我不知道,大概是某个下三滥的角落吧。"

"仔细听好了,不然我要敲你另一边脑袋。嘿嘿,这里就是我的家,是我从小长大的地方。"

"是吗?有点古怪唉,我要出去瞅瞅,你能带路吗?"

"现在可不行,楼下有好多坏人,他们什么事情都做得出来。毫无疑问,他们肯定想要抓住咱俩。要是知道我们两个就待在楼上的话,他们估计会乐开了花。"

于是,我把自己在废尔沁逃难的经历和那一段与裁缝的邂逅统统告诉了她。不过最主要的还是月桂叶庄园里的那些勾当,我向她悉数透露了那些逼迫孩童呼气的事情。

"太荒唐了!我要杀了那些艾尔蒙哲!这么干是丧尽天良的!"

"我也是一个艾尔蒙哲,而且永远是一个艾尔蒙哲。"

"而我是佩纳特家的孩子,是家里最后一个活口。虽然我对你的出身无能为力,不过常言说得好,朋友是可以自己选择的。我选择了你,你就是我的朋友。嘿嘿,认命吧!克劳德,我一直都在找你,因为当时向你保证过,要和你永远在一起。克劳德·艾尔蒙哲,我是你的人了。你喜欢也好,嫌弃也罢,这都不要紧,反正你已经深深地刻在了我的心里,这一点不会改变。"

"露西,我必须彻底终结那些勾当。"

"不许丢下我,我不会让你去单打独斗。"

"这是艾尔蒙哲家的事。"

"你再说一句,我就要打你。"

"露西,见到你让我真的很开心,虽然吃了这么多苦,但是最终有你在身边。对了,你是什么时候恢复人形的?到底是怎么做到的?"

随后她便把所有的经历都一五一十地告诉了我,一直讲到刚才开门揍我那件事为止。可是在这一番话里蕴含着一件非常糟糕的事情,一段令我伤心欲绝的插曲。我心想,有了这么一件事情,我俩再也无法回到从前了。

"你吻了他?"我问道。

"呃……其实是他主动的,"她说,"我只是呆呆地站在那儿。"

"可是你没有推开他。"

"这个……"她说,"的确没有。"

"噢。"

"别这样,克劳德,别不说话。你一直是个话痨,从来都是说个不停的。"

可是此时我已经不想再说什么了。我的心正在枯萎,它似乎越来越小,越来越僵硬。

"克劳德,那个吻代表不了什么,啥也不算的。"

我的心越来越冷了。

"克劳德,说话呀。"

"你爱他吗?"

"克劳德!你……"

"如果你真的爱他……那么我是不会阻拦的。"

"你真是一个傻孩子!"

"没错,没错,看来我是很傻。"

"亲爱的克劳德,我真不该把这件事情告诉你,我只是不想有东西瞒着你……克劳德,克劳德!"

"我要走了,"我起身说,"我还有事情要做。"

"克劳德!"

"那是什么?"

顿时我俩都不作声,一同听着外面的动静,楼下走道里有人来了。

这些小家伙

不管楼下那个人是谁,他此时正慢悠悠地朝阁楼上头走来;不管那个人是谁,他的脚步依旧如故,丝毫没有停下来的意思。我和露西一动不动,只听见有一个破锣嗓子在静静地歌唱:

> 我挑呀挑!我捡呀捡!
> 爷爷我走到天际边!
> 我挑呀挑!我捡呀捡!
> 来听你爷爷唱一遍!

歌声停了一停,而后又继续下去:

> 我挑呀挑!我捡呀捡!
> 爷爷来跟你见个面!
> 我挑呀挑!我捡呀捡!
> 爷爷我就在你眼前!在你眼前!呜!

"谁在那儿?"那个人在门外问道。"到底是谁在那儿?我知道有人在,刚才我听到影影绰绰的声音了。这个地方从来没有说话的声音,偏偏今天被我听见了。你是不是新来的仆人?没关系,不要害怕,没有什么好害怕的。是我,是门卫罗林。老子现在要开门了,我要进来咯。"

只听见门把手转动了起来,房门被推开了。外头出现了一个黑影,在半明半暗的环境下跌跌撞撞地走了进来。

"谁在那儿?"他喊道,"请你出来吧,咱俩见见面。"

我竖起耳朵仔细地去听他体内的声音,可是什么动静也没有。这个人的身体里面没有一丁点噪音,没有一丝一毫的回响声,连那种物件的窃窃私语也没有。他就是一副空壳子,没有任何东西困在里头。

"谁在那儿?"他又喊了一声,然而此次的语气稍显急促了些,似乎有几分害怕了。"我知道你在屋子里,快点出来,我保证不会发脾气的。"

阁楼里的物件们纷纷远离那个家伙,一个个溜得远远的。

想当初在废物庄园楼顶的烟囱"森林"里,那个集合体一边追赶我,一边发出剧烈的声响,那声音几乎盖过了垃圾山的喧闹声。而此时此刻的情形却恰好相反,这个人非常安静,没有任何声音从体内传出,如此的空洞简直平生未见。

"赶快走出来,让我瞧一瞧。"

说完他便缓慢地朝露西靠近过去。不行,我不能让这个无声的家伙碰她。

"你不是人。"我说。

"是谁在说话?"那个外表人形的罗林大声喊道,并转身朝向我这一边,"现在就给我出来,立刻滚出来。哼哼,我知道你在哪个墙角里头。"

"你不是人,对不对?"我说。

"证件,我要看证件。"

"那么你自己的证件呢?"我说,"不管你叫什么名字,统统都是编造出来的,你是个冒牌货。"

"我不是,"这回他被我彻底惹毛了,怒火中烧,犹如被锐器刺痛一般,"我现在就给你点颜色瞧瞧,让你看看我是'真老虎'还是'纸老虎'!来,快出来,你这个不要脸的家伙!"

"罗林先生,你谁也不是。"这一次开口反驳的是露西,她在屋子另一侧附和起我来。只见罗林原地乱转,露西接着说:"你根本就不是人。"

"原来这里有两个人!"

"我在这儿。"我说。

"我在这儿。"露西说。

"我在这儿。"我又说。

"我在这儿。"露西又说。

这时他的手触摸到了露西,并紧紧地掐住了她。

"哼,瞧瞧,我逮着了一个。"

于是我冲上前去,借助昏暗的光线,伸手去寻找罗林外套上的纽扣。我摸到了一颗,随后又是一颗,最后我铆足力气扯开了那几颗扣子。

"哎哟!"他大喊一声,"怎么回事?你在干什么?"

他晃了晃身子,顺手打了我一拳。他出手很重,疼死我了。

"露西,"我一边说,一边希望自己没事,"听我说,我已经解开了他衣服上两粒纽扣,你必须接着撕开衣服。这个人是假的,是垃圾做成的,只不过外表是人的模样而已。露西,你快去摸那些缝线的地方。"

此时罗林显露出狰狞的面目,一步一步向露西逼近过去。他两眼直直地盯着露西的脸颊,下巴猛烈地一张一合,犹如恶狗一般。

于是我向屋子里的物件们求救,希望那个破鼓风袋、老画框,以及婴儿床可以帮我一把。

"宾利·奥福德、海伦、贝利太太、劳驾你们帮个忙。还有你,汤姆·戈德史密斯。没错,我听见你了,你就是摆在那儿的一张藤椅。我乞求你们,请快去揍那个家伙,撕开他的衣服,将他体内的东西全部拉扯出来。"

可是没有一个物件愿意挺身而出,屋子里悄然无声,只有露西在不停挣扎。

"我现在命令你们去攻击他!"于是我大声咆哮了起来。

"克劳德!"露西拼命呼喊着。

"混蛋!"门卫大声呵斥。

"给我上啊!"我声嘶力竭地喊道。

这一回,物件们统统猛扑过去,犹如暴风骤雨一般密集。

"露西,趴下,趴下!"

椅子从门卫的身后偷袭过去,像踢一匹马那样撞他。亲爱的藤椅汤姆·戈德史密斯其实没有坐面,这使得门卫一屁股陷在了里头。接着是那个老旧的婴儿床,只见它从墙角里飞出,重重地撞在门卫的脑门上。婴儿床来回击打,门卫的脑袋前后摇晃,脸部已经被揍得变形,模样十分恐怖。这种强度的攻击足以制服任何一个正常人,可是他依旧站立在那儿,且开始恢复原形。

"哎哟!"他大喊道,"你们在干什么?这是犯法的,犯法的!"

此时,鼓风袋宾利·奥福德像一只信天翁那样俯冲下来,直直地插入门卫的肚子里,刺出了一个大洞,随后又再度爬升,盘旋片刻之后准备故伎重演。

一旦身上捅出了窟窿,后面的事情就好办了。我冲上前去抓住洞口,撕开了一条硕大的裂缝,这种感觉就像有人将天空扯出了裂痕一般。

"怎么了?"他惊讶地说,"你……对我做了什么?"

我拉开窗帘,让外面的光线照射进来。只见屋子正中央坐着罗林,旁边的露西满脸惊恐,朝后退却。那个人的衬衫上有一个大窟窿,小石子、碎玻璃、沙土统统倾泻到地板上,他并不是人类。

当垃圾纷纷掉落的时候,罗林说:"你们不能这么做。"随后伸出双手竭力盖住伤口,沾了不少污秽在手上,不过垃圾还是继续往下掉。

"你谁也不是。"我尽量按捺住情绪,心平气和地对他说。

"我是罗林。"他说。可是,即便他嘴里还在不停地说,但脑袋已经开始逐渐瘪下去了,就像是一只正在漏气的袋子。

"你不是一个活人,"我说,"我很遗憾。"

"噢……"他(或者应该讲是"它")喃喃自语地说。

"噢……噢……噢,我也不明白。"它费力地说。

此时它的躯干也倒下了,这副破旧的皮囊正在倾倒干净。一股浓烈的恶臭袭来,接着便蹿出了一缕黑烟,升腾到阁楼的天花板上,渐渐淡去。这不是一个人,我们怎么会始终被蒙在鼓里呢?它终于停止了,化为了一堆瘪下去的垃圾,就像是炸掉了一样。

"刚才是怎么回事?"露西问道。

"那只不过是将垃圾杂糅在一起,然后缝合起来,再输入一点能量而已,"我说,"它体内没有丝毫动静,听不出任何响声来,这是一种非常可怕的寂静。"

我俩低下头,注视着这堆离奇的混合物,那原本是门卫罗林,现在他的皮衣彻底空掉了。

"克劳德,你怎么能够让那些物件运动起来呢?你是如何做到的?"

"噢,对了,我差点给忘了。汤姆、宾利、贝利太太、海伦,你们去吧,快走吧,爬上烟囱,离开这个阁楼,去找一个新家。我谢谢你们了,衷心感谢。"

有几样物件跌跌撞撞地从楼梯蹿了下去,而那只鼓风袋则索性破窗而出。

"真是厉害啊,"露西说,"好大的本领!克劳德,我的小克劳德,你真了不起,真能干!"她一边说,一边打量着我,眼神里似乎略带几分震惊和困惑。

"算是吧,"过了一会儿我说,"我觉得自己干得还不错。"

"像这样撕开他,你胆子还真大。"

"露西,他体内鸦雀无声。"

"这种事情……不会搞错吧?不然的话就会撕开一个真……一个并非泥土捏成的人。"

"不会的,我绝对不会搞错的。"

"克劳德?"

"怎么了,露西?"

"嗯……克劳德……"

"什么事?"

"对不起,克劳德。不管那件傻事代表了什么,我依旧唯你一个……听我说,克劳德,那个吻什么也不算,毫无意义。你真该亲眼看看那个可怜的怪物,他正当落难之时。我不知道他此时此刻身在何方,也不知道他是否平安无事,想必是返回垃圾山了吧。当然啦,前提是他自己愿意回去。虽然这是一个五大三粗的家伙,但是他的确非常无助。或许你和我两个人可以携起手来帮他一把。嗯,咱们应该去帮助他,这样一来你也就可以见见他了,也就会理解我了。"

"露西,"我说,"我的责任要求我必须前往月桂叶庄园。"

"我们相依为命,可以互相照应,对不对?"

"我必须去阻止外公。"

"好吧,那我跟你一起去。"

"这是艾尔蒙哲的家务事。"

"是吗?真的是家务事?我看未必,那庄园大门里头还有我的火柴,我要把它拿回来。所以说,咱俩其实是同路的。"

"反正这个世界很自由,爱上哪儿上哪儿。"

"倒也没那么自由。"

"重要的是……"我说,"世界原本应该是自由的。"

"克劳德,说不定我还需你的顺风耳来帮我找火柴,或许你到时候就会答应我了,搞不好还会请我吃饭哪。"

"露西,我能够听出每一个人体内的声音,"我说,"当那个人将要变形时,那种声音就越发响亮,到最后几乎是刺耳的声响。物件似乎在大声地呼喊着,虽然讲的不是英语,但我好像还是能够听得出来。这种声音会越变越响,气势也越来越强,随后整个人便急速转动起来,直到最后彻底变形。我觉得,一旦过了某个临界点,变化就是无法阻止的。"

"克劳德,我体内有声音吗?"她一边说一边朝我靠近过来,"你听到了吗?没有刺耳的声音吧,对不对?"

"没有,没有,现在还没有。"

"你真是一个稀奇古怪的家伙唉。"她说,并进一步贴近我。

"我非常遗憾。"

"那不是你的错。"

"你真贴心。"

"见到你我很高兴。"

"嗯,"我说,"我也是,别提有多开心了。"

她张开双臂,于是我跨步上前。我俩紧紧地相拥在一起,准备齐心协力对付周围一切想要摧毁我们的力量。

"你听见什么了?"她问道。

"我听到'土制纽扣'这四个字,"我说,"它们与你的心跳很合拍。"

高贵的神授君主维多利亚女王

⑳

疏散令

就伦敦市弗里沁翰镇相关事宜的官方最终决议高度机密

伦敦大英帝国议会

今日,即公元1876年1月26日,帝国议会就首都伦敦辖下弗里沁翰市镇之相关事宜进行商议讨论。经大会表决,一致同意将该地区认定为疫情高发危险区,并确信其已对国民健康构成严重威胁。

该地区弥漫有毒气体,每日皆有致人死亡之报道。垃圾污秽堆积如山,已严重威胁伦敦之安危。邻镇朗伯斯地区已有212名养老金领取者出现身体僵硬、脸色无光之症状,并在自己家中亡故。儿童佝偻病早期发病病例在全城陡增,矽肺病例亦呈上升趋势;霍乱感染(通常被称作为"蓝病")早年在约瑟夫·威廉·巴泽尔杰特的不懈努力下已被根绝,然而如今却又死灰复燃。大风每日将弗里沁翰污染物吹至伦敦市区,浓密的恶臭空气已在北至海格特、东抵伦敦东区的广大范围内形成常态。肮脏的空气正在毒害公民身体健康,导致国民人口减少。有证据表明,由于该股恶臭空气的关系,考文特花园市场上售卖的牛奶在运入半小时之内即会腐败变质。

鉴于此情,议会进行了激烈讨论,并向卫生部门官员寻求了应对良策,同时又充分考虑了废物处理的相关程序。大会最终决定,永久取消原先授予艾尔蒙哲家族在弗里沁翰地区收集伦敦废弃物的经营执照,自本决议通过之日起立即生效。此外,艾尔蒙哲家族不再享有对伦敦流放犯的监管权力。弗里沁翰镇系恐怖危险之地,以脏乱差、风气败坏,以及凶杀案频发闻名。大会认为确有必要将其从伦敦版图上抹去。大会亦有理由认为,对于此等持续传播疾病的疫区,已无清洁消毒与复归平静之可能。因此,考虑到皇城伦敦之安全需要,必须以最为彻底的方式来移除、摧毁、推平、抹去弗里沁翰地区。由此造成的(前)弗里沁翰居民人员与财产损失系在所难免,大会对此表示深切遗憾。

本决议于今日表决通过并签字生效。同时大会郑重声明,必须以最为迅速、彻底和决绝的方式焚毁弗里沁翰,直到火焰将该地顽固的病菌统统消灭为止,彻底杜绝其再度滋生的可能性。

有关各方应火速贯彻实施本决议,务必满足以上所有要求。(前期工作已于本决议通过之前悉数准备就绪)

本决议即刻生效。

大不列颠及爱尔兰联合王国神授君主、真理之守护者、印度女王维多利亚。

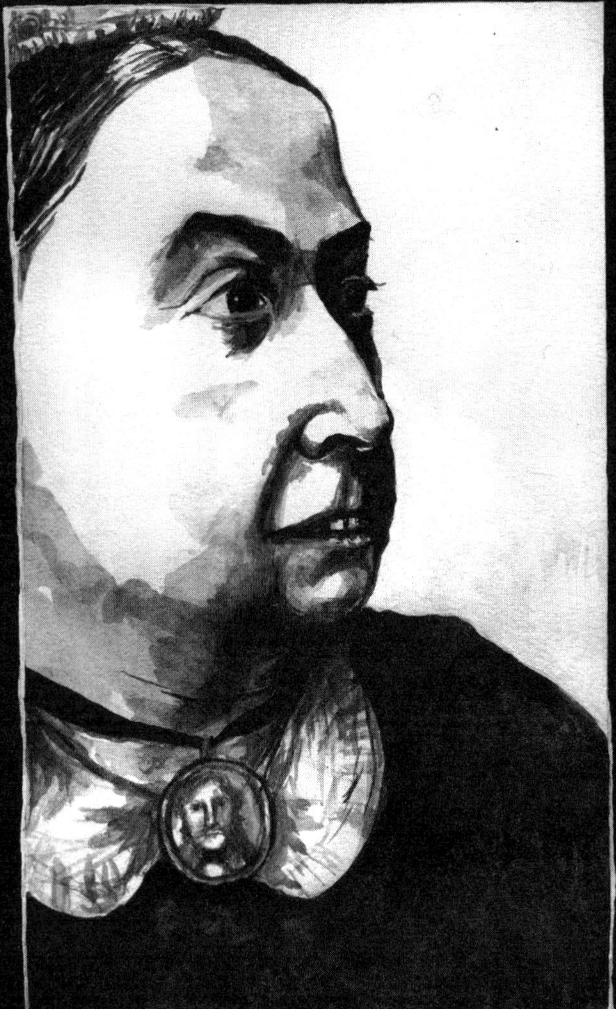

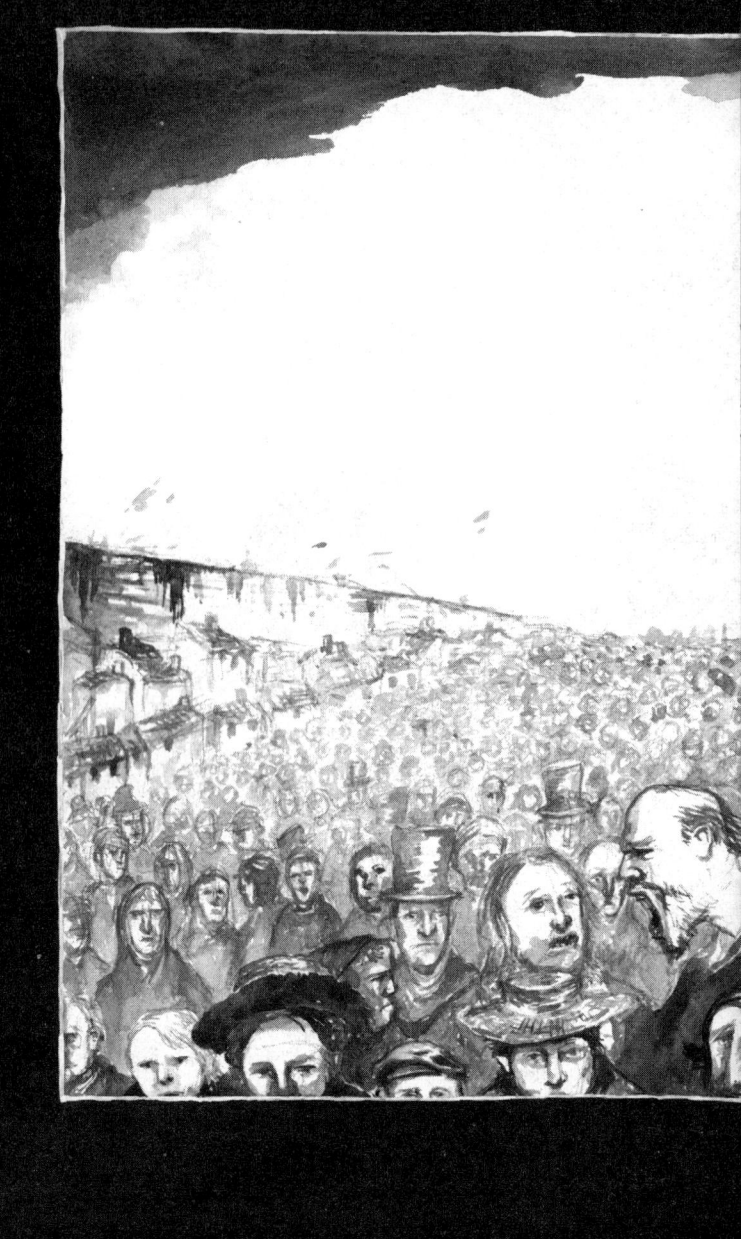

废尔沁的百姓们

21

前往庄园大门

露西·佩纳特继续自述

门卫罗林的身体被撕开了,体内的垃圾纷纷掉落在阁楼的地板上。自从我目睹了这一幕以后,我就管那些假人叫"皮衣人";自从我目睹了这一幕以后,便认清了那些家伙的真面目——应该说是那些皮衣人的真面目。

克劳德告诉我,在整个废尔沁地区散布着好几百个皮衣人。我不知道这话是真是假,不过罗林看起来的确惟妙惟肖。当你环顾四周,谁知道哪个是真人,哪个是假人呢?说不定有许多老相识经过你仔细辨认以后,会发现他们恰恰是由垃圾和锯末填充而成的;而有些一贯盛气凌人的家伙,或许他们也正好是彻头彻尾的"铁架子",因而商量和请求对他们而言都是没有的。这么说来……有谁知道哪个是真人,哪个是假人呢?

只有克劳德知道。他这个人很有灵性,能够指挥物件来回移动。我不禁有疑问,一个人怎么会有这种能力呢?克劳德到底算一个什么样的人物?他是物件们的统领?克劳德看上去愈发虚弱了,这么重的担子会把他吓出毛病的。唉,我真不该把接吻的事情告诉他,不如一直瞒着更好,我真蠢。可是,天底下所有人当中,我唯独想让他了解我的一切。克劳德顶着一颗大大的脑袋,长了一副忧郁的眼神,如今没有塞子在他身旁,显得比原先更加瘦弱了。他的皮肤如此白皙,犹如一张纸片,我要在他身上亲一个遍。我怎么也想不通,在茫茫人海之中,为什么偏偏会是他?倘若你不认识克劳德的话,或许会认为他身上并无多少引人注目的闪光点。

其实他就是他,模样长得如何并不重要。我的克劳德啊,我朝思暮想的克劳德,他正在和整个世界对抗。现如今,我离开他便感觉不行了,什么事情也做不了。我要将他守在自己身旁。这种感觉前所未有,我要用自己的全部去爱他的全部。这份情谊坚如磐石,异常牢固。那么……究竟有多牢固呢? 有人正设法要切断它,我不能让他们得逞。

我伸出脚,朝地上的那堆"罗林"戳了戳。

"克劳德,看来他已经没什么危害了,对吧?"

"嗯,没事了,露西,一点危害都没有了。"

"他好像不知道自己是由什么东西变成的。"

"我觉得也是这样,那些假人统统不明白真相。按照瑞皮特的说法,他们总共好几百个,散布在各处,全部都是爷爷的牵线木偶。"

"他这么一个老头,要这些木偶干什么? 当玩具吗?"

"他正在组建一支大军,"克劳德说,"是裁缝亲口告诉我的,爷爷要拉起一支队伍,然后攻占伦敦城。"

"大军"这个词再次出现了,它让我心里十分难受。

"我们也要召集一支队伍。"我说。

"露西,我们应该怎么做呢?"

"要是我们不站起来反抗的话,"我说,"这个世道将不会有改观。人们在那些阁楼小屋里畏畏缩缩地过日子,直到生命的最后一刻。每个人都躲在阴暗的角落里,被恩贝特和他的同党们各个击破。有多少人就这样坐以待毙,任由饿肚子、卖孩子这些事情降临到自己头上? 不能再这样下去了,我们要挺直腰杆,奋起反抗。我们要自发组织一支队伍,要走街串巷,挨家挨户地争取乡亲们加入进来,让大伙一起并肩作战。我们要给艾尔蒙哲家族一点颜色看看。我们每反抗一次,就是一次胜利。倘若队伍足够庞大,而且坚持抗争的话,他们就会被我们打倒。我们的人数比他们多得多,只要每个人都能挺起胸膛说'不',那么我们就可以打疼他们,进而摧毁他们,你说对不对? 我们他妈的就这么干,就是要给他们一点颜色瞧瞧!"我大声喊道,情绪很高涨,好像自己站在讲台上慷慨陈词一样。可是此处只有我和克劳德,无非是两个待在阁楼里的小孩子而已。认识到这个现实让我感觉有点泄气。"嗯,这差不多就是我的想法。"我补充了一句。

"好,"克劳德温和地说,"很好,我也是这么想的。"

"你也这么想?"

"没错,露西,我不怕死。我把心底里的话告诉你吧,当我化身一枚钱币的时候,那时什么也做不了,只能被人拿来拿去。我心里害怕极了,不知道自己身在何处。如今我又回来了,并且认清了外公的真面目,知道了他的所作所为,我要想尽一切办法去阻止他。"

"那么说来,咱俩都不在乎生死?"

"对,咱俩都不在乎。"

"如果他们要杀了我们,那么就请便吧。"

"嗯,他们确实干得出来。"

"克劳德,上次是你带我参观废物庄园,而现在咱俩到了我的地盘,踏进了属于我的地方。这里比不上你家那么阔气,但也是清清白白的,在你们家迁入此地之前,这里早就已经住满了善良的人们。他们都是普普通通的人,无论如何也不会去加害别人,至少大多数是这样。如果在这幢房子里仍然有熟人居住的话,我们一定能把他们找出来。另外,我还要到学校去走一趟,把小伙伴们统统叫上。"

"露西,我非常喜欢这个拉队伍的好点子,听起来确实不赖。在我认识的所有人当中,我觉得唯独你最合适干这个。可是这项工作需要花些工夫,或许我们已经没有那么多时间了。要不这样,你去找你的朋友,而我则赶往月桂叶庄园。"

"那么……"我生怕和他分开,"那么我跟你一起去……"

"要是你能找到小伙伴们,想必他们会助你一臂之力的,我觉得那样是最理想的一种局面。"

"你真这么觉得?那样真的最好?"

"露西,要是我能够接近外公并设法拿到他那个私人痰盂就好了。那个痰盂叫杰克·派克,我曾经听到它自己是这么呼喊的。我要得到它,把它从外公身边偷走。要是我可以劝外公罢手不干,那该有多好,或许……或许我不得不杀了他。或许我应该召唤起庄园里的所有物件,让它们都围聚到我身边,然后……好了,多说无益,我们必须行动起来。"

"克劳德,你……你真的会那么做吗?"

"你也知道,既然我是一个艾尔蒙哲,那么就很自然地能够靠近那些人,他们应该会让我进入庄园的,这是理所当然的事。他们尚不知道我具有召唤物件的能力,说不定我还可以利用这一点来做些什么。好了,不想了,最好还是别考虑太多,现在就赶快到庄园去。露西,请带我下楼吧,领我离开这个地方。你先把我送到庄园大门口,然后再去寻找你的朋友。"

我对他这番话没有回应,因为我知道,只要自己一开口,眼泪就会止不住地往下流。不行,我不能这样,毕竟已经不是襁褓里的小孩子。待会儿等克劳德远离了视线之后,我有的是时间痛痛快快地哭一场。

外头空无一人,于是我们二话不说,立即夺门而出。楼里的大多数人已经前往月桂叶庄园,我们听到火车正在靠站,那个糟老婆子到了。一想到她就让我泛起一阵恶心。火车拉起了刺耳的汽笛声,想必她已经到了镇上。

透过楼下的窗户,我看见房子外头有好多人跑来跑去,门前还摆放了不少板条箱。那些艾尔蒙哲人犹如一只只忙碌的蚂蚁,全是一副心急火燎的模样。

我们往下走了一层,还有两层要走。转角平台上有一个破旧的婴儿床,它旁边有一张藤椅。我们稳步地前进,沿途没有听到任何人的动静,甚至连克劳德也没有听出来什么异样情况。这便铁定是安全了,因为他的耳朵能够听出人们体内隐藏的声音,没有谁的双耳能够与他的相提并论,仔细想来还真是有些不可思议哩。我们继续在这条"小径"上悄悄地挪着步子,只听见一阵响亮的喇叭声传来,而且持续的时间很长,听上去像是哀号一般。我知道这代表了什么,立刻停下了脚步。早在孩提时代我就听过这种声音,当时城墙的大门被冲垮了,有五十个人被垃圾形成的巨浪砸死或淹死。

我向来不喜欢听到这种喇叭声,哪怕仅仅是演习而已,哪怕只是为了确认一下所有喇叭依旧运作正常。刚才那个声响便是由"洪水"警报大喇叭发出来的,这是城墙上最为强劲的警报喇叭之一。当官兵们把这家伙摆放出来的时候,那就意味着大难临头了,所有人必须从相应的地方撤离。然而这一回别的喇叭也纷纷鸣响起来,一个接着一个,全部加入到警报的队伍当中。喇叭声围绕着城墙此起彼伏,不绝于耳。我估摸着,此时此刻或许城墙上的所有喇叭都拉响了。

"露西,那是什么?你的脸色怎么变成这样?"

"那是城墙上传来的声音,警报喇叭都拉响了。我从来没有听到过如此多的警报同时拉响。看来城墙要倒塌了,不是其一处墙体,而是全部。噢,本尼迪克特一定还在外头,那些当兵的没有把他送回去。"

"露西,如果城墙真的塌了,那么接下来会发生什么呢?"

"小笨蛋,你说呢?当然是要发大水啦。那些垃圾形成的洪流会一股脑地倾泻下来,淹没掉整块区域,成百上千的人都会淹死!"

"难道就没有哪一处是安全的吗?"

"咱们这里就是一块高地,乡亲们都会涌过来的。不过这里只是相对而言,并不能保证绝对平安无事。倘若城墙果真倒塌了的话,那么没有一块地方可以称得上是绝对安全的。"

"乡亲们都会来?每一个人都到这儿?"

"是的,克劳德。估计他们很快就要来了,随时会到。所有居民都会围聚到我们身边,这个地方马上就会人满为患。"

"露西,如果是那样的话,我就听不清任何声音,彻底成了聋子,这比当初废物庄园的暴风雨还要糟糕一千倍。我将无法听出物件的名字,一旦不知道它们的名字,我就无法指挥它们。"

"那么你最好紧紧地跟着我,咱俩形影不离,你说呢?"

"不过……从某种角度上说,这或许也是一条好消息。"

"有什么好的?"

"等到这里乱成一片时,我就可以趁机浑水摸鱼,想办法找到外公了。"

"克劳德啊克劳德,你真有那么傻?"

"没错,我就是有那么傻。"

此时外面的世界安静了下来,定格在那段长警报以及随后将至的喧闹之间,就像人们在潜水或高喊之前都会吸口气一样。这片刻的安宁虽然短暂,却暗藏着凶险。它稍纵即逝,稍纵即逝……

远处传来了一阵轻柔的嗡嗡声,犹如一只昆虫在四周飞舞。不过,这只寒冬季节的昆虫并非在屋里飞来飞去,也没有撞得窗玻璃噼噼啪啪地乱响。原来它在外头,而且这低沉的鸣响也不甘于停留在一个单调的音符上。它越来越响亮,直到最后可以分辨出那到底是什么。原来是远处人群的喧嚣嘈杂声,百姓们个个惊慌失措,除了大声呼喊之外,不知如何是好。所有人不约而同地在惊恐中咆哮着。这是一个人数众多的庞大集会。从前我听说过各式各样的集会,比如喋喋不休的乌鸦、唧唧喳喳的海鸥、调皮捣蛋的老鼠、欲壑难填的艾尔蒙哲人,而如今又多了一种新花样:惊慌失措的百姓。

"镇上的人都来了?"克劳德说。

"嗯,一整支大部队唷。"我说。

"你没办法安抚他们,对不对?这群人全都慌了神。"

"或许吧,"我说,"或许确实是这样。"

"等等,谁在那儿?"

此时有些人从楼梯下面奔我们而来,总共有三个,全都穿着皮衣,戴着帽子,而且身材都很魁梧,一看就是当差的。于是我转头看着克劳德。

"露西,"他小声说道,"现在周围安静得很,除了纽扣的声音之外,什么也没有。他们跟罗林一样,都是假人。"

"你们在这里干吗?这个地方已经被征用了!"

"征用?"我说,"反正没人告诉过我们。"

"你们不可以待在这个地方!"

"为什么?是谁说的?"我问道。

"恩贝特老爷说的。"

"这是我的家,是我出生的地方。"

"这里被接管了,被我们征用了。"

"真的?"

"千真万确!"皮衣人说。

"你们听到外面的动静没有?"我问道,"就是那个越来越响的隆隆声?"

"我们都听见了。"那几个人说。

"你们知道那是怎么回事吗?"我问道。

"是垃圾山在作怪,"他们说,"它发怒了。"

"不,"我说,"根本就不是垃圾山在发脾气,而是来自废尔沁本地的声响,是所有居民聚集起来的吵闹声。你们知道老百姓要干什么吗?他们都准备赶到这个地方来,每个人心里都憋着一团火,都急切地想要闯进来,想住到这幢坐落在高地上的房子里头。我估计他们肯定会破门而入的。"

尽管我说得不够好,但至少迈开了反抗的第一步,权且当作是一次演习吧。那几个傻头傻脑的皮衣假人面面相觑,随后便急匆匆地下楼去看个究竟了,嘴里还不停地嘀咕着。

用不了多久,这些老房子周围会变得人山人海,各种杂声如山崩地裂般一股脑儿地灌入我的耳朵,让我的耳朵难以忍受,天知道它们对于克劳德的耳朵来说将意味着怎样的灾难。后来,我俩也跟着皮衣人一起下楼去了。

"你们去哪儿?"皮衣人问道。

"出去,"我说,"你们刚才不是说我俩不能待在这里吗?"

"没错,很好,快离开这儿。"

"祝你们……有个好运气，"我说，"你们马上就会用得着的。"

"快瞧，那人怎么了？他好像要不太对劲。"

可怜的克劳德脸色煞白，浑身直打哆嗦，想必是那些吵闹声在他脑子里轰鸣了起来，似乎全世界的人都在耳蜗里大声尖叫。更糟糕的是，不光是那些人自己在喊，就连他们体内也有声音在呼叫，所有这些声响全部汇聚到一起，犹如翻江倒海一般。这样下去可不行，他很快就会被逼疯的。趁他脑子还没彻底混乱，我必须将他带入庄园里头去。

"他没事，"我对那几个皮衣人说，"只是比较敏感而已。他弱不禁风的，比不上你们几个。"

"快走。"有一名皮衣人说，只见他脸上写满了惊恐的表情。其实也不能怪他，乡亲们已经纷纷爬上了小山坡，随时就会到达这里。我可不想夹在同胞们和那些假人中间，我才不会赏他们这个脸哪。

于是我挽着克劳德继续走。

克劳德看着我，用手指了指自己的耳朵，并摇晃起脑袋来。

于是我向他点头示意。

好吧，无需多言，那座矗立在山坡上的庄园便是我们的目的地。庄园上的烟囱依旧排放着烟雾，它黑暗无比，营造了一种冰冷凄凉的气氛。我们还是快快赶路吧，身后的喧闹声正在步步紧逼。

于是我拉着克劳德往山顶上爬，一起走向那扇庄园大门。

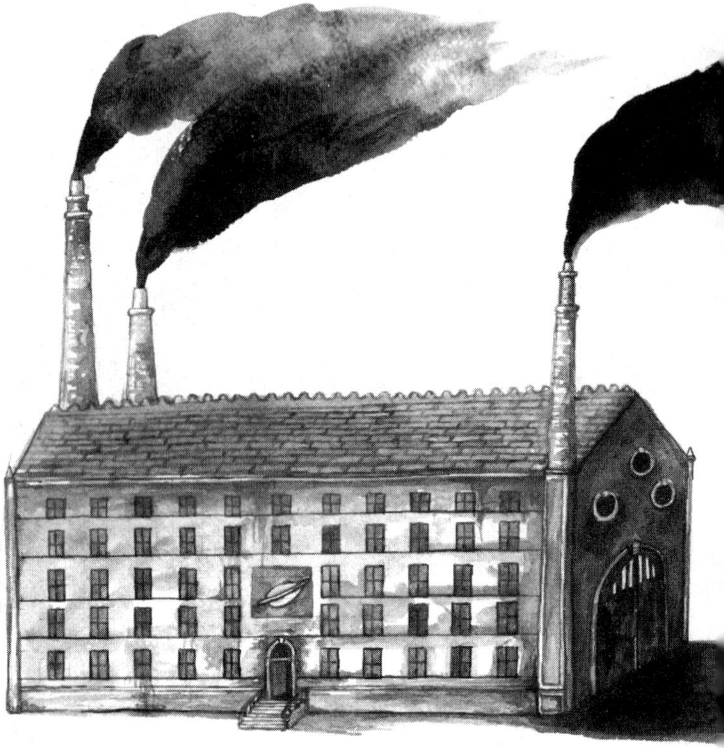

第三部分
月桂叶庄园工厂

最高指挥官穆克斯·艾尔蒙哲
和他的面包架子

㉒

门前

露西·佩纳特继续自述

哨兵在给大门上锁,正准备关闭庄园工厂。

"让我们进去,"我说,"必须让我俩进去。"

"严禁入内!"哨兵说,"上头下了死命令。"

"难道你没听见警报声吗?"

"我听见了。"

"你知道那是什么意思吗?"

"洪水可能要来了。"

"没错,很多人都会淹死的。"

"我无能为力。"

"你会害死老百姓的。"

"但是我有令在身。"

"听着,趁大伙还没来,你就让我俩进去吧,好不好? 你也瞧见了,我朋友现在情况不太好。"

"不行,"他说,"这办不到。"

"我这里有些银钱。"我说。

"我不想再跟你说下去了,赶快走开。"

"你现在不是正同我说话吗? 不放我们进去,我就跟你没完。听着,他是一个艾尔蒙哲,一个血统纯正的艾尔蒙哲,他应该到大门里头去。"

"谁也不准进入此门,没有例外。"

"他是克劳德·艾尔蒙哲。"

"我才不管他是谁。"

"他必须进去!"

"没有人可以从这里通过!"

他站在大门后头不再说话,而此时其他守卫也纷纷赶来,一下子多出了十几二十个艾尔蒙哲卫兵。他们一涌而出,制服上绣着月桂叶图案,领头的队长戴了一顶铜头盔,看上去心高气傲的样子,十分自以为是。接着我注意到他胸前配有一枚勋章,看起来似乎有点眼熟。对了,我认识这个人,他就是克劳德的堂哥穆克斯·艾尔蒙哲,特米斯就是因为他而淹死的。于是我推了推克劳德,心想,现在该怎么办?应当如何是好?我看到穆克斯身后站着罗兰·柯里斯,这个出生信物如今已经变为人形,像拴着的狗那样如影随形地跟在穆克斯后头。然而只要有机会,他一定会站在我们这边。

在我们两个人身后,第一波居民已经赶上来了,他们身着破布或烂皮革,携带着自己的财物。行李实在没多少,都是一些带得上的东西,或许也是他们仅有的财产。孩子们有的坐在大人的肩膀上,有的则跟老人一起坐在推车里。乡亲们个个焦虑万分,又饥又渴,脸上写满了绝望的表情,统统朝着坡顶的庄园大门而来。警报声一再响起,城墙倒塌的恐惧笼罩在每个人的心头。一旦城墙"决堤",大伙都要同归于尽。

现在我已无需再同哨兵多费口舌了,因为我们两人就站在大门口,必定可以率先冲过去。只要不放弃,就不可能落到后头去。我已经遥遥领先于众人,扎扎实实地站在脚下这块土地上。可怜的克劳德此时已吓得灵魂出窍,样子极度沮丧,浑身抖抖索索,所有人的吵闹声都灌入了他的耳朵里。不行,不能长久这样下去。此时,越来越多的人蜂拥而至,庄园大门口已是人山人海,废尔沁所有的父老乡亲都聚集到了这里。只见穆克斯大步上前,扯着嗓子喊道:

"请你们马上解散,集会是犯法的,这里是私人领地。"

"你难道没听见警报?"有人喊道。

"不会有危险的,没有什么可警报的。现在就请你们离开,各自回家去吧。"

"难道你真的没听见?"另一个人喊道,"那些喇叭统统都在响!"

"城墙固若金汤,"穆克斯脸色煞白,"没有任何东西可以冲破坚固的垃圾山城墙,大家不会有事的。回家吧,都请回家吧,必定平安无事。我的外公——恩贝特老爷已经向各位保证了,城墙不会有闪失。快回去,不用担心。"

这番话把很多人镇住了,有些人开始互相讨论起来,他们以为事情还不至于那么糟,回家也不会有事。

"来,走起来,现在就走起来,"穆克斯说,"请马上回家,绝对不会有事的。对了,有报告说最近不少小偷和强盗正逍遥法外,你们家里说不定现在就惨遭毒手了,干吗不回去保护自己的财产?你们在家里都留了什么好东西?等你们回去的时候,说不定东西就不见了,趁现在还来得及,赶快回去看看啊。"

这个说法对某些人起了作用,那些"小绵羊们"一个个抖抖索索,踏着小碎步朝山坡下的巷子走去,全然不顾那一阵阵警报喇叭声。唉,真是一群懦夫。那些百姓已经不是人了,而是一群任劳任怨的牲口。你让他们干什么,他们就干什么。只要是足够官方的东西,他们全都深信不疑。这些人就这样转身下山了,毫无疑问,他们正在一步步走向自己的坟墓。可是这终究是我的乡亲们啊,相处了一辈子的左邻右舍啊。这些人深受压迫却难以反抗,不行,必须挺直腰杆站起来,不然的话就再无机会了。我们要组成一支大军,要团结在一起!

"他在撒谎!"我大声喊道,只见有些人停下了沉重的脚步,"他在撒谎!他只是想轰我们走。他会害你们全都淹死的,难道你们没听见警报声吗?你们的耳朵都聋了?那喇叭声意味着危险,城墙马上就要倒塌了!"

"闭嘴,小妞,"警卫说,"够了!"

克劳德抬头看了看我。虽然他不可能听到我刚才说的是什么,但还是露出了苦涩的微笑,这个表情鼓舞了我。

"他将你们往火坑里推,"我喊道,"你们要是想死的话,那就走吧,走,走,一起滚。不过我要待在这里,如果我们每个人都坚持不走,那么就能够冲破这道门,然后一齐到坡顶上头去。倘若我们都留在此地,那么他们就无计可施。大伙瞧瞧,咱们的人数比他们多出多少?"

"好几百个,我们比他们多出好几百人!"珍妮在人群中高声呼喊。

原来她在那儿,旁边还有她的弟弟虫子以及学校里的其他同学,小伙伴们全都来了。我心想,咱们的队伍到了,现在正是决战的时刻了。

"我们还要任人宰割多久?"此时我整个人已经渐渐进入状态,慷慨激昂地说,"他们还要发号施令多久?还要为非作歹多久?他们想让大伙全部淹死在垃圾'洪水'里。你们想一想,有多少人被埋于地下?有多少人被迫骨肉分离?有多少孩子在那栋楼里面?他们到底对孩子们做了什么?来啊,让我们瞧瞧,放我们进去!"

"让我们进去!"珍妮呼喊着。

"让我们进去!"同学们一齐附和起来。

"你们已经把孩子卖给我们了!"穆克斯扯着嗓子喊道。他脸色苍白,而身后的罗兰却笑了起来,似乎对穆克斯的"遭遇"颇为享受。穆克斯接着说:"你们都已经拿到钱了,都获得了重金补偿。孩子们现在都很好,照顾得很周到。"

"我们怎么知道是不是真的?"我喊道,"大伙见过孩子吗?"

"没见过。"有些人嘀咕了起来。

"没有,我们都没见过。"珍妮喊道。

"说得对。"不知在哪个地方有人喊道。此时,在人群里到处有人喊话了,我们几个人终于让乡亲们敢于开口了。

"废尔沁的乡亲们,你们抬头看哪,"我的脸涨得跟头发一样红,憋足了气力喊道,"抬头看那幢大楼,大家的孩子就在里头。只要穿过这道门便是坡顶高地了,只要穿过去便有了安全的保证。"随后我带头喊起了口号:"我们要进去!我们要进去!我们要进去!"

"我们要进去!"大伙齐声高喊起来。

"我们要进去!"

"我们要进去!"

口号喊得十分整齐,乡亲们都是好样的,好一支规模浩大的队伍!

"废尔沁的居民们……"

"我们要进去!"

"废尔沁的居民们……"

"我们要进去!"

珍妮和小伙伴们都走到我身边,他们统统是废尔沁的年轻人,都是学校里的学生。他们的嗓门很高,也非常会喊。同学们在我旁边七嘴八舌,好像都憋了一股气,想要大闹一番。此时穆克斯的手开始颤抖了,他掏出一把亮晶晶的手枪,朝天空开了一枪。乡亲们朝后退了好几步,几百颗脑袋都齐刷刷地往后缩了缩。

"废尔沁的居民们,"穆克斯大声喊道,"居民们,乡亲们,难道你们都这么傻?会轻易听信一个小孩的几句胡话?你们知道这个小丫头是谁吗?她是一个小偷,一个罪犯,现在正被艾尔蒙哲警察通缉。"

"胡说!"我大声喊道。

"她一直隐藏在乡亲们居住的大街小巷里,一到晚上就出来干那些谋财害命的勾当,她和那个裁缝是一伙的!"

"是吗?真的?"人群开始纷纷议论起来。

"不,不是,"我喊道,"你们别信他的,他就是想让你们都淹死,大伙要挺起腰杆来对付他。我看起来有哪点像裁缝的同党?你们都见过通缉告示,裁缝是一个瘦高个子,而我只是一个小姑娘而已,一个普通的小镇女孩。那个艾尔蒙哲之所以这么说,就是想赶紧害死我。我现年十六岁了,一辈子都住在这块土地上,我的父母都变成了物件。那个人根本不了解废尔沁老百姓水深火热的日子。我问你们,你们见过的大搜捕还少吗?有多少无好端端地在半夜里消失?他现在为什么不让你们进去?为什么不让你们通过这道门?你们已经听到警报声了,那才是火烧眉毛的头等大事。要是城墙倒塌了,你们统统都得淹死。他会眼睁睁地看着你们淹死!穆克斯·艾尔蒙哲,你给我听着,要么放我们进去,要么就让你见识见识大伙的厉害,咱们的队伍足以冲垮你这扇破门。我们要进去!我们要进去!"

"我们要进去!我们要进去!"

"都给我散开!"穆克斯尖叫了起来。

"我们要进去!我们要进去!"

"请放我们进去吧。"有一个老人哀求着。

"我已经警告过你们了,快点散开!"

"穆克斯,"我尖叫道,"让我们进去!"

我觉得他认出我来了,也看到了在我身边的人是谁。同时,罗兰·柯里斯也瞧见了我们两个,只见他高兴得拍起手来。

"来啊!"罗兰吆喝着,"再来揍他,再来揍他。"

"闭嘴,你这个烤面包架子。"穆克斯喊道,只见他举起手枪,用枪柄敲了那个信物伙伴一下,还没等罗兰回过头,鲜血已经喷溅了出来。"克劳德·艾尔蒙哲。"他的嘴唇似乎在念叨着。不过这里已经十分嘈杂,我无法听到他的声音。然而有一点可以肯定,他确实在一遍又一遍地念叨:"克劳德,克劳德,克劳德。"

穆克斯将枪口对准我们,试图瞄准克劳德。他一脸愤恨,估计马上就要开枪了。于是我使劲去推身后的克劳德,可是在这场门前骚乱之中,有一名警卫透过铁栅栏的空隙一把抓住了我,他用手掌堵住我的嘴,伸长手臂勾住我的脖子,使我几乎要断了气。

"够了,小姐,"那名警卫说,"今天先闹到这儿吧。"

"瞧!瞧!"珍妮喊道,"瞧他们对她做了什么!"

此时在一旁的克劳德眼疾手快,当警卫抓住我时,他迅速地揪住警卫的制服,然后使劲撕扯开来,有很多粒铜纽扣飞了出来(我觉得本尼迪克特会喜欢它们的。对了,他现在在哪儿?此时此刻他身在何方?)。克劳德用手摸来摸去,眼珠子撑得很大,神情中充满了恐惧。当他撕开警卫时,我总算得以喘过气来。那个警卫跟跟跄跄地后退了几步,身上有了一个窟窿。

"卫兵们,快去营救那个人!"穆克斯喊道。于是一大群人朝那名警卫奔去。"我刚才警告过你们了,不过现在为时已晚,你们打伤了我的人,这是绝对不能容忍的。"

人群安静了下来,乡亲们一个个战战兢兢地小声嘀咕着。这时候,那些围聚在受伤警卫身边的卫兵们也开始向后退却,他们纷纷惊慌失措地远离那个警卫。

"瞧啊!快瞧!"我拼命地喊,可是嗓子已经哑了。不过乡亲们自己也已经看到了,每个人都目睹了眼前这一幕。

只见那个警卫将手捂住开裂的肚子,沙子正从体内流出。他似乎是想哀号,可是尽管嘴巴张得很大,却发不出声音。与此同时,沙子正一点一点外流,我们所有人都亲眼瞧见了这一切。

"是假人!是假人!"

"怎么回事?"

"他是沙子做的。"

"那不是人,是假的。"

"如果不是人的话,那是什么?"

此时,又有一队卫兵赶到,他们排列好队形,站在大门和铁栅栏前头,举枪瞄准我们。

"废尔沁的百姓们,这是你们最后一次机会,"穆克斯把嗓门抬得极高,看上去却已惊慌失措,"你们必须立刻撤离,马上给我滚回家去。就地解散,不要再惹事端!"

冲突一触即发,卫兵们齐刷刷地举枪瞄着我们。我心想,他们应该不会开枪的吧,不会屠杀手无寸铁的百姓吧?不,他们会的,他们会把我们统统枪毙,因为乡亲们对他们而言一文不值。没错,他们会杀了我们,就在这扇大门前头结果了我们的性命,在光天化日之下残忍地杀害我们。

"预备!"穆克斯喊道。

至少有二十条枪笔直地对准围栏外头的我们。噢,克劳德,看来这只是一次微不足道的反抗,没有多少分量可言。乡亲们纷纷往山下逃跑,一边跑一边尖叫着,然而另有一些人则朝着卫兵们怒吼。此时天色渐渐变暗了。

天黑了?

这么快?

接着传来"砰"的一阵巨响,有哪个地方发生爆炸了!

片刻后我才发现那一阵轰鸣是怎么回事,原来大伙刚才都只顾着对抗卫兵,或者留意城墙何时倒塌,却没有一个人朝伦敦那头望去。不过现在,大伙全都瞧见了。

天空笼罩在一片黑暗之中,可是现在并非夜晚时分。只见镇上冒起了火光,废尔沁着火了!整条整条的街道都被点燃,那升腾而起的滚滚浓烟并不是从庄园工厂的烟囱里冒出来的,而是来自于四下蔓延的熊熊烈火。

"让我们进去,让我们进去!"乡亲们全都呼喊了起来。

"我们会烧死的,会烧死的!"

"救命啊,救命啊!"

此时卫兵们不再瞄准我们了,他们放下了枪,同样也紧盯着镇上的大火。

火势蔓延得十分迅速,想必已经吞没了半个市镇,一幢幢房屋都倒塌了下来,居民们在垂死挣扎。滚滚热浪和浓烟涌上山坡,忽然之间脚下爬满了老鼠。

老鼠!

到处都是老鼠!

老鼠成群结队地在人们脚跟周围打转,并且还发出一阵阵刺耳的叫声。它们飞速穿过栅栏之间的空隙,黑压压的一大片,犹如一张巨大的地毯。

"到楼里去!"穆克斯对卫兵们喝道,"快隐蔽起来!"

所有穿制服的艾尔蒙哲卫兵都迅速向大楼后撤,有些人被老鼠形成的洪流绊倒,一个跟头栽在地上,随即被后边的老鼠从身上踩了过去,就这样淹死在这股洪流里,犹如一则耸人听闻的故事。在这片可怕的"鼠浪"里,只见一只手从中伸出,须臾就又被吞没。然而此时此刻,大门和那些铁栅栏仍然紧闭。

当大火从废尔沁朝山坡上蔓延时,乡亲们齐心协力朝铁栅栏又推又压,有的人则用身体冲撞大门,于是后头的人也使出同样的动作来帮忙。在这个恐怖的夜晚,不知有多少人被踩踏致死。人们在浓雾和夜幕下互相推搡,有的人还不停地咳嗽。我心想,咱们肯定会被踩死的。身后的大火步步紧逼,乡亲们惊慌失措,争先恐后地爬到别人的头顶上,全然不顾身下压的是什么,也不管会伤害到谁。

不过这一幕正好给了我启发,使我想到了一个好主意。我使劲将克劳德朝人群顶上推,因为我的力气比他大,所以可以把他抬得高高的,沿着铁栅栏周围将其朝上方推去。克劳德对着我高声尖叫起来,不过我依然把他往头顶上推,直到后来我的手到达了他膝盖的位置,再过一会儿便到了脚踝,最后我咬牙使劲推了一把,将他抬到与栅栏顶端锐器持平的高度。为了要让克劳德得以翻越过去,我承认自己也站在了某位乡亲的身上。此时的克劳德吓得要命,拼命呼喊着。然而众人都是这副模样,他怎么会引人注意呢?

向上,向上,再向上。我用双手捧住他的脚,继续使劲将他往上推。现在我已经瞧不见他了,因为周围有千万只手在推搡着我。废尔沁的乡亲们挤成了一团,使我两眼一抹黑,什么也看不清楚。我不去管这些,只顾着继续将克劳德向上推,他的脚脱离了我的手掌,现在我手上已空无一物,不再和克劳德在一起了。他跌跌撞撞地翻滚过去,真的走了,我又再次失去了他。我的前胸后背被众人挤压着,无法挪动身体,只是在心里反复念叨着:他越过去了没有?他现在在哪儿?

克劳德,加油啊。可是……眼睁睁地任由你离去让我伤心欲绝,我真的不想让你走。

亲爱的小伙子,你先过去,我随后就到。这扇大门不可能坚持太久的,必定会被乡亲们冲垮。没错,我理应是这样。

我的五脏六腑也要被挤出来了。

我觉得他们要再这样推的话,就算穿过铁栅栏,我也已经变成碎片了。那些铁棍贴得我很紧,似乎已经嵌到我的肉里去了。我想把脸部遮起来,于是就想办法弓起背,尽可能地蜷缩身体,然后闭上眼睛等待这破门一刻的到来。

那个女人就在里面。

她正在等待着我。

那个火柴女人,那个喊着"我、我、我"的家伙。

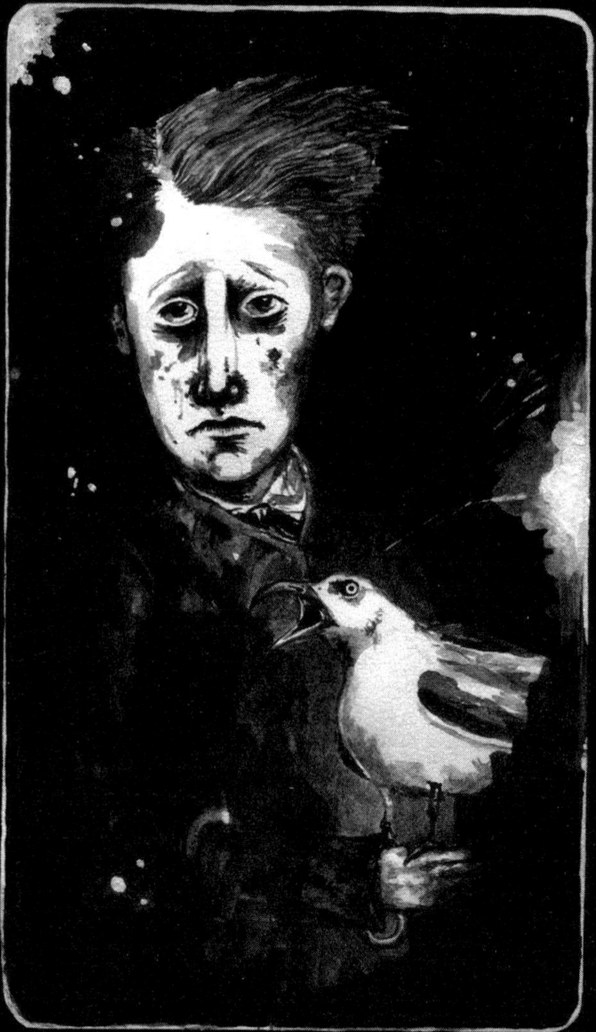

23

克劳德·艾尔蒙哲继续自述

层层地下

我瞧不见她了,根本看不到露西在哪儿。现场人山人海,废尔沁的百姓们统统涌到了大门前头。虽说有如此重的分量压在这一圈铁栅栏上,然而它倒也仍旧没有塌下来。噢,老百姓哪,真是一群深陷困境的可怜人。露西在哪儿?在这片黑压压的人群之中,我无法望到她在何处。

沿着小径往上头走便是月桂叶庄园,我独自一人在此地享有这么大一块空间,而身后就是黑压压的、几近窒息的人群。那些讨厌的吵闹声,那些从千百个人体内发出的呼唤声统统在我身后轰鸣回响。在这样一片骚乱之中,怎么可能分辨出一枚土制纽扣的声音呢?我必须朝前面走,必须去阻止族人。倘若我有铁门的钥匙就好了,我眼睁睁地看着百姓们一个个淹没在混乱不堪的人群之中,看着他们被旁人踩在脚下。在那个地方,已经不再有独立的灵魂了,剩下的只是一群互相践踏的乌合之众。我应当立刻行动起来,给这一切画上句号。于是我鼓起了勇气,决心要结束这一幕恐怖的闹剧。或许我可以把会说话的物件们统统召唤起来,让它们都聚集到我身边,然后对其发号施令。

今天,我把自己珍爱的一切都抛在了身后,都留在了铁门的另一侧。我从门上摔了下来,决心竭尽全力去做。身后那道铁门似乎正在弯曲倾斜,越来越多的人正往上爬,而其他百姓则更加卖力地推动它,使得铁栅栏越发扭曲变形了。我心想,他们会冲过来的,随时会翻越这道栅栏。克劳德,要赶紧加快步伐。现在我的耳朵已经不好使了,趁他们还没在惊恐和慌乱之中踩死你,一定要赶快往前面跑,不然的话就再也别想找到外公了。

"露西!"我哭喊道,站在小径上,身与心皆前后两难。

我转身面对大楼入口,只见一只海鸥朝我笔直俯冲下来。它张开利爪,准备揪我的头发,于是我立刻朝入口奔去。海鸥打了一个急转弯,又掉头朝我飞来。它的嘴巴一张一合,朝我发出刺耳的鸣叫声,就好像我先前得罪了它,如今来找我寻仇似的。我心想,不要去理会那只海鸥,它愿意怎么叫唤就让它怎么叫唤吧。即便它想咬我,让让我出血,那也随它去吧,反正我早已经历过更为糟糕的情况了。此时此刻,我到处都望不到露西的影子,她到底在哪里? 我告诉自己,赶快,克劳德,赶快到大楼里去。机不可失,时不再来。

"对不起,露西,我别无选择!"

我朝身后望了最后一眼,心想要是能够瞧见她该有多好。我不敢奢望日后还能与她重逢,只是就这样呆呆地望了最后一眼。庄园外围的铁栅栏已经弯曲得不成样子了,想必不会坚持太久的,那些人透过栅栏的空隙伸出手来,怒吼声与喊杀声响彻天际。空中弥漫着黑色的烟雾,它厚重而浓密,犹如一块幕布挂在天上。当我朝月桂叶大楼奔去的时候,这一层浓雾害得我几乎无法辨认大楼的方位。

海鸥仍旧在不停地鸣叫着,我必须尽快甩掉它。

大楼的入口敞开着,想必卫兵们在慌乱之中没有关门,或者是因为老鼠的关系而无法合上。既然如此,我就直截了当地走了进去,步入了庄园内部的阴森走廊里。这里四周都架设着各种管道,沿着这些管道直至尽头,就可以发现我的外公。

我,克劳德·艾尔蒙哲,如今穿着灰色法兰绒长裤,俨然一副成年人的派头,自信满满,似乎一夜之间长大了。我心想,愿上帝保佑露西,我的小心肝儿,天知道会发生什么事情,又有谁能够预测未来呢?

除了那持续回响的噪音之外,我听不清任何声音,就像一个十足的聋子。我的耳朵感觉很麻木,里头湿漉漉的,略微有一点出血。可怜的耳朵啊,噪音在脑子里犹如撞钟,又洪亮又单一,好似一个永恒的高阶音符。世上的声音都被清除干净了,只剩下这么一个音调,它是如此的平实丰满,将其他韵律统统淹没。嗡嗡的耳鸣声又开始响起,离废尔沁的百姓越远,音符就越弱。当我转而恢复听觉时,耳朵里愈加疼痛。我又可以分辨出远处的声音,又可以听见物件的名字以及它们痛苦的呼喊声了。周围的每一个乞求声似乎都是朝我而喊的。

这里大大小小的房门都敞开着,东西撒了一地,整幢大楼被翻了个底朝天。楼里的人想必当时都惊吓过度了,上上下下到处流露着明显的慌乱痕迹。不过这一切似乎已烟消云散,因为现在此处空无一人,连半个影子也没有。

"喂!"我大声喊道,"喂!我回来了!是我,是克劳德。这儿有熟人吗?我知道你们都在找我。现在好了,我来了。是我,是克劳德,我本人来了!"

此时那只海鸥又飞到了我身后,嘴里仍旧叫唤着。于是我又开始一路奔跑,想方设法甩开它。

我感觉附近有人,好像有一个黑影在墙边挪动,轻轻地"挠"着地面。然而当我过去查看时,却没有发现任何踪迹,这仅仅是一条空荡荡的走道而已。浓烟贴在天花板上"爬行",犹如一条乌黑的血管。可是……我刚才的确感到有人走动,肯定不会错的。我的耳朵能够分辨出来,只需多给一点时间,一定能再次捕捉到这名不速之客的姓名,因为此时周围其他物件的呼喊声越来越少了。

人都上哪儿去了?

瞧啊,这个地方如此空旷,已经被彻底遗弃。人们到底上哪儿去了?

那儿有一群人!原来在那儿!我径直朝人群走去,只见他们排成很长一支队伍,队里或许有好几百个人,全都慢吞吞地挪动着脚步。那些人衣服污黑,表情麻木,男女老少都有,在这烟雾缭绕的大房子里走动。在这些其貌不扬的普通人脸上,看不到多少恐惧的表情,反而显得十分镇静。他们手里拿着棍子,列队向外头的镇子走去。他们微微张着嘴巴,口中吐着黑烟。原来这些都是假人,全由垃圾、泥土、锯末化身而成。这一个个拼凑起来的灵魂便是外公的私家军,现在他们都走出了大楼,进入了废尔沁。乡亲们瞧见了他们,全都被吓得不轻。就这样,外公的假人护卫队大举闯入了这一片浓烟和火海之中。

部队规模庞大,占据了很多空间,把走道堵得严严实实的。外头的乡亲们想必已经冲破了铁门,而假人队伍现在也只有一个目标,那就是出去会一会那群老百姓。我在假人队伍中间左冲右突,穿了过去,随后便继续朝楼下走。我不断向下,远离那些假人,因为在这栋楼里,除了朝下走以外别无他路。正在这时,黑烟再次升腾而起,爬满了天花板。我注意到头顶上方正滴着焦油,看起来有毒的样子,估计是非常致命的。于是我继续向下,躲避这一股股阴魂不散的黑烟。此时它变得越发厚重稠密,犹如一条无形的蠕虫,或者更确切地说,像是一条毒蛇。

"外公!外公!"我大声呼喊着。

我一定要接着往下走,继续呼喊外公,把他叫出来。最后,我终于在远处望见一人。他就在这螺旋形铁楼梯的下方回应我,正在喊我的名字。

我的堂哥

没等我走近,远远地就已辨认出来他是何人。就算我走到天涯海角,也能认得出他的模样。那个年轻人曾是我的至亲,我们两个情同手足。现在他回来了,又重新回到了我的身边。

"特米斯!是特米斯·艾尔蒙哲!就是他本人!"我高呼起来。在走道尽头的楼梯下面,我的那位瘦高个兄弟正稀里糊涂地左右徘徊着。他身穿一件皮革长外套,虽然头发稀疏不同于往常,不过整个身形还是如假包换的,并且还有一只海鸥在旁边飞舞。

"噢,特米斯啊,我的特米斯!"我呼喊起来。我原以为这位好兄弟已经失踪殒命了。

"嗨!克洛迪乌斯,我的塞子兄弟。"他回答说。看来我的耳朵已经恢复功能了,可以听得到他讲话了,我还以为自己再也听不见声音了哪。然而我也同时纳闷起来:特米斯啊,在这个烟雾弥漫的黑暗角落里,你这么多天到底是怎么过来的啊?能够再次见到你的身影,真是莫大的欣慰!

"鼻涕哥!我的鼻涕哥!"我喊道。

"塞子老弟!"

"鼻涕哥!"

"我有点迷路了,"他说,"我先前被垃圾埋住了。当时一片漆黑,污泥塞进了我的嘴里,让我尝到了泥土的味道,我想那便是死亡的滋味吧。克劳德,我最要好的老朋友,实话告诉你,其实我根本不喜欢那味道,当即就吐了出来。好了,现在我又回到了干燥的泥土上。不知道脚下的地是否足够坚硬,不过我确实已经到这儿了。倘若你也看得见我,那么就说明这不是一场梦,而是我真的来了。"

在他身边的不是一只海鸥,是我先前看错了。我眼前的是一只猫,它的颜色和海鸥很相像,不过的确是一只猫。以前我从未见特米斯和猫一起玩耍过,尽管他确实喜欢所有动物。

"克劳德,我最亲爱的老弟,"他喊道,不过离我尚有一段距离,"来,克劳德,走近一点,让我抱抱你,摸摸你。克劳德,快过来,到你鼻涕老哥这里来。"

然而……这个人不太像是特米斯,他浑身上下没有任何声音传出。情况有些不对劲了,到底是哪里出错了呢?如果我能听得更清楚一些就好了。接着我又注意到他鼻子底下没有鼻涕流出。或许是因为他同自己的水龙头分开太久,以至于鼻涕干了,所以才堵住了鼻孔。可是我想不通,没有了水龙头希拉里·伊芙琳,他怎么会活到现在的呢? 我当初不是仔细听过那个水龙头嘛。不会错的,我确实亲自拿来听过。水龙头没有发出任何声响,它已经死了。噢,别这样,克劳德,别那么狠心地对待特米斯。既然好哥们近在眼前,那么就赶快去相认吧。不要嫌弃他,毕竟他经历了这么多艰难和困苦。

"特米斯。"我平静地回应了一句。

"我在这儿!"他一边说,一边张开双臂准备拥抱我,"来啊,干吗犹犹豫豫的? 塞子老弟,快来啊,来。"

他的脸上流露出一丝惶恐,而且那双手臂也不如上学时候那么修长,好像短了一截似的。对了,他一只手的手腕上挂的是什么? 看起来像是一只体积硕大的蝙蝠,像是从废物庄园阁楼顶上掉落下来的黑色怪物。噢,不,不是。那是一把雨伞,仅仅是一把普普通通的雨伞而已。他要那玩意儿干吗?

"克劳德,来啊!"他说,"赶快过来,来。"

他的语气和声调听上去丝毫没有特米斯的味道,根本就不像是他。

情况不对,别再走过去了。那个人不是特米斯,一定是别的什么陌生人假扮成特米斯的样子。可是……特米斯是独一无二的呀。我只认得一个特米斯,他是如此可怜,我永远都不会忘记他。可是他已经死了,因而眼前这个人必定是冒牌货。他们真是少廉寡耻,又使出了一个恶毒无比的伎俩。那些人为什么要耍这种把戏? 他们是如何做到的? 为什么要仿冒一个特米斯出来? 想必他已经恭候我多时了,早早地等在此地守株待兔。要是真的被那些人抓住,他们会如何处置我?

"克劳德,来! 来啊! 我在这儿!"

然而正在此时,我发现自己又错了,而且错得很离谱。这一次倒不是指没认出那个假冒的特米斯(虽然我尚未看清他的相貌,不过可以肯定他是冒充的),而是误认了他身旁的那只动物。刚才在烟雾笼罩下我看得不够清楚,原来那并不是一只猫。此时,滚滚黑烟卷土重来,充斥了整条走道,在空气中凝结并滴下焦油。难道火势已经蔓延到大楼里了?已经窜入走道了?难道它上下乱窜,变得更浓、更烫、更凶险了吗?再看那只先前被我误认为猫的动物,如今看来却是一条灰白相间的大狗。刚才我怎么会没注意到这个漂亮的大家伙?瞧那个大脑袋,还有那口锋利的牙齿!这么厉害的一条猎犬,我怎么会忽略了呢?只见它正朝我摇晃尾巴,真是一只好狗。

"克劳德,我的塞子老弟,请你快过来吧,好吗?请不要嫌弃你的哥们,别抛弃我。是我,特米斯!"

我在朦胧中依稀看到狗的身上有一样亮晶晶的东西,那是一个金属小物件。后来我猛然明白了那是什么东西。原来是一枚司空见惯的铜戒指,我还曾在先前的某天夜里看见过它。不会错的,我应该仔细去听听才对,于是我发现这枚戒指正在呼喊:

"是我,阿加莎·皮尔。我仍旧和她在一起。"

与此同时,从那个冒牌货的手臂上也传来了一阵呼声:

"我是巴纳比·麦克米伦,让我出去!"

我对自己说,这个地方危机四伏,情况很不对劲,非常凶险。这个假特米斯,还有那条狗,他们全是乔装打扮的,统统都是冒牌货。我要尽快离开这儿,那两个家伙一定会加害于我,将我撕成碎片。

"嘿!"冒充特米斯的人喊道,"克劳德老弟,对我客气一点嘛,好不好?"

随后他终于看清楚了,他的鼻子上有一道渐宽的裂痕,这竟然是一个粘接上去的假鼻子,是人为制造出来的器官,随时都可以拆卸下来。那鼻子虽然漂亮,而且不会乱流鼻涕,但是那不是特米斯的鼻子。那两个家伙都是骗子,他们三番五次地变换花样,一定是杀人不眨眼的凶徒。

"干吗这样扭扭捏捏的?我的塞子老弟,你还在等什么?来啊,塞子老弟!"

此时那条狗不再摇晃尾巴了,转而开始吼叫起来,后脖颈上的毛发也

已竖得笔直。它的吠声与其他狗不同,是在喊一个名字。于是我仔细地去听,原来它正在怒吼着:

"恩利! 恩利!"

"奥塔!"那个冒牌货喊道,此时他的嗓音同特米斯相去甚远,"奥塔! 我们是不是被识破了?"

随后我的特米斯,那个海市蜃楼般的"幻象"瞬间摔落在地,就像被人杀死了一样。那个冒牌货、那个陌生的家伙渐渐消失了,原地剩下一个模样完全不同的人。我从来没有见过这个人,他的五官容貌与特米斯大相径庭,在鼻子的部位上只有两个小孔。只见这个没有五官的家伙尖叫了起来:

"快溜! 快离开这儿!"

我见状便立刻转身,撒腿就跑,嘴里不停尖叫着,迅速逃离了这可怕的情景。我尽量沿着楼梯的平台奔跑,一只蝙蝠窜了出来,叫声十分刺耳。于是我又转而朝楼下跑,进一步踏入庄园更深处的黑暗之中。

我不断沿着楼梯跑,深入到地下。自从踏进庄园以来,还未捕捉到外公的踪影。我现在身处的地方四周都是包裹行李,许多打包完毕的东西等待被人运走。然而先前的那股黑烟似乎在庄园大楼里一路跟着我,蹿到我头顶上方的天花板上欢快地"跳舞"。在这昏暗的环境中,我发现了两个身影。原来是两位风姿绰绰的美女,她们慢慢地从浓烟之中走了出来。我认识这两位既高挑又可爱的姑娘,对她们再熟悉不过了。她们并不是真的人,而是彻头彻尾的大理石。她们始终是雕像,从来没有变化过。雕像支撑着一个硕大的壁炉架,不过如今被人搬运出来了,就装在一节木制的火车车皮里准备运走。

奥古斯塔·英格丽·恩妮丝塔·霍夫曼。

此时我心里非常清楚,必定会有一个人走过来同我说话的。

"克洛迪乌斯,"果然有一个人说,"你上车吗?"

随后我便回答道:

"你好,外婆。"

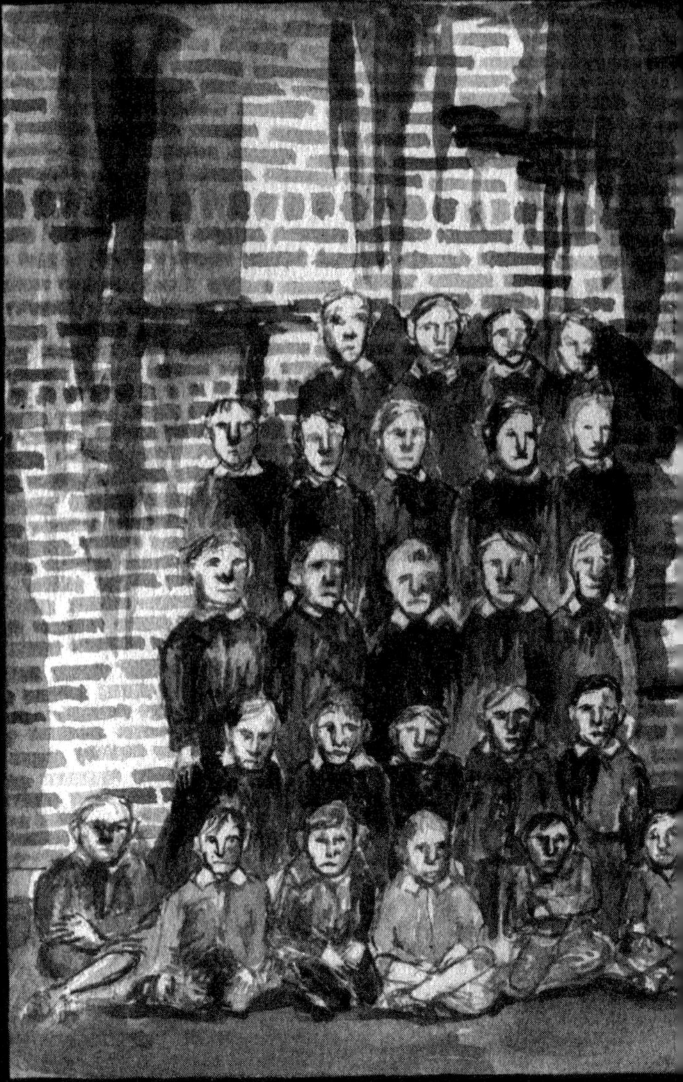

废尔沁的学童

24

废尔沁的战士们

露西·佩纳特继续自述

珍妮一把揪住了我的头发,然后使劲地拽啊拽。因为在这团黑压压的人群当中,就数我那火红的头发最扎眼。珍妮对着我乱摸乱抓,将我从人群之中拖了出来。乡亲们互相推搡挤压着,到处都是呼喊声和尖叫声。与此同时,来自废尔沁的浓烟也朝我们这个方向汹涌而来。我的家呀,那昔日的房子正被这熊熊烈火烧为灰烬。过了今晚,那块地方还会剩下什么呢?这场斗争已经无关乎胜败了,也不在于是否能够打倒那些坏人,而是一个纯粹的生存游戏,看谁可以继续多活一分钟,看谁能够保住小命。若在浓烟中尚有一口气,那便是万幸的,因为你又多争取到了一分钟;如果你把握的时间够长,那么或许能够多活上一天。

"那个女人就在附近,"我大声喊道,"她就在眼前。"

"你在说些什么?"

"我们必须冲进去,恐怕非得这样不可!"

同学们都围在珍妮和虫子旁边,而周围的烟雾也越来越浓了。

"我们要再接再厉,一定要冲进大楼!"我一边咳嗽一边说,"要团结起来,马上就行动!现在就冲进去!"

此时周围的空气变得更加沉闷,场面变得更难分辨,大伙跌跌撞撞地前进,嘴里不停呼喊着。场面真是混乱不堪,整个世界似乎都崩塌了下来。天上的太阳仿佛随时会坠落地面,所有的一切会随之瞬间化为灰烬,世上所有的光明和生命将不会再现。

周围尽是人群的喊叫声,男男女女一齐向前。可是突然来了另一拨人,他们冲上前来阻挡这首批逃难的废尔沁百姓。当两队人马相遇时,那些人便开始对乡亲们拳打脚踢,将他们放倒在地。

"皮衣人!"我大声喊道,"那些家伙都是假人,不要靠近他们,大伙全部跟我来。"

乡亲们有些被假人推倒在地,有些甚至被重拳击倒。那些假人脸上毫无表情,像是一张张白纸。我们左冲右突,穿过一个形似办公大厅的地方,周围喊杀声连绵不绝,浓烟也在我们后头紧追不舍,大伙都被呛得直咳嗽。而假人体内也冒着黑烟,一齐混入到那股从废尔沁吹来的浓烟之中,使得空气更加浑浊不堪。

我们的队伍有三十来人,大家继续不停地向前奔跑,设法找一个空气清新的地方。我们顺着那些管道进入了一个大厅,这里头机器轰鸣,蒸汽缭绕,人们身着制服来回走动,忙活个不停。原来这里就是工厂!我们现在就到了车间里!尽管别处都已闹得天翻地覆,可是这里却依然正常运作,人们照样在干活。这个地方俨然是一座热火朝天的大作坊,男人们在岗位上奔来跑去,而女人们则在铁架子里操作着某种轮式机器。只见金属摇臂上下升降,转轮便随之飞快转动。庞大的庄园工厂正在制造产品,这幅景象真是让人惊叹不已!成千上百名工人统一穿着黑色制服,其中有些人的脸部用皮革遮掩着。车间的尽头是一扇大门,它连接着一座容量巨大的仓库,那些来自垃圾山的废物想必都要被运送至此,仓库的宽度足以让一艘轮船从中穿过。这真是一块神奇的地方,真是一个令人叹为观止的浩大工程。瞧啊,相比之下工人显得很渺小,他们一个个都在来回忙活着,正在生产某种产品!可是,他们到底在制作什么呢?这些工序背后代表了什么呢?我不清楚,说不上来。这里到处充斥着响铃声、锤击声、呼喊声,以及各种生产指令。没有人过来叫他们停下,没有人通知他们赶快逃命,这些工人们继续在原地埋头工作。我看见那一根根管道最终全部汇聚到一个地方,犹如一条条章鱼的触手。工人们将二十来个孩童推向管道口,迫使他们朝着那些假人呼气。

"孩子!"我惊声尖叫起来,"孩子们在那儿!"

孩子都绑了起来,那便是他们干的勾当。每根管道的末端都有一个漏斗状的东西,它贴在孩子们的脸上,使他们别无选择,只有朝这些可怕的东西呼气,随后孩子们的元气就被吸尽了。此时,镇上的同学们站在我身边,完完整整地目睹了这一幕。这便是他们所希冀的未来,这便是他们朝思暮想的前程。然而现实竟是如此残酷,当你被卖了以后,这便是下场,这便是小伙伴们的结局。无需我再做鼓动,同学们已经一齐惊叫了起来。他们迅速冲上去拉扯那些小孩,试图帮他们松绑,趁这群可怜的孩子还没有被彻底毁掉之前,将他们抢救过来。

周围的皮衣人纷纷前来阻止,他们想用皮革手套闷死我们。这里遍地都是碎玻璃,我只需随便捡起一片朝他们身上划过去即可,任何一样锐器都行,皆足以让他们的身体漏气。随后黑烟便会释放到空气中,弥漫在工厂车间里。

于是我拾起一个灭火器,朝其中一个假人猛砸过去。他的脑袋当即就爆炸了,顿时化为一团黑色球状烟雾,仿佛我踢中的是一个马勃菌①。我不得不拿一样锐器刺入假人体内,然后再撕开一道大口子,让里面的垃圾漏出来。我每刺入一刀,就有一股黑烟冒出来,它们将周围的环境弄得昏天黑地。不过我们和那些孩子们在一起了,大伙为他们松绑,然后拖着他们走,叫喊声乱作了一团。赶快行动起来,咱们一起走,这里的空气浑浊得让人窒息。孩子们两眼注视着我们,目光里渴望着救助。我们所有人抱成一团,现在怎么办?接下去该怎么做?我一定要加油,赶快想点办法出来,带大伙前往安全的地方,不能领着这些人去送死。咱们必须一直朝下走,去找一个可以喘口气的地方。咱们要远离这座工厂,只有朝下面走才能有更好的空气。

---

①真菌类生物,学名叫马勃,成熟的马勃一般比成人的拳头略小,成熟时即会裂开。

我们在庄园内部的走廊里穿梭,路过一个又一个办公室,努力寻找一块栖身之地。但凡有门把手的地方,都会去试着拉一拉。只听见下方有人在奔跑,铁楼梯深处传来沉重的靴子声、尖叫声以及咣当咣当的响声。难道下面果真还有可以让咱们喘口气的地方?叮叮当当的机器声和人群的尖叫声不绝于耳,而且大伙都咳嗽不停,走廊里喧闹又嘈杂。

　　"加油!振作起来!"我一边咳嗽一边喊道,"至少咱们还活着,还有一口气,对不对?大家要坚持住,一齐往下走!"

　　大伙乱成一团,同学们跟跟跄跄地往下走,铁楼梯咯吱咯吱地作响,似乎快要断裂了。这里简直一片漆黑,于是大伙加紧步伐,继续向下,继续向下。

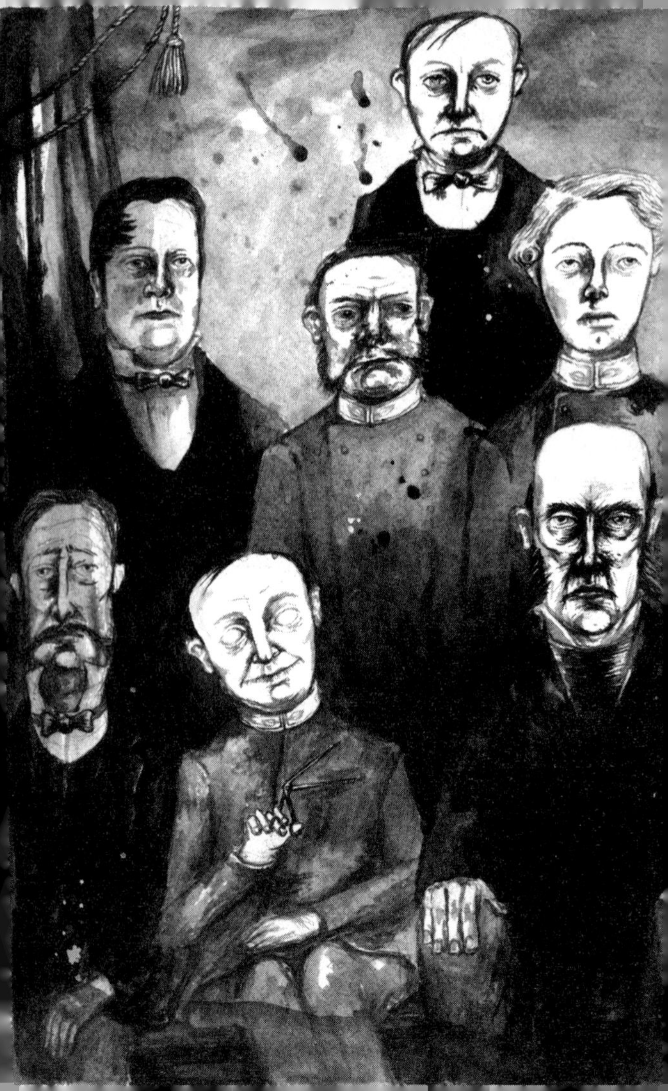

艾尔蒙哲家族

25

家人

克劳德·艾尔蒙哲继续自述

噢,我的家人和他们的信物

外婆身着便服,用丝绸围巾将一顶大帽子系在头上,以免迎风着凉——就目前的情形而言,或许是害怕被浓烟呛着吧。外婆拄着一根象牙柄拐杖,看起来身形十分矮小。走出了卧室的她,是那么的奇异古怪,就像是脱了壳的乌龟一样。

"克洛迪乌斯,"外婆说,"你终于来了,尽管已是最后一刻,不过再怎么说也算赶上了末班车。瞧瞧你,满身污秽,鼻青脸肿。这副模样可不能画进你的画像里,你说对不对?"

"不能画,外婆,"我勉勉强强地开口回答,"我想大概不行吧。"

"嗯,无论如何都不行。一个艾尔蒙哲居然浑身上下沾满了泥巴,这成何体统?来,孩子,快过来。艾利斯的乖儿子,快来亲亲外婆。"

周围的烟雾略微散去了一些,我得以看清自己身在何处,原来已经到了月桂叶庄园火车站。只见月台上站着一排人,他们正是家族的全体成员。所有仆人都身着制服,其中有管家斯特里奇,还有女管家皮戈特,那一张张面孔在迷雾中变得越来越清晰。同时我还瞧见了厨师格鲁姆夫妇和油头粉面的布里吉斯副管家,所有仆人正在朝我鞠躬行礼。请千万别这样,为什么要向我鞠躬?你们真的搞错了。

接着我看见艾利弗叔叔,即那位亲爱的大夫。他手持那一把又长又弯的钳子,也在朝我微笑并鞠躬行礼。一旁还站着罗莎蒙德姑妈,她端着那只黄铜门把手。不但没有朝我皱眉头,而且还对着我喜笑颜开,在我看来甚至是一种发自内心的笑容。她手里的门把手便是爱丽丝·希格斯。这个小拾荒者真是可怜,就这样被困在黄铜门把手里。最后是那位严苛的当家叔叔蒂姆菲,他嘴上叼着猪鼻形状的口哨,而在他身旁的便是那邪恶的双胞胎兄弟艾德韦德,也就是那位掌管信物的地方长官。艾德韦德咧开嘴角,亮出了那招牌式的微笑,并将杰拉尔丁·怀特海德置于身边。

与此同时,我还望见了亲爱的奥米莉。她脸色苍白,手里紧紧地捧着自己的洒水壶。噢,奥米莉啊,真庆幸你没看见我刚才目睹的情景,没瞧见那个畸形反常的鼻涕兄弟。表亲们都把自己的出生信物带在身上,在这一片混乱之中形影不离。面对着这突如其来的场面,面对着浓雾中所有的家族成员,我倒是挺乐意见到那个令人怜惜的奥米莉,那个属于特米斯的奥米莉。

与众人同行的还有表亲波诺比,他把出生信物(即那只鞋子)挂在肩膀上,身边还站着表亲波尔和希比。我上次离开以后,想必他俩已经结婚了。此外还有表亲弗洛,她正抱着自己那个十磅重的大铅球。虽说家族人数众多,可是在黑暗冒险的日子里,我从未挂念过他们。然而此时我在人群之中望见了一个人,我确实想念过她,而且时常在噩梦里同她相遇。此时此刻这个人就站在队伍里,她便是曾与我订婚的表亲嫔娜莉碧。如今的我已经无法想象这桩婚约,我绝对不会再去吻那一对暗紫色的嘴唇,也不愿意再去触碰那块小桌巾。嫔娜莉碧正朝我微微地挥手致意,那对嘴唇好像甚至还贸然朝我送来一个糟糕的飞吻。

家里人怎么会这样,他们不应该就这么傻傻地站在那里。为什么齐刷刷地看着我,还朝我点头微笑,甚至鞠躬行礼?他们应该冲过来把我打倒才对,可是他们却没有那么做。忽然,人群里爆发出一阵哗啦哗啦的响声。我心里一惊,以为是他们朝我开枪了,搞不好我已被击中,不知道身上有没有鲜血流出?可奇怪的是,那响声并没有一下子过去,而是持续不断地传来。随后我才明白这到底是怎么回事,原来家族的人连同仆人们一道,统统都在对我鼓掌。这片掌声响彻到天花板上,回荡在雾气缭绕的隧道长廊里。

别这样!你们搞错了,大错特错!

我朝他们晃动脑袋,并不是在点头示意,而是在拼命地摇头。

"停下!停下!"我说,"别鼓掌,真是讨厌。"

"来吧,来,"外婆说,"过来亲亲我。"

从小我就不敢违抗外婆,这辈子从来没有对她说过一个"不"字。我感觉身体在颤颤发抖,仿佛一下子回到了不愿再回首的童年。我别无选择,只得朝前头挪动一点。我略微前倾,亲了亲外婆那张犹如蜘蛛网一般的脸庞,着实让我感觉真的被那张网困住了。她那银白色的头发就像飞蛾、苍蝇或是蜘蛛那样缠绕着我,试图将我维系在这可怕的家族情网之中。这张网由血缘和亲情编织而成,它沾满了罪行,将你的心笼络过去,使你的灵魂沉沦。

"噢,我到底该怎么做?"我低声说道。

"好孩子,"她说,"你是一个艾尔蒙哲,将来也不会改变。克洛迪乌斯,记住,你是一个艾尔蒙哲。"

"外婆,我觉得……我将来会变的,尽管我现在还不太成熟。"

"胡说八道!你给我站直了!吸气!挺胸!好,好,这样好多了。克洛迪乌斯,你帮咱家立了一件大功,非常能干哟。要是没有你帮忙,咱们永远无法逮住那个裁缝,也不会找到瑞皮特,更别说把他带回来了。"

"不对!"我大声喊道,"你胡说,我从来没有……"

"不会错的,克劳德,全都是你的功劳。干得很不错,非常到位。我们就知道你会圆满完成任务的,不然的话也不会任由你脱离咱们这座呵护备至的港湾。我们不得不放你出去转上一圈,然后放长线钓大鱼,无需仓促动手。一旦时机成熟了,便用力拉扯那根牢固而无形的绳线,这就好比是扯动了主动脉,或是掐住了脆弱心脏周围的血管一样,随后你便乖乖地回来了。瞧,你现在不就在眼前嘛,一个听话的艾尔蒙哲总是会回家的。艾利斯的儿子总是会回来的,从你的脸上我似乎看到了亲爱的艾利斯的影子。艾利斯啊,你就留下这么一个拖拖沓沓的小不点。"

"外婆,外婆,我觉得……噢,不,我明白……我不是一个合格的艾尔蒙哲,是家族当中最糟糕的一个,总之我应该被逐出家门。外婆,我现在就走了。"

"走?你真的要走?"

"嗯,没错,再见了各位,很高兴又见到你们。不过我不能久留,我不值得你们——"

"克劳德,你要上哪儿?"

"回到上面去,"我说,"回废尔沁。"

此时从家族人群当中传来几声讥笑,不过声音很轻、很微弱。

"克劳德,上面已经没有什么废尔沁了,那个镇子已经被摧毁了。"

"外婆,你怎么能轻描淡写地说出这种话呢?上面还有很多很多百姓!"

"废物庄园已经倒塌了,克劳德,"她说,"全都化作了一片废墟。我的屋子,我一辈子居住的地方,如今也已变成一堆瓦砾。这可不是咱家干的,而是来自伦敦的命令,是伦敦那些人做的好事,是他们亲手毁了废尔沁。瞧着吧,伦敦将来会后悔的。"

"都没了!都没了?"我大声呼喊起来,"这是真的?可是……可是上头还有很多人,他们肯定得救了,肯定会有不少人幸免于难的。噢,不,我的露西就在上边!"

"真是个长不大的孩子,一点胆色也没有。克劳德,你给我站好了,挺胸站直,这样才显得高一些。克劳德,你要接受现实,并且行动起来。大伙一直都在这里等你,让你跟咱们一块儿赶路。"

"等我……"我结结巴巴地说,"一直在等我?"

"我们知道你会找上门来的,速度也的确够慢,不过这正是你的一贯风格。不要紧,你终究还是赶到了。正如我们所料,现已万事俱备。"

"外婆,我不知道该不该留下,真的糊涂了。"

"这没关系。"

"我不想待在这里,一点也不想。"

"别扭扭捏捏的,克劳德。我们不能犹豫不决,既然你已经克服重重困难,勇敢地找到大伙了,那就不要再犹豫不决了。我们把每一个家族成员都带上,一个都不能落下,甚至那个弃儿本纳迪特也出乎意料地被找到了。他是罗莎蒙德的私生子,当年罗莎蒙德的未婚夫米尔克伦伯在垃圾山里淹死了,她便将婴儿丢在垃圾山里,而如今这个孽债又回来了。"

"是啊,亲爱的奥马鲍尔,他终于回到了母亲身边。"一旁有人说道。

"我们把他安排在一节空的包铅车厢里,谁也发现不了他。"

"你们说的是……本尼迪克特?就是那个本尼迪克特·蒂普?"

"咱们说的是本尼迪克特·艾尔蒙哲,一个私生子,一个杂种。我们要带上他,然后正式承认他,使其成为家族的一分子。这样一来,咱家就算彻底团圆了。"

"他会带来灾难的,垃圾山会崩塌的。"

"很有可能。所以我们已经无处可去了,我亲爱的孩子,我爱女的心头肉,咱们只能前往隧道的另一头了。"

"去伦敦?"

"没错,正是去伦敦。咱们去那里好好从头经营,通过缜密的规划,布设好圈套,然后待他日东山再起。这条隧道笔直通向伦敦,我们马上就要打破那条古老誓言的约束,艾尔蒙哲就要踏进伦敦城了!"

"可是……怎么会有一条隧道呢?"

"恩贝特派人挖的,老爷他真是深谋远虑啊。"

"都是我的手下干的,"此时有一个低沉的声音传来,"我麾下的垃圾大军。"

"外公!"

只见有一个身影逆着人流沿站台走来。那是一个魁梧的身影,一个苍老而阴暗的身影,那个人便是我的外公。我心想,或许现在正是动手的好时机!没错,就现在!现在!

"杰克·派克,杰克·派克。"

"我召唤你们,"我说,"所有的物件都听着,珀西·霍奇基斯、小丽、葛尼先生、阿尔伯特·柏林、爱丽丝·希格斯,还有朱利斯·约翰·米德尔顿、穆丽尔·宾顿、勃迪拉·布瑞斯维特,另外包括杰拉尔丁·怀特海德,你们赶快去攻击外公!快!"

毫无动静。

看不到任何物件在移动。

只有奥米莉手上的那个洒水壶稍微抽搐了一下。

"我命令你们,辛普森中尉、安娜贝尔·卡雷、艾米·艾肯、马克·西德里,还有葛丽娅·艾玛·厄汀,你们都给我上啊,我命令你们向前冲!"

此时洒水壶、鞋子和铅球活动了起来,它们盘旋到空中,转头朝外公的方向飞去。外公见状后,朝它们大手一挥,视其如几只苍蝇而已。只见所有的物件又再次跌落到地面上,它们的"飞行"真是短得可怜。

"外公……"我高声喊道,"我要杀了你!"

"噢,是吗?"

"恩贝特,记住,他是咱们的血脉,是艾利斯的儿子。"外婆说。

"外公,我要杀了你!"

"奥马鲍尔,艾利斯已经死了,她再也不会回到我们身边了。"

"克洛迪乌斯,你心里很清楚,你终究是一个艾尔蒙哲家族成员。"

"老夫人,老夫人,"女管家皮戈特太太说,"没有时间了,火势马上就要蔓延过来了!"

此时滚滚浓烟再次迎面扑来,每个人的脸上都开始冒汗。

"瞧这儿,"外公说,"瑞皮特已经回来了。"

一个外形奇特的身影从外公背后走了出来,他的模样十分干瘪,似乎有人对他的骨头施了魔法,将它们烧为灰烬,却在后续加工途中戛然而止了。他的手里握着一把生锈的长刀,无需等它发出那微弱的呼喊声,我也早已知道那就是亚历山大·埃尔克曼了。

"瑞皮特。"表哥瑞皮特说。

"没错,瑞皮特,你现在就同大伙在一起。"

"瑞皮特。"瑞皮特又说。

"你好,表哥,"我战战兢兢地说,"又见到你了。"

"瑞皮特。"他再次重复了一遍。

"他只会说这个?"我问道。

"瑞皮特。"又是这么一句。

"目前来说是这样,"外公说,"不过我们会帮他康复的。另外还有,自从你们俩一同历险开始,家里人就经过考虑一致同意让瑞皮特和你做一对搭档,他会照看好你的。"

"瑞皮特,"他表情痛苦地说,"他将会教你如何做一个优秀的艾尔蒙哲,他会帮你重新返回到正道上来。"

干瘪的瑞皮特从口袋里扯出一块肮脏的布头。我认得这块布,当瑞皮特还是一个扁酒瓶的时候,裁缝曾经用这块脏布来包裹他。此时,从那块脏布里头传出一个新的声音。

"詹姆斯·亨利!"我大声呼喊起来,"詹姆斯·亨利在你们这儿!"

"没错,孩子,正是你的塞子,"外公说,"暂时由瑞皮特替你保管,等日后你表现好了,再归还给你。"

"对不起,老夫人,"管家斯特里奇说,"恕我斗胆打搅,我觉得咱们应该尽快启程,不然恐怕就太晚了。"

"詹姆斯·亨利·贺沃德! 詹姆斯·亨利·贺沃德!"

我心想,我的塞子啊,请不要喊得这么响。

"克洛迪乌斯,"外婆说,"要做一个听话的艾尔蒙哲人哟!你将来会成为一名称职的家族成员,会配得上那条长裤的!"

"外婆,"我大声回答,"我配不上的!"

天花板上有几块木板和砖石砸落到站台上,吓得人群都惊叫起来,接着一阵凌乱的脚步声传来。只见那个令人厌恶的恩利匆匆忙忙赶来,旁边还有奥塔跟着。

"房子要塌了!"他大声喊道,"铁栅栏已经被人冲破,整幢大楼里到处都是废尔沁的百姓。他们全都吓得要命,统统朝楼下涌来了。整幢大楼快要撑不住了,撑不住了。"

"来,你们都过来,全家人聚到一块儿来,"外公说,"大伙统统上车,我们要离开这个地方,不管那条老掉牙的誓言了。"

"唉,我真想有个假期放松放松。"外婆说。

于是家里人连同仆人们一起,你推我搡地挤进了一节节整装待发的车厢里。

"快上火车!快上火车!"斯特里奇大声喊道。

"我想留下来。"我勉强开口说道。

"不行,绝对不行。"外婆说。

此时穆克斯和几名士官出现在我身后,他们把我抬架了起来,像捏一团纸那样塞进了车厢。

"露西,露西!"我大声呼喊。

"别这样,克洛迪乌斯!"外婆说,"懂点事好不好!你这样会让嫔娜莉碧伤心的,你俩很快就要结婚了。嗯,没错,一桩好姻缘,那正是咱们家值得期盼的一件大喜事!"

我被那几个人硬生生地按到座位上,被迫挤在瑞皮特旁边。只见他的双眼充满了血丝,表情痛苦地瞪着我。我斜过身子准备夺窗而逃,却被重新按回在座位上。

"露西!露西!"

"我算是看出来了,你一路上肯定会很烦人的。"外婆说。

"露西!"

"克劳德,她已经死了。"外婆说,同时露出一副非常恐怖的表情。

这句话犹如晴天霹雳一般,整个世界都崩塌了,我似乎被深深地埋入了自己的坟墓里。

"垃圾山的城墙倒塌了,"外婆的语气显得轻描淡写,就像衣服上掉了一枚纽扣那样无足轻重,"废尔沁完了。"

"噢,天哪,废尔沁完了!完了!露西,噢,我的露西!"我声嘶力竭地哭喊道,"露西!"

只听见汽笛声拉响了,火车似乎在回应我的哭喊。全家人开始朝伦敦进发。

埃莉诺·克兰威尔小姐

26

从儿童房里眺望出去

埃莉诺·克兰威尔开始自述

伦敦西区康诺特广场23号

我要把这一切都记录下来,就像之前皮普斯先生做的那样,他曾经见识过伦敦的那场大火。如今看那远处的火势,搞不好我今天也会目睹类似场面。自从第一声爆炸响起,我就坐在窗边了。保姆来过好多次,叫我马上睡觉。她说没有什么可担忧的,大火在未靠近康诺特广场之前就会被早早地扑灭。不过现在街上确实也没有什么好看的,最值得一提的也无非是对面那幢楼而已。住在里头的卡林顿一家真是可怜,因为闹出了一个霍乱病例,现在整栋楼都被封得严严实实,任何人都不准进出。尽管街上如此平淡无奇,但我还是坚守岗位,并把日记本摆在腿上。

任凭外面大风呼啸,我依然端坐在窗台边一动不动。街上的东西被狂风吹得乱七八糟,掉在地面上咯哒咯哒地作响。我们的房子似乎也在颤颤发抖,我心想,咱家亲爱的房子可不要得了风寒哟。真不知道这大风到底是去扑灭火势的,还是要把它吹到咱们这儿来。

此时街上来了不少行人,好像净是些未曾见过的陌生人。他们全家结伴而行,个个穿戴整齐,就像是外出旅行似的。这些人到底是谁?同行的还有一大群仆人,人数众多,另有一列队伍跟在后头,所有人统统朝对面那栋楼走去。那里很危险,有传染病,万万去不得。那栋楼已经被隔离了,我想应该有人前去通知他们才对。

啊哈,说人人到。只见隔壁的一位仆人上了街,朝那队人马追赶过去。队伍里的人指引她去找一位戴着高礼帽的老头,于是她走上前去,迅速鞠了一躬。老头朝她上下打量,身旁还站着一位打扮怪异的老妇人。我不禁纳闷,这些人到底是谁?他们的外表都很奇特,就好像在学习穿着打扮时走了歪路似的,真不知道他们在此地有何贵干。

此时这位仆人在同老头谈话,似乎正将这里的情况一五一十地解释清楚。我感觉挺欣慰的,此处的居民都知道无论如何也不能靠近那栋楼。可是老头似乎非常不喜欢别人干涉,脸上皱起了眉头。只见他转过身去,表情十分难看。接着他伸出一只戴有手套的手,不耐烦地朝那个仆人挥了一挥,手指运动的姿势犹如在朝那位仆人弹射水珠。

接下来的事情我无法解释,不过可以肯定的是,我的确亲眼目睹了这一幕,尽管它看起来是那么的不可思议。

我想,我必须设法将整个过程原原本本地记录下来。

唉,32号楼里的这位仆人真是可怜。

我开始动笔记录:

当那个老头伸出手指朝她挥弹时,那个女仆瞬间即从台阶上摔落了下去。这个场面奇特极了,我从来没有见过类似的情景。女仆似乎在原地打转,身体渐渐地萎缩起来,一点一点干瘪了下去,接着便重重地倒在地面上。我发誓这全都是真的,当她触碰地面的那一刻,已经不再是一位仆人的模样了,而是变成了一个摆放乐谱的架子。没错,就是一个乐谱架,这绝对是我亲眼看到的。此时人群中出现一位长相英俊的年轻人,他身着一套样式古怪的警察制服,头戴一顶铜头盔,胸前还佩有一个类似勋章模样的东西。只见他朝那个乐谱架狠狠地踢了一脚,接着那个架子便顺着街道滚得远远的了。

我的的确确目睹了这一幕。

我发誓真的亲眼瞧见了。

尽管我竭力想保持冷静和理智,可是双手仍旧在不停地颤抖。没错,我要保持理智,这至关重要。如今那古怪的一家人已经悉数搬入了对面那栋大楼里,凭着这么一支庞大的队伍,他们很快就能轻而易举地填满整幢房子的。那么,原先住在里头的卡林顿一家怎么办呢?

进楼的人群当中有一对老夫妇、一个戴头盔的家伙、一个身材矮小的瞎子,瞎子旁边还有一个与其身高相仿的人,他嘴里还叼着一个口哨。同时还有一个冷峻严肃的女士,她手持一个铜制的门把手,另外还有一位年纪与我差不多的姑娘,她把头抬得很高,一副趾高气扬的傲慢做派。她身旁是一个面相和善的金发女孩,手里捧着一个洒水壶。与此同时,还有许多别的人跟随着。他们列队进入大楼,有一个头戴铜盔的年轻人照着单子一一清点着。在人群最末,我看见一个更加猥琐的家伙。他的身高只及常人一半,而身旁还跟着一个满脸抑郁的小伙子。那个年轻人额头突出,乌黑的头发朝两边梳开,朝我转过身来。没错,他确实转向了这一边。小伙子眼睛下方有明显的黑眼圈,也有可能是被烟雾熏黑的。他好像在哭泣,而且外衣也非常肮脏,跟其他同行人的衣裳完全不同。

他们都是些什么人?这到底是怎么回事?那个邋遢的小男孩似乎知道我在看他们,他转身朝窗户上面看,好像就在那远处注视着我。他想要朝我微笑,可是被旁边的小个子扯住了胳膊,随人流一起进入大楼了。几个穿着古怪皮衣的人走在队伍的最后面,其中一个身材异常魁梧,简直像个巨人。

整个家族在夜幕的掩护下全部进入了那栋楼里。要不是因为街边煤气灯的关系,我可能发现不了他们。不过,我总感觉那家人很不对劲,似乎犯了什么不可告人的丑事。

天终于亮了,这一切都是一场梦。没错,想必只不过是一场离奇的怪梦而已,因为我总是被各种稀奇古怪的梦境困扰。保姆认为我平时不应该看那么多书,而且还说要是继续嗜书如命的话,肯定会把小命搭上。好吧,她不会错的,一定是我在窗边不知不觉地睡着了,所以才做了这场怪梦。现在已是清晨时分,对面那栋楼依旧像往常那样紧闭着,估计可怜的卡林顿一家正在里头慢慢地康复静养。这确实是一场怪梦而已。可是……它又是如此的栩栩如生,使我无法将其完全忘却。

于是我把女佣玛莎喊来,让她帮我做一件事。她一口答应了,任何能够让我恢复精神的事情她都愿意做。我叫她去大街上看看有没有一个乐谱架子,她有点不明白我的用意,不过还是照我说的去做了。我肯定她不会找到那种东西的,接着我就可以把这一切统统忘记,舒舒坦坦地睡一个安稳觉了。

过了一会儿玛莎从外头回来,回禀了我之后便出去做事了。

现在我手上多了一个乐谱架,而且它还莫名其妙地热乎着。

原来这根本就不是一场梦。

第二部完

后 记

诚挚感谢Hot Key公司出色的团队在艾尔蒙哲三部曲上提供的帮助和支持：莎拉·奥蒂迪娜、珍妮·雅各比、凯特·曼宁、莎拉·本顿、米恩·法尔、杰特·普戴、凯特·戴维斯、桑内·弗莱根萨特、娜奥米·科瑟斯特以及里弗斯·米德；出色的编辑莎拉·奥康纳依然是艾尔蒙哲三部曲最忠实的伙伴；简·别莱茨基始终表现优异，在文字处理上比乔布更为耐心细致。同时我也要感谢哈德利·戴尔、特蕾西·卡恩斯、伊丽莎贝塔·撒加比以及皮埃尔·德马尔蒂，是他们将艾尔蒙哲三部曲引进到了各自的国度里。

布莱克弗里德曼公司每位员工都对三部曲系列作品表现出极大的热忱，这都要归功于汤姆·维康和路易斯·布莱斯对作品的辛勤耕耘和细心呵护。而其中最重要的人，依然是我那杰出的经纪人伊泽贝尔·迪克逊。若是没有她，我根本无法完成三部曲的创作。

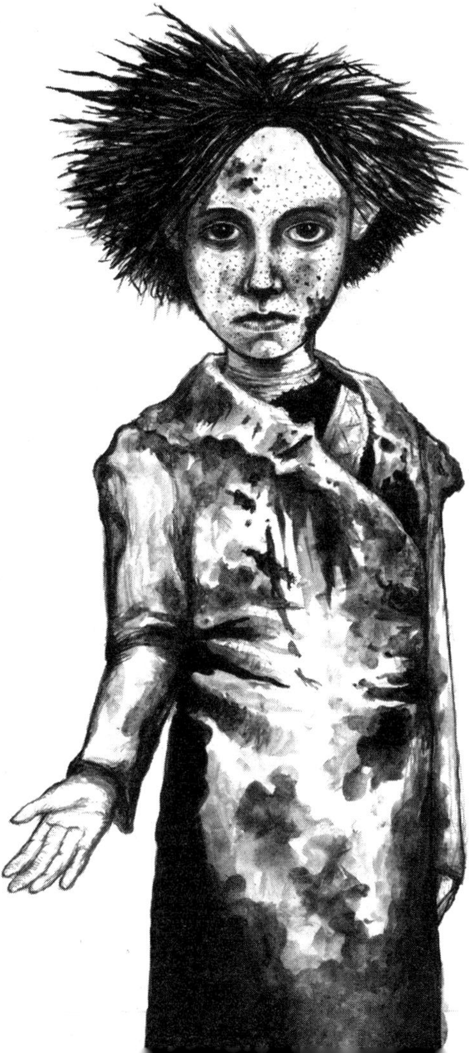

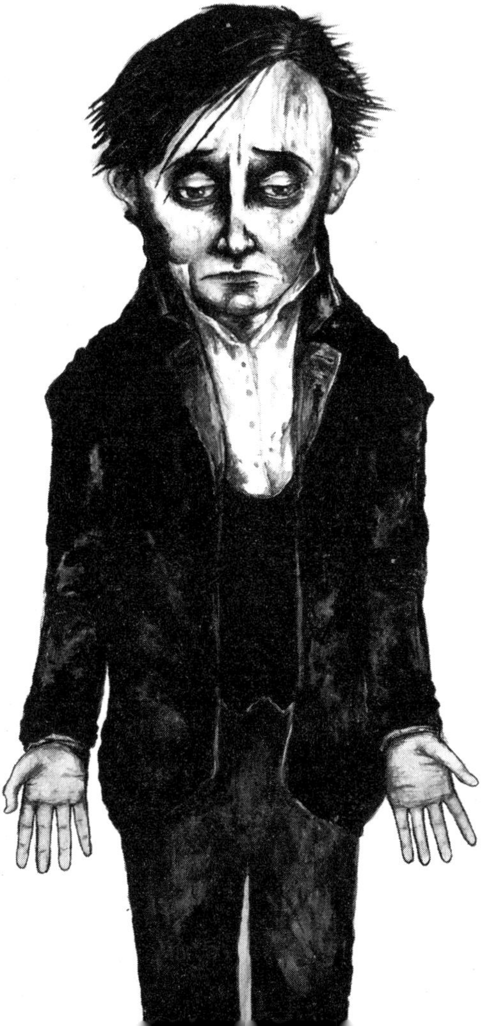